백두산
대폭발
1

나남
nanam

로재성

경기도 연천 출신. 성균관대학교 국문학과 졸업. 한국문화예술진흥원에서 18년을 근무하다 관료주의에 염증을 느껴 퇴직하고 소설 창작에 전념. 6·25 전쟁사가. 2010년 대체 역사소설 《스탈린의 편지》를 발간하며 소설가로 데뷔.

나남창작선 103

백두산 대폭발 1

2012년 4월 20일 발행
2012년 4월 20일 1쇄

지은이_ 盧在星
발행자_ 趙相浩
발행처_ (주) 나남
주소_ 413-756 경기도 파주시 교하읍
　　　 출판도시 518-4
전화_ (031) 955-4601 (代)
FAX_ (031) 955-4555
등록_ 제 1-71호(1979.5.12)
홈페이지_ http://www.nanam.net
전자우편_ post@nanam.net

ISBN 978-89-300-0603-3
ISBN 978-89-300-0572-2(세트)
책값은 뒤표지에 있습니다.

로재성 장편소설

백두산 대폭발

1

나남
nanam

작가의 말

 백두산은 정치적으로 대단히 민감한 산이다. 중국에는 동북공정의 핵이 되는 산이고 북한에는 혁명의 성지이다. 한국에는 애국가의 한 소절을 장식하는 한민족의 영산(靈山)이다.
 백두산 천지 아래에는 한반도 전체를 10m 두께로 덮을 수 있는 엄청난 분량의 마그마가 4겹으로 깔려 있다. 백두산은 활화산으로 언제 폭발할지 모르는, 현재 지구상에서 존재하는 가장 위험한 화산이다.
 백두산이 터지면 이 한반도는 어떻게 될까. 백두산 폭발은 한반도와 동북아에 현실적인 위험요인이다. 천년 전 백두산에는 폼페이를 매몰시킨 베수비오 화산의 100배 이상 되는 역사상 최대 규모의 폭발이 있었다. 이 때문에 '해동성국' 발해가 멸망했다. 백두산이 분화하면 북한은 엄청난 피해를 입는다. 공업도시와 군사시설이 밀집한 북한 북동부지역은 생지옥이 된다. 압록강, 두만강 유역은 화산홍수로 쑥대밭이 될 것이다.
 백두산이 터지고 대지진이 일어난다면, 북한의 핵시설이 붕괴할 가능성이 크다. 한국도 낡은 건물들이 무너지고 백두산 화산재에 덮칠 가능성이 크다. 중국 동북지방이나 일본도 큰 피해를 당하고 숱한 난민들이 발생해 동북아는 아수라장이 될 것이다. 한국·북한·중국·일본 등 4개국의 정치적 상황과 맞물려 대단히 복잡한 갈등을 초래할 수 있다.

이 소설은 백두산이 터지기 전후 한 달간의 이야기를 담고 있다. 필자는 과학적 팩트만을 늘어놓는 딱딱한 내용보다는 문학적 상상력이 가미된 장편소설을 쓰고 싶었다. 그래서 백두산 기슭에 한국인이 개발한 '발해'(渤海)라는 가상도시 하나를 세워야 했다.

필자가 백두산을 처음 방문한 것은 2007년 여름이었다. 소설의 스토리 구상보다 과학자료를 이해하는 데 더 애를 먹었다. 2010년 여름부터 자료를 수집하고 그해 11월부터 집필해 이듬해 2월에 초고가 나왔으나 작품의 질이 떨어져 퇴고를 거듭하고 백두산을 두 번이나 더 다녀왔다. 거대한 원시림 속에서 한때 길을 잃기도 했고, 한 치 앞을 볼 수 없는 눈보라 속에서 한 발짝도 나아가지 못하는 낭패를 당하기도 했다. 갈 때마다 태고의 야생 속으로 들어왔다는 기묘한 느낌에 사로잡혔다.

소설을 탈고한 후 여러 지인들에게 읽혔다. 그들은 한결같이 "백두산이 터지면 북한정권은 어떻게 되는가?"하고 물었다. 북한의 실세들을 언급하지 않을 수 없었다. 그들도 이 글을 읽은 후 재난에 대비했으면 한다.

이 소설에 나오는 북한인들의 말이 드라마에 나오는 이북 사투리가 아닌 것은 북한의 표준어인 평양말은 우리 표준어와 크게 다를 바가 없기 때문이다. 같은 말을 쓰는 한민족으로 백두산 폭발에 대한 경각심을 일깨우는 데 이 소설이 도움이 되었으면 한다.

소설을 탈고하고 나니 친구들은 필자가 5년은 늙었다고 했다. 이 작품을 쓰느라 고통스러웠던 나날들은 오기로 견딘 열정의 순간들이었다. 정년이 보장된 공직생활을 그만두고 10여 년간 야인생활을 하며 글만 쓰고 살았지만 늘 무명이었고 갈증에 시달렸다. 어려운 여건 속에서도 이 글이 예상보다 이른 시간 안에 출간이 가능했던 것은 주위의 도움 덕분이었다.

제 졸고를 두 번이나 읽고 고쳐 주신 우리나라 최고의 화산학자인 부산대학교 윤성효 교수님께 고개 숙여 감사드린다. 잠을 쫓으며 교열을 해준 붕우 장해균, 북한용어를 교정해 준 평양출신 새터민 작가 림일 씨, 중국어 표기를 도와준 김목화 양, 보험문제를 조언해 주신 신양우 선배에게 큰 빚을 졌다. 이 졸고를 출간해 주신 나남출판사 조상호 사장님과 고승철 주필님의 후의(厚誼)에 감사드린다. 무엇보다 나의 성과 없는 창작활동 때문에 오래 고통을 받은 집안 식구들에게 사랑을 보낸다.

백두산 폭발이 일어나지 않기를 바라며

로재성

로재성 장편소설

백두산 대폭발 1

차 례

작가의 말 • 5
등장인물 • 11

프롤로그 • 13
이상현상 • 16
화산학자의 죽음 • 36
위험불감증 • 51
움트는 재앙 • 73
Death Carnival • 96
비밀회담 • 117
극비보고 • 134
흑색공작 • 165
인류최초의 화산스포츠 • 190
남북대결 • 218
우정과 배반 • 244
대살육 음모 • 272

용어해설 • 299
부록_지진의 진도와 규모 • 302

백두산 대폭발 2

대폭발
탈출로를 봉쇄하라
죽음의 레이스와 도박판
핵재앙
생존투쟁
휴전선 개방
소양강댐 붕괴
정치범이 김정은 별장을 점령하다
서울테러
파멸
마지막 도전
에필로그

등장인물

오수지 〈한성일보〉의 열혈기자. 백두개발 황우반 회장의 약혼녀. 기자생활 마지막의 특종을 잡기 위해 화산학자 임영민의 죽음 뒤에 숨겨진 비밀을 밝히는 위험한 임무를 수행한다.

임 준 연극배우. 화산학자 임영민의 아들. 아버지의 죽음 뒤에 숨겨진 미스터리를 풀기 위해 오수지와 함께 목숨을 건 모험을 감행한다.

황우반 다산그룹 창업주 황백호의 아들. 백두개발 대표. 아버지에 대한 복수심으로 아버지가 세운 다산그룹을 무너뜨리고 한국인 수만 명을 죽이려는 계략을 꾸민다.

임영민 한국의 대표적인 백두산 화산 전문가. 백두산 폭발설을 주장하다 의문의 죽임을 당한다.

이수근 북한의 백두산 지진관측소 부소장. 임영민을 살해했다는 혐의를 받고 쫓겨 다닌다.

이영근 영변 핵단지 핵물리학자. 이수근의 동생. 핵시설 근무하다 피폭된 희생자로 북한 핵시설의 위험성을 알리고자 한다.

박주연 국가정보원 대북정보팀장. 백두산 근처에서 의문의 살인 사건이 연달아 일어나자 미스터리를 풀기 위해 뛰어든다.

김태일 국제익스트림스포츠협회장. 황우반의 이종사촌 동생. 백두산이 폭발하면 쏟아지는 화산쇄설물 속에서 목숨을 건 경주를 벌이는 데스카니발을 계획한다.

김민수 탈북자를 돕는 우익단체 회원.

최 현 인민군 10군단 대좌출신 정치범 수용소 재소자. 백두산 폭발 후 재소자들을 이끌고 탈출해 포태별장을 점령하고 그들을 지휘한다.

린리치 북한 나선특구에 대규모 투자를 하는 홍콩 재벌 궈자오칭의 여비서. 중국 비밀공작원과 북한 외교관 신분을 가진 홍콩의 마타하리.

강호길 국정원 대북정보팀 선임정보관. 박주연과 함께 의문의 살인 사건을 해결하기 위해 보하이로 투입된다.

유상석 조선족 가이드. 백두개발 임시직원.

프롤로그

　국가정보원 대북정보분석팀장인 박주연은 인천공항으로 가는 차를 타고 방화대교를 건너고 있었다. 흐릿하던 하늘은 급기야 눈을 뿌리기 시작했다. 그는 프린터로 출력된 컬러사진 몇 장을 들여다보고 있었다. 미국 첩보위성이 찍어 전송한 것이었다.
　인공위성 사진분석을 담당하는 영상분석조장은 2주일 전 사진 한 뭉치를 가져와 고개를 갸웃거리며 말했다.
　"박 선배, 열흘 전부터 함경도와 량강도 일대에서 해괴한 일이 벌어지고 있습니다."
　"뭔데?"
　"김일성 동상이 옮겨지고 있습니다."
　"그래서?"
　"한두 개가 아니라… 숫자가 엄청나요. 제가 확인한 것만 해도 1,500개가 넘습니다. 뭔가 이상해요."
　박주연은 지상을 크게 확대한 사진을 몇 장 들여다보았다. 직경 2.4m짜리 초대형 렌즈를 장착한 군사용 정찰위성 KH-12가 200㎞ 상공에서 촬영한 사진은 지상에 있는 10㎝ 크기의 물체를 식별할 만큼 해상도가 뛰어났다. 미국 정찰위성들의 영상정보를 정밀분석하는 미국 국립정찰국(NRO)의 한반도 정보분석팀이 사진자료를 보내며 그 의미를 분석해 달라고 의뢰했던 것이다.

박주연은 사진을 꼼꼼히 들여다보며 말했다.

"이게 동상이야? 잘 모르겠는걸."

"덮개로 동상을 싸고 대형 트럭에 실은 겁니다."

"이 사진 장소는?"

"함경북도 청진에서 남쪽으로 가는 도로입니다. 함경북도 라진이나 청진에서도, 량강도 혜산에서도 같은 일이 반복되고 있습니다."

"구체적으로 말해 봐."

"공공기관이나 군부대, 학교, 마을이나 도시거리에 있는 크고 작은 동상들이 모두 실려가고 있습니다."

"북한 전역에 있는 김일성 동상수가 3만 8천 개야. 청동으로 만든 동상은 몇백 개밖에 안 될 거야. 대다수가 FRP수지나 돌로 만든 석상이지. 흙으로 구운 테라코타도 있지."

박주연은 사진을 넘겨가며 말했다.

"김일성 얼굴도 제각각이야. 소년 김일성, 20대 김일성, 30대 김일성, 중년 김일성 … 입상뿐만 아니라 흉상, 좌상도 있지."

"옷도 가지가지더군요. 코트, 양복, 유격대 군복, 인민복 … ."

박주연은 고개를 갸웃거렸다.

"그 많은 걸 어디로 옮긴다는 거야?"

"함경북도에 있는 동상들은 함경남도 함흥에 있는 군용비행장으로 들어갔는데, 활주로가 가득 찼습니다. 아예 비행기들을 다른 곳으로 옮기고 동상만 가득합니다. 량강도에 있는 동상들은 함경남도 락원에 있는 군사훈련장으로 모아지고 있습니다."

사진이 펼쳐졌다. 넓은 활주로에 크고 작은 동상 1천여 개가 오른손을 쳐들고 서 있었다. 1천여 명의 김일성이 데모를 하며 구호를 외치는 것처럼 보였다. 박주연은 웃음을 터뜨렸다.

"장관이군. 비행장이 아니라 동상 전시장이군. 세계인들을 불러놓고 김일성 동상 전시회를 열 생각인가?"

"이 사진 언론사에 넘길까요? 세계적인 특종은 떼어 놓은 당상일 텐데…."

"미국 정찰위성 정말 대단해. 언제 이런 기막힌 작품을 수집한 거야?"

"미국 NRO 애들이 그러는데, 한 달 전부터 유사한 장면이 자꾸 보여서 정밀감시를 했답니다. 550㎞ 상공을 돌던 KH-12를 200㎞ 상공까지 낮춰 정밀 촬영했대요."

"자넨 쟤들이 뭣 때문에 저런다고 생각하나?"

"동상이 낡아 새로 제작하거나 보수하려고 하는 걸까요? 그 지역이 추우니까, 동상이 금이 많이 갔겠죠."

"한겨울에 눈이 펑펑 내리는데 보수작업을 할까?"

"특정지역 동상만 그러는 것도 이상합니다. 반(反)김정은 세력이 그 지역을 장악한 것은 아닐까요?"

"반란 움직임도 없지 않았나?"

"그렇긴 하죠."

어제까지 확인된 동상만 1,500개가 넘었다. 김일성 동상으로 촉발된 북한의 이상징후는 다른 것까지 옮겨가고 있었다. 박주연은 동북 3성에 나가 있는 정보요원들에게 열흘 전에 이미 지시를 내렸다. 오늘 중국 선양으로 출장을 가는 것은 그들을 만나 사실을 확인하기 위해서였다. 차가 인천공항으로 들어서고 있었다. 눈발이 점점 굵어졌다.

이상현상

 가까운 남녘 하늘 아래 어른거리는 거대한 백두산의 희끄무레한 자태가 마왕의 거처처럼 음산하게 보였다. 오수지는 호텔 현관문 앞에 선 채 밖을 내다보며 고개를 천천히 끄덕였다. 백두산은 후지산처럼 높은 산이 아니었다. 백두산은 깊은 산이었다. 그래서 좀처럼 제 모습을 드러내지 않았다. 높이 210m에 매달린 점프스키장 전망대의 불빛이 중천에서 화려한 춤사위를 자랑하고 있었다.
 방한모를 쓴 호텔 도어맨의 외투가 깃발처럼 펄럭거렸다. 오수지는 밖을 나서자 쨍 하고 머리가 깨질 듯 아팠다. 찬바람이 고막을 울리며 몰아치자 뼛속이 얼어붙는 듯했다. 영하 28도. 방한두건을 쓰지 않으면 코끝이 동상에 걸린다는 얘기가 실감났다. 입김까지 꽁꽁 얼어서 두건에 금방 얼음이 달렸다. 만주벌판의 겨울은 냉혹하기 그지없었다.
 벌써 밤 11시였다.
 2016년 2월 8일 오후 9시 제8회 동계 아시안게임의 화려한 개막식이 끝났다. 기사송고를 마친 오수지는 피곤한 몸을 이끌고 선수촌을 나와 보하이 시내로 걸어갔다.

밤늦은 시각인데도 시내 복판의 한 매장에 수백 명의 사람들이 줄을 지어 서 있었다. 오수지는 매장 간판에 붙은 광고 문구를 바라보며 매장 안을 기웃거렸다. 최근 급격히 부상중인 세계적인 매장 'CG WORLD'였다. 서울에도 몇 개 없는 매장이 백두산 기슭에 있다니 놀라웠다. 그녀도 보지 못한 새로운 신작물이 선보였다.

〈백두산 대폭발〉 CG영화의 30만 번째 주인공이 됩시다.

한국어, 중국어, 영어로 써 있었다.
그녀는 매장 안에 들어갔다. 넓이가 100평쯤 되는 대형매장 벽면에는 백두산이 폭발하는 3D 영화가 상영중인데 CG로 만든 30분 길이의 신작영화였다. 젊은 주인공 남녀가 백두산 천지에 올라갔다가 백두산이 폭발하자 용암과 화쇄류(火碎流, pyroclastic flow)[1]의 공격을 피해 아슬아슬하게 죽음의 수렁을 헤쳐 나오는 장면은 스릴의 연속이었다. 외국인 관광객들이 대부분이었다.
매장 관리자가 마이크로 설명하고 있었다.
"이 영화의 남녀 주인공 얼굴을 10분 만에 고객님의 얼굴로 바꿔드립니다. 1인당 100달러라는 파격적으로 싼 가격에 여러분은 스릴러 영화의 주인공이 되는 겁니다. 영화대사는 한국어, 중국어, 영어, 일본어 중에 선택하실 수 있습니다. 이것을 제작한 저희 회사 '스펙터클'은 세계 최고의 안면인식기술을 가진 영화 CG 전문회사인데, 할리우드 영화의 CG를 여러 편 만들고 있습니다. 신작이 선보인 지 한 달 만에 어제까지 세계 각국에서 29만 7천 명이 매장을 찾았는데, 30만 번

[1] 마그마가 부서져서 화구를 통해서 나오는 깨진 고체물질인 화성쇄설물(火成碎屑物)이 고온의 가스와 함께 화산의 사면을 고속으로 흘러내리는 현상.

째 주인공에겐 세계일주 여행상품권을 드립니다. …"

오수지는 고객의 얼굴이 10분 만에 바뀌어 온갖 실감나는 표정을 연출하는 것을 보며 깜짝 놀랐다. 이 회사는 연예기획사들과 손을 잡고 뮤직비디오에 나오는 유명 아이돌 가수의 얼굴을 고객의 것으로 바꿔줘 대박을 친 중소기업이었다. 아이돌 가수가 되어 무대를 장악하고 싶은 수많은 청소년들이 지금도 서울과 도쿄, 홍콩, 뉴욕의 수백 개 매장에서 줄을 서고 있었다.

그녀도 지난달에 좋아하는 가수의 뮤직비디오를 2만 원 주고 자신의 얼굴로 바꿨다. 노래까지 자신의 것으로 바꿔주는 신상품이 금년 상반기에 출시된다고 했다. 그녀가 다니는 신문사의 중늙은이 편집부 국장은 〈빌리진〉을 부르는 마이클 잭슨을 자신의 얼굴로 바꿔놓고 하루에 네댓 번 뮤비를 편집국에 틀어 놓았다. 문 워크를 하는 늙은 대머리를 볼 때마다 구역질이 났다.

이 회사는 유명 영화들을 계속 매장으로 끌어들이고 있었다. 〈닥터 지바고〉, 〈타이타닉〉, 〈겨울연가〉 … 요즘 젊은이들은 자신의 얼굴이 나오지 않는 영화는 보지 않으려고 한다. 극장이 무너지고 있었다. 이제 영화배우나 가수는 유행을 선도하는 소모성 상품에 지나지 않았고 금방 잊혀졌다. 고객이 주인이었다. 기술이 세상의 지배구조를 바꾼 것이다. 그녀는 신기했다. 백두산에 와서 백두산이 폭발하는 영화를 보다니 ….

회사대표가 30대 한국인인 이 회사는 보안 분야에서도 파격적인 기술을 선보여 세계의 주목을 받고 있었다. 거리를 지나는 행인의 얼굴을 감시카메라로 찍기만 하면 경찰의 데이터베이스와 연결해 즉석에서 신원을 밝혀내는 최첨단 기술이었다. 카메라의 소프트웨어가 사람의 안면을 100% 인식했기에 가능했다.

각국의 정보기관과 국제공항에서 서로 기술을 사겠다고 암투를 벌이는 중이었다. 언론들은 지문인식과 홍채인식 기술을 원시시대로 던져버린 이 기술은 거리를 지나는 불특정 다수의 인간들을 실명으로 끌어내는 끔찍한 억압수단이라고 보도했다. 절도 전과자가 귀금속 상가를 배회하면 사전에 체포해 범죄를 예방할 수 있다. 감시 카메라만 전국에 깔면 조지 오웰의 〈1984년〉이 완벽하게 재현되는 것이다. 오수지는 기술이 인간을 지배한다는 말을 실감하며 거리를 걸었다.

한국어로 찬송가를 부르는 수많은 사람들이 시내 북쪽에서 걸어오고 있었다. 행렬은 끝이 보이지 않았다. 나이 지긋한 중년 남녀들이 대부분이었다. 온통 흰 옷을 입은 한 남성이 커다란 나무십자가를 어깨에 메고 행렬을 선도하고 있었다. 이 추운 한겨울밤에 뭘 하다가 이리로 몰려오는 걸까. 마치 성지를 찾아 순례하는 종교인들 같았다. 요즘 언론을 많이 장식하는 이상한 종교집단인 모양이었다.

선수촌에서 시내로 들어가는 서편 대로변 안쪽은 먹자골목이었다. 거리에는 여기가 서울 명동거리가 아닐까 하는 생각이 들 만큼 한국인들이 북적거렸다. 알록달록한 스키복을 입은 젊은이들이 골목을 채우고 있었다.

그녀는 골목 초입의 한 주점을 찾아 들어가 구석에 자리를 잡았다. 진작에 예약된 장소였다. 탁자에 그녀의 이름이 붙어 있었다. 혼자서 마셔야 하는데, 예약이라니 … 그는 낯모르는 예약자를 생각했다.

"보하이〔渤海〕시는 불과 4년 만에 상전벽해가 되었죠. 이번 아시안게임을 계기로 아시아 최고의 겨울 관광도시가 될 겁니다. 지린성 정부는 올해 말까지 상주인구를 20만으로 늘리고 외국관광객을 50만 명 유치하기로 했습니다."

옆 테이블에 앉은 중늙은이가 연변(延邊) 말투로 지껄여댔다. 맞은편에 앉은 젊은 사내가 고개를 끄덕였다. 연변 사내의 말이 이어졌다.

"중국정부는 이 작은 도시에 300억 위안을 쏟아부었죠. 다들 미쳤다고 비난했지만, 오늘 개막식을 보니 과연 잘했구나 하는 생각이 듭니다. 벌써 한국인들이 이 도시에 3만 명 이상이 들어왔습니다. 나는 내일자 〈길림성신문〉 사설에 이곳에 한국처럼 동계올림픽을 유치해야 한다고 썼습니다."

조선족으로 보이는 중늙은이는 지역신문 주간인 모양이었다.

"하지만 이 도시에 투자한 곳은 한국과 중국의 민간자본이죠."

굵은 저음의 목소리는 또렷한 서울 말씨였다. 연변사내는 이어 말했다.

"자본투자는 그들이 했지만 모든 건 중국정부가 주관했죠. 한국은 당초 이번 대회에 불참한다고 했다가 다시 참가했는데, 무슨 사정이 있었습니까?"

"한국 사람들은 발해를 고구려의 후예국이라고 믿고 있습니다. 한국인들은 중국정부가 이 신생도시 이름을 '발해'라고 지은 건 발해사를 중국사로 편입시키려는 동북공정의 하나라고 보고 있죠."

"톈진 시 앞바다를 '발해만'이라 부릅니다. 대조영이 나라를 세웠을 때 '진'이라고 이름을 지었는데, 당나라가 사신을 보내 발해 동쪽에 있는 나라니까 발해라고 부르자, 그렇게 이름을 바꾸지 않았습니까? 대조영 시대 훨씬 이전에 중국이 발해라는 이름을 먼저 썼으니까, 한국인들이 오해할 일은 아니죠."

"중국정부가 발해만과 멀리 떨어진 백두산 기슭에 발해라는 명칭을 붙인 건 다분히 의도적입니다. 중국이 백두산을 유네스코 자연문화유산에 단독으로 등재한 것과 맞물려 동북공정이 날로 강화되고 있다고 비판받을 만해요."

"그렇지만 한국은 중국이 평창올림픽에 불참할 수도 있다는 말 한 마디에 겁먹어 이번 대회에 참가하기로 번복한 것 아닌가요?"

"틀린 말은 아니군요."

오수지는 생맥주 잔을 들이켰다. 탁자 곳곳에서 한국의 젊은이들이 왁자지껄 떠들며 술을 마시고 있었다. 그녀는 묵직하게 깔리는 남자의 목소리가 듣기 좋았다. 틀린 말은 아니군요.

그녀가 사회부 기자로 재직하는 〈한성일보〉는 적자에 허덕이는 탓에 동계 아시안게임 취재에 단 한 명의 기자만 파견했다. 사회부장 정홍일은 그녀가 떠나기 전날 말했다.

"오 기자 약혼식이 아시안게임 폐막식 이튿날이잖아. 약혼식 장소도 마침 백두산이고. 이번 취재에 딱이야. 아시안게임 자체가 약혼식을 축하하는 세리모니 아니겠어? 아무튼 약혼 축하해."

오수지는 담배를 꼬나물고 으르렁거렸다.

"약혼식 핑계로 그 전날까지 죽도록 부려먹자는 속셈 아닌가요? 이번에 몰아가려고 휴가 하루도 안 썼는데, 해도 너무하네요."

"오수지. 기자생활 하루 이틀 했어? 운명이려니 생각하라구. 경기소식은 TV나 연합뉴스를 통해 다 알 수 있어. 좀더 재미있는 뉴스를 발굴해 봐."

"어떤 거요?"

부장은 씨익 웃으며 뜸들이더니 입을 열었다.

"요즘 중국정부가 가장 싫어하는 한국인이 누군 줄 알아?"

"임영민 교수잖아요."

임영민은 서울의 한 명문대학 지구과학과 교수로 오랫동안 백두산 폭발설을 주장해왔다. 그가 최근 한 인터넷 신문과의 인터뷰에서 백두산이 두 달 안에 터질 것이라고 주장해 세상을 들쑤셔놓았다. 맹신도처럼 그를 열렬히 지지하는 측과 사기꾼으로 매도하는 측의 공방으로 온라인이 시끌시끌했다.

"그가 어젯밤 중국에서 죽었대."

"예에! 사인은요?"

"아직 몰라."

"금시초문이네요?"

"당연하지."

"그럼, 선배만 아는 거예요?"

정 부장은 고개만 끄덕였다.

화제의 인물의 의문사라니. 오수지의 가슴은 뛰기 시작했다. 아직까지 세상이 그의 죽음을 모른다는 사실에 취재본능이 꿈틀대면서 다른 기자들에게 특종을 빼앗길까 조급해지기 시작했다.

"만주벌판에 터를 잡고 사는 장사꾼 한 놈이 내 고교동기야. 걔가 임 교수와 절친한데, 그의 죽음을 운 좋게 알았어."

"그래서 이번 취재를 스포츠부가 아니라 사회부가 맡은 거로군요. 근데 하필 왜 내가? 약혼식 때문만은 아닌 것 같은데요."

"역시 눈치가 빠르군. 내가 널 고른 이유는···."

"유능해서지요."

부장은 고개를 가로저었다.

"임 교수의 아들이 네 대학동창이기 때문이야."

"이건 또 웬 황당 시추에이션?"

"농담 아니야. 너랑 같은 학번에 같은 문과대야. 꽃미남 연극배우라던데."

"우리 학번 문과대에 그런 꽃미남은 본적이 없어요."

부장은 정색하고 말했다.

"그래서 이번 취재 못하겠다는 거야? 너 아니라도 갈 사람 줄 섰어."

"알았어요. 떡 본 김에 제사 지낸다고, 어차피 백두산에 가야 할 거 제가 맡죠, 뭐."

"인심 한번 크게 쓰는 거 같네. 한번 멋진 작품을 만들어내 봐."

중국으로 떠나기 전 이틀 동안 그녀는 인터넷에서 임영민에 관한 자료를 샅샅이 뒤졌다. 유명 과학자의 의문사라. 음, 그래. 이게 기자로서 마지막 기회야. 언제 특종기사를 써 봤지?

그녀는 키가 크고 늘씬한 몸매에 순진해 보이는 하얀 얼굴로 무장하고 경찰서와 사건현장들을 휘젓고 다녔다. 어릴 적부터 무용과 운동으로 체력을 다져온 그녀는 지칠 줄 모르는 여전사였다. 신참시절 국정원장 전용 엘리베이터에 몰래 뛰어들어가 원장의 멱살을 잡고 남파간첩 모란봉에 관한 특종을 터뜨렸을 때 동료기자들은 그녀에게 '불독'이라는 별명을 붙여주었다.

하지만 호시절도 잠깐이었다. 회사에선 고집만 세지 순발력이 꽝이라고 하류취급을 당했다. 여고동창들은 얼굴만 예쁘장하지 줄담배를 피우며 소주 다섯 병을 비우고 길거리에서 토악질을 해대는 괴팍한 계집애가 어쩌다 운이 좋아 재벌 상속자와 약혼을 한다고 이죽거렸다.

"백두산에서 노망난 산신령과 약혼한다면 모를까. 오수지 그 미친 년이 시집 못 가 환장해 헛소문 퍼뜨리는 거야. 암, 불여우 상판만 봐도 알지. 남자 여럿 잡아먹을 팔자라 평생 노처녀로 늙어죽을걸."

초행길인 중국이 비행기로 금방 올 수 있다는 사실이 신기했다. 오수지는 백두산 서쪽에 생긴 장백산 국제공항에서 출발해 백두산 북파(北坡)를 향해 차로 달렸다. 온종일 몰아치는 눈바람을 헤치며 원시림을 두 시간이나 달렸지만 여전히 울울창창 숲이었다. 백두산은 역시 달랐다.

임준은 시체안치실에서 나와 벌써 두 시간째 고개를 떨군 채 병원 의자에 앉아 있었다. 엊저녁부터 중국 공안들이 몰려와 그의 가족사항과 입국한 이후의 행적을 꼬치꼬치 캐물었다.
"입국일자가 2월 4일이고 한 호텔에서 부자(父子)가 머물었는데, 다음날 밤 아버지를 언제 보았소?"
"아버지가 저녁에 약속이 있다고 먼저 자라고 말했어요."
"그날 밤, 몇 시에 잠들었소?"
"밤 10시쯤 될 겁니다."
"어디서 누구랑 만난다고는 안 하셨소?"
"예."
"평소 지병은?"
"전혀 없었어요. 올해 쉰여덟이지만 운동으로 단련된 건강 체질이지요."
"아버지 시신이 확실하오?"
임준은 온몸이 으깨지고 얼굴이 무참하게 훼손된 아버지의 시신을 보고 큰 충격에 빠졌다.
"왜 대답이 없소?"
"옷, 반지, 신발, 안경 같은 건 아버지 게 맞아요."
"시신 말이오, 시신!"
"너무 처참해 몰라보겠어요."
"천상 부검을 해야겠군."
"한국 의사가 했으면 합니다."

"우리를 못 믿는다는 말이오?"

보하이 시 공안국장이란 사내는 눈을 부라리며 날카롭게 되물었다.

"정확한 검사를 원합니다."

"왜 우리 공안을 믿지 못하는 거요?"

"중국은 한국을 언제나 차별하지 않았습니까?"

"우리는 수사를 하자는 거지, 정치를 하자는 게 아니오."

"공정한 수사를 원해요."

"정치적 편견을 가진 당신의 마음이 문제요."

"범인이나 빨리 체포해 주십시오."

임준은 중국 공안을 믿을 수가 없었다.

그는 서울에 있을 때도 아버지와 한집에서 살지 않았다.

아버지는 그가 미국 유학 가서 전공을 멋대로 연극으로 바꾸고 귀국해서는 무대활동에 빠져버리자 영 내키지 않아 했다. 오래전에 아내와 사별하고 외아들마저 5년 전에 곁을 떠나가자 아버지는 대학 연구실에서 파묻혀 살았다.

아버지는 지난달 중국으로 떠나며 전화를 걸어왔다.

"그간 잘 지냈느냐. 곧 백두산에서 동계 아시안게임이 열리는 거 알지? 비행기표랑 숙소 마련해 뒀으니 와서 너 좋아하는 스키나 실컷 타거라."

몇 달 만의 대화였다. 마침 극단 공연일정도 없고 겨울 백두산은 처음인지라 선뜻 응했다. 무엇보다 모처럼 아버지랑 백두산에 함께 올라가 그의 열정을 느껴보고 싶었다.

중국에 입국한 날 저녁 부자는 술 한잔을 했다.

"네 나이가 나랑 딱 절반이구나."

아버지는 58세, 아들은 29세. 아버지는 건강해 보였고 쾌활했다.

그날따라 아버지는 아들의 연극 이야기를 들어주었다. 아버지가 대학을 다니던 70년대 대학로 학창시절과 아들의 대학로 소극장 생활이 오버랩되었다.

"네 엄마와 난 대학로 개통식날 처음 데이트를 했었지. 복개가 된 넓은 도로는 원래 움푹 팬 개천과 쌍가로수길이었다. 마로니에 공원은 원래 서울 문리대 운동장이었는데, 그 자리에 하나둘씩 소극장이 들어선 거야. 그곳이 우리나라 연극의 메카가 될 줄은 꿈에도 몰랐다."

그날 부자는 함께 있음이 처음으로 행복했다. 아버지는 어머니와 얽힌 연애 비사를 들려주었다. 절친한 친구의 애인이었던 어머니를 받아들임에 따라 친구와 원수처럼 지내게 된 과거사를 들려주었다. 아버지는 장성한 아들이 알아도 좋을 망자와의 추억으로 생각했을지도 모른다.

하지만 그게 아니었다. 부자는 진심을 숨긴 채 놀라운 연극을 하고 있었다. …

임준은 눈물을 흘렸다. 그게 마지막 만남이 될 줄이야. 피투성이의 변사체로 변한 아버지가 차디찬 이국땅에 말없이 누워 있었다. 이대로 덮을 수는 없다. 아버지가 대체 무엇을 하려다가 변을 당했는지 밝혀내야 했다.

늦은 밤 장백산 국제공항에 내린 청와대 외교안보수석비서관 백선규는 택시를 타고 고속도로의 눈발을 헤치며 신생도시 보하이를 향해 달려갔다. 그는 가명으로 된 여권을 가지고 입국수속을 했다. 누구도 그의 존재를 알아차리지 못하는 것 같았다.

그는 라디오에서 흘러나오는 중국 민속음악을 들으면서 올 4월 총선을 생각했다. 지난주까지 각 언론사가 실시한 여론조사 결과 정당 지지율은 여당이 30% 내외, 제 1야당이 50% 내외였다. 총선 1년 전부터 30조 원가량이 소요되는 온갖 복지대책을 발표했지만 지지율은 오르지 않았다. 선거 전문가들은 전국적으로 여당이 80석도 못 건지며 완패하리라고 분석했다. 청와대는 만사를 포기한 분위기였고 여당 의원들의 탈당이 꼬리를 물었다.

대통령의 연이은 실책과 측근비리, 심각한 경제침체, 폭증하는 재정적자, 12%에 달하는 실업률이 문제였다. 더 큰 문제는 이번 총선에서 완패하면 임기 2년 남은 대통령은 식물인간이 된다는 점이었다. 임기의 40%나 되는 기간 동안 국정운영은 마비가 되는 것이다.

대통령과 핵심보좌진들의 심야회의가 이어졌다. 외부에서 돌파구를 마련하지 않으면 자멸할 수밖에 없다는 결론이었다.

백선규는 단검 하나를 허리춤에 꽂고 적진에 잠입한 전사였다. 상대를 설득하지 못하면 제 목을 벨 수밖에 없었다. 비장감이 가슴을 휘저었다. 설한풍에 택시가 엉금엉금 기어가고 있었다. 하얀 자작나무 밀림은 웅장했다.

낯익은 얼굴 하나가 맥주잔을 쥔 오수지 앞에 다가왔다.
"오 기자, 왜 처량하게 혼자 술을 먹어요?"
〈아사히신문〉의 고다마 기자였다. 키가 작고 얼굴이 통통해 '모태 동안'인 40대 총각은 늘 눈웃음이 가득했다.
"아! 여긴 웬일이세요."
"목구멍이 컬컬해서요. 나도 싱글인데 합석해도 될까요?"
"그러시죠. 앉으세요."

"혼자 마시긴 좀 그랬는데 잘됐네요."

"송고는 끝냈어요?"

"네. 막 마치고 나오는 길이에요."

고다마는 동계스포츠 전문가로, 오수지와는 지난해 서울에서 열린 언론인 국제세미나에서 만나 친해졌다. 둘은 맥주잔을 부딪쳤다.

고다마가 속삭이듯 말했다.

"중국이 왜 이번 대회를 개최한지 아십니까?"

"뭔데요?"

"오래전부터 한국이 백두산 폭발설을 계속 떠들어대 지린성 정부는 백두산 개발에 외국자본을 유치한다는 계획에 큰 차질을 빚었다고 불만이 대단했지요."

"백두산 폭발설의 진앙이 꼭 한국이라고 할 수 있을까요? 1996년 베이징에서 국제지질학대회가 열렸는데, 당시 참석한 서방학자들이 백두산이 가까운 미래에 폭발할 거라고 떠들었잖아요. 그게 발단 아닌가요?"

"중국정부는 한국이 저의를 가지고 백두산 폭발설을 부추긴다고 판단했어요. 중국의 백두산 개발을 훼방하기 위한 정치공작이라는 거지요. 한국의 극우세력들이 백두산을 한민족 영토로 몰아가기 위해 공작을 벌인다고 말이죠."

오수지는 고개를 가로저으며 대답했다.

"백두산 폭발설은 한국이나 중국에서 흘러간 유행가죠. 중국정부는 내후년에 개최되는 평창올림픽의 기세를 팍 죽일 필요가 있었을 거예요. 이곳에서 겨울올림픽을 열고 싶으니까요. 폭발설이 아니라, 올림픽 때문에 이 대회를 연 거죠."

"맞아요. 중국은 평창올림픽의 김을 빼고 백두산이 자기네 것이라는 걸 대외적으로 과시하기 위해 IOC와 OCA(아시아 올림픽평의회)를 구워삶아 동계 아시안게임 개최권을 따냈죠."

7회 대회는 2011년 카자흐스탄에서 열렸고 8회는 2017년 일본 삿포로에서 열릴 예정이었지만, 중국정부는 두 대회의 기간이 6년이나 떨어졌음을 강조하며 8회 대회를 중간에 개최하고 일본대회를 9회로 하되 3년을 늦추기로 합의했다. 일본도 평창의 전야제 같은 대회가 싫었던 것이다. 중국은 기세를 몰아 2026년 동계올림픽을 백두산에 유치하기로 결정했다.

지린성 정부는 한국과 중국의 민간자본을 끌어들여 백두산 천지에서 북서쪽으로 29㎞ 떨어진 곳에 초대형 리조트와 동계스포츠 콤플렉스를 건설하기 시작했다. 80㎢가 넘는 원시림이 잘려나가고 4차선 고속도로와 각종 경기장과 숙박시설 건설에 대형건설업체들이 동원되었다.

3년 만에 백두산 원시림 속에 거대한 스포츠 도시가 화려한 모습을 드러냈다. 최첨단 시설을 갖춘 초대형 경기장 간에는 자기부상열차가 운영되고 있었다. 메인스타디움은 점프스키장 옆에 있었다. 점프도약대 위쪽에 세워진 높이 210m의 초고층 전망대에선 보하이 시와 백두산 일대를 한눈에 감상할 수 있었다. 평창의 점프도약대와 전망대보다 두 배 이상 높았다.

고다마는 불쾌해진 얼굴로 웃었다.

"작년 여름부터 자연보호를 이유로 백두산 등산이 전면금지됐는데, 중국 공안이 천지반경 20㎞ 이내는 출입통제를 하고 있지요. 왜 그랬겠어요?"

이 남잔 날 어린애 취급해. 오수지가 대꾸했다.

"한국인들이 너무 많이 몰려왔기 때문이죠. 지금 이 도시에 와 있는 수만 명의 한국인들은 아시안게임보다 백두산을 보러 온 사람들이죠. 지구촌 손님을 다 초대해 놓고 눈앞의 명승지를 개방 안 하다니 대국답지 않죠."

"중국정부는 겉으로는 백두산 폭발설을 경계하는 것 같아도 실제로는 백두산 폭발을 다루는 CG WORLD의 장사를 허용하고 백두산 폭발을 보려는 수많은 한국인들의 입국을 허용하고 있어요. 다 장삿속이 분명해요."

"백두산 폭발은 CG 같은 가상세계에만 존재한다는 게 중국정부 입장이죠. 안 터진다고 확신하니까, 요즘은 폭발설을 오히려 부추기죠."

최근 지린성 정부와 장백산 화산관측소는 기자회견을 열고 백두산의 화산활동에 관한 관측자료를 공개했다. 지난 1월 중순까지 급증했던 화산성 지진2이 이달 들어 급격히 감소해 안정화되고 있다는 것이었다.

고다마가 손뼉을 쳤다. 그의 영어실력은 수준급이었다.

"맞아요. 다 계산된 행동이에요. 이 도시의 외화를 벌어주는 건 오로지 한국인뿐이죠. 다른 나라 사람들은 백두산에 안 와요. 폭발설은 외화벌이 수단일 뿐이에요. 중국정부는 그 점을 아주 잘 알고 있죠. 아주 교활해요."

아주 교활해요. 아주 교활해요. 아주 교활해요….

오수지는 고다마 기자와 잔을 부딪치며 건배를 외쳤다.

화장실로 가는 오수지에게 옆자리에서 연변사내와 떠들던 낯선 중년사내가 아는 척하며 말을 건넸다.

"제 얘긴 다 들으셨을 테니, 그리로 가시죠."

---

2 화산체에서 마그마가 이동하며 주위암석이 파괴되어 발생하는 지진. 사람이 느낄 수 없을 정도의 진동으로 진폭의 변화가 거의 없고 주기가 길다.

이게 접선공작인가. 그녀는 그가 사회부장의 동창생이란 걸 알았다.
"어디로요?"
"주소를 적어드릴 테니 가보면 알 겁니다."
목소리가 너무 좋아.
"같이 가는 거 아닙니까?"
상대는 오수지를 빤히 바라보더니 고압적으로 말했다.
"난 중국정부의 감시를 받고 있어요. 당신 혼자 가야 하오."
오묘한 표정. 진짜 스파이가 따로 없네.
"거기에 누가 있죠?"
"시체가."
"이 추운 밤에 혼자 시체를 보러 가라고요?"
"지금쯤 그의 아들이 와 있을 거요."
그녀는 받아든 그의 명함을 읽어 보았다.
라임화장품 선양지사장. 김민수.

청나라 시조 누루하치의 터전이었던 선양은 나날이 번성하는 인구 800만의 도시였다. 올 때마다 거대한 빌딩들이 치솟고 있었다. 이 도시는 국정원의 가장 중요한 공작거점이었다. 정체를 드러내지 않는 수십 명의 블랙공작원들이 비밀리에 활동하고 있었다.
국정원 대북정보분석팀장 박주연은 선양 주재 정보수집관인 강호길이 모는 승용차를 타고 선양 중심가의 순환고가도로를 달리고 있었다. 칼바람이 몰아치는 늦은 밤인데도 거리에는 인파와 차량으로 가득했다.
주한미군 소속의 U-2 고공전략정찰기는 2만 4천 m 상공의 성층권에서 북한영공에 들어가지 않고 북한 전 지역을 실시간으로 들여다보는데, 그 정보를 수집분석하는 미군 오산기지 항공통제본부 측에 자료제공을 요청했으나 거절당했다. 김일성 동상 따위에 첨단장비가 동원될 수 없단다.

박주연은 부아가 치밀었다. 미국 국립정찰국에서는 우리한테 동상 이동의 의미를 파악해 달라고 요청하고, 이놈들은 협조요청해도 씨가 안 먹히니. 미국 본토와 한반도의 미국인은 다른 인종인가.

강호길이 말했다.

"지난 열흘간 북한에 있는 첩보망을 총동원해 이상동향을 조사했습니다. 이상한 것은 김일성 동상만이 아니었습니다. 김일성 우상화 조형물인 영생탑도 치워지고 있었고 또 다른 것은…."

"뭐가 또 있나?"

"량강도와 함경북도에 있는 모든 건물들에서 김일성과 김정일, 김정은의 사진액자들이 치워지고 있습니다."

"절대군주들의 사진이 왜 치워져?"

"보위원들이 집집마다 찾아가 사진을 회수하여 어디론가 실어갔답니다."

"인민들에게 뭔가 이유를 댔을 거 아냐?"

"새 사진으로 바꿔 준답니다. 그리고 모든 도서관과 김일성 혁명사상연구실, 김정일 학습연구실에 있는 김일성과 김정일 저작물들이 다 회수되고 있습니다. 수많은 책들이 트럭에 실려 어디론가 옮겨졌습니다."

"도서관과 연구실도 량강도와 함경북도인가?"

"네."

동상과 사진, 저작물까지 치워진다. 상식적으로는 유고 시 사진을 치우는데 그런 조짐은 없었다. 그게 무슨 의미일까.

"그러니까, 함경북도와 량강도에서 김일성과 김정일의 흔적을 지운다는 것 아닌가? 절대권력이 지배하는 땅에서 군주의 흔적을 지운다는 게 말이 돼?"

"새로운 통치모델을 만들려는 걸까요?"

"무슨 모델?"

"동상이나 사진, 저작물 같은 개인숭배물들을 치우면 주민들의 의식이 어떻게 달라지나 실험해 볼지도 모릅니다. 강압적인 개인숭배가 아닌 좀더 현대적인 방법으로 3대 세습을 공고히 하는 거죠. 북한만의 독자적인 21세기형 지배체제를 구축하려고 하는 거죠."

"김정일이 죽은 지 4년이 넘었는데, 무슨 소린가."

그는 머리에 팍 와 닿지 않는 분석은 신뢰하지 않았다.

그는 김정일 죽음이 발표된 날 선양의 조선족 밀집지역인 서탑(西塔) 거리를 걷고 있었다. 북한식당 모란각 2층에서 젊은 여종업원들이 나란히 선 채 유리벽면 밖의 거리를 바라보며 통곡하고 있었다. 찬바람이 부는 길거리 곳곳에서 만난 탈북자 중늙은이들조차 넋을 잃은 채 오열하고 있었다. 그날 저녁 룸살롱에서 만난 19세 탈북자 처녀는 얼마나 울었는지 눈이 퉁퉁 부어 있었다. 김정일은 북한인민들의 뼛속까지 지배하고 있었다. 북한의 실정은 예전과 다를 바 없었지만 인민들의 단합은 견고했다. 4대와 5대 세습이 이어져도 변화는 불가능할 것 같았다.

박주연은 평양 핵심부에서 일어나는 정보를 얻기 위해 필사적으로 대북첩보망을 풀가동하고 있었다. 그가 물었다.

"참, 연쇄살인사건은 어떻게 됐어?"

"어젯밤 보하이 시 호텔에서 서울의 지상파 방송국 PD 한 명이 또 살해됐습니다."

"아시안게임 취재차 온 건가?"

"중국에 들어온 지 한 달쨴데 무슨 특집 프로를 만들고 있었답니다."

"범행수법은?"

"호텔방에서 철삿줄로 목을 졸랐습니다. 지난달에 죽은 한국인 여행작가와 똑같은 수법입니다. 한 달 사이에 한국인 네 명이 당했습니다. 임영민 교수는 폭포에서 떨어져 죽었지만요. 지난주에 목사는 철삿줄로 목이 졸리다가 옆방 사람 도움으로 겨우 살아났대요. 복면을 쓴 범인은 창문으로 도망쳤구요."

"이번에도 붉은 별인가?"

"맞습니다."

범인은 피살자 이마에 칼로 별 모양을 그려놓곤 하는데, 피가 흘러나와 붉은 별이 된다고 한다. 작년 9월에 살해된 국정원 블랙요원의 이마에 붉은 별이 그려진 것이 최초였다.

"중국 공안의 수사방향은?"

"돈을 노린 탈북자들 소행으로 보는 것 같습니다."

"자네는 어떻게 생각하나?"

"북한 정찰총국 공작원 짓 같습니다."

"화산학자에 방송국 PD, 여행작가와 목사라. 신원사항에 공통점이 없잖아. 남북화해 무드인데, 민간인들을 왜 죽일까? 득이 될 것도 없을 텐데."

"정찰총국장 김영철이란 놈은 남북이 잘 지내는 꼴을 못 봐 판을 깨려고 안달하는 강경파 아닙니까? 중국의 아시안게임도 훼방 놓고."

대남공작을 주도하는 김영철 정찰총국장은 천안함 폭침, 연평도

폭격을 감행한 강성인물이었다. 한국정부가 남북대화를 위해 숙청을 요구할 정도로.

"중국 공안들도 아시안게임 기간 중에 일어난 외국인 살인사건이라 초비상입니다. 선양과 보하이 시에 북한 보위부와 정찰총국 블랙공작원들 숫자가 크게 늘었습니다. 우리 요원들도 그들의 동향을 추적하고 있습니다."

차가 선양 도심의 한 호텔로 들어서고 있었다. 차에서 내린 박주연은 맹추위에 온몸을 떨었다. 41세 노총각인 그는 183㎝의 키에 90㎏가 넘는 육중한 체구였다. 30대 중반까지는 철인3종경기에도 나가 입상한 적 있는 강골이었다. 다혈질이지만 끼가 많아 주변에 술친구가 적지 않았다.

계속되는 격무와 음주흡연으로 육체가 망가졌다고 자책하면서 계절 단위로 양복과 코트를 갈아입어 홀아비라는 놀림을 받고 살았다. 그가 신고 있는 랜드로버는 15년 된 구두인데, 밑창을 네 번이나 갈고 구두코가 벗겨진 지 오래여서 구두약조차 안 바르지만 그는 그 신발만 신으면 영감이 넘쳐 나온다고 믿었다.

선양은 동북3성의 중심지였다. 북한 비밀공작원들이 가장 많이 활동하는 곳이었다. 남북 첩보조직 간에는 날마다 전쟁이었다. 박주연은 선양에 올 때마다 신경이 곤두섰다.

화산학자의 죽음

'백두개발' 회장 황우반은 백두호텔에 있는 자신의 집무실에서 국제 익스트림스포츠협회장인 김태일과 술을 마시고 있었다.
"오늘까지 한국인 회원들이 몇 명이나 입국했나?"
"입국대상자 1만 2천 명 중 8천 7백 명이 들어왔죠."
"외국인 회원들은?"
"2천 4백 명이 들어왔는데, 이번 주말이나 돼야 본격적으로 쏟아져 들어올 겁니다."
익스트림 스포츠란 생명의 위험을 무릅쓰고 여러 가지 묘기를 펼치는 레저스포츠인데, 극한 스포츠라고 불린다.
황우반은 이종사촌 동생인 김태일의 당당한 체격을 부러운 눈으로 바라보았다. 김태일의 큰형은 히말라야 14좌를 정복한 산악계의 거물이고 둘째형은 요트를 타고 세계일주를 한 요트광이었다. 미국 프린스턴에서 인류학을 전공한 태일은 형들과 함께 히말라야를 누비고 태평양을 횡단했다. 윈드서핑, 빙벽등반, 절벽스키, 스노보드 등 엑스게임에 미쳐 살았다. 어릴 때부터 미국에서 공부한 황우반은 두 살 아래인 그와 자주 어울렸다.

황우반은 온화한 미소를 흘렸다.

"돌아가신 부친은 엄청난 재산을 투자해 백두산을 개발했지. 헌데, 나는 백두산이 파괴되기를 바라는 자네 같은 스릴러마니아들에게 거액을 지원하고 있네. 참 아이러니컬하잖은가."

김태일은 호탕하게 웃었다.

"형님, 저희 협회가 주최하는 이번 대회의 슬로건이 뭔 줄 압니까. '파괴는 창조'입니다. 백두산은 새로운 모습으로 재탄생하는 겁니다. 협회원들 중에는 기성의 질서를 거부하고 타도를 외치는 극단적인 젊은이들이 많죠. 옛날 같으면 테러단체에 가입했을 청년들이 요즘엔 익스트림 스포츠에 몰입하죠."

그들은 백두산에서 2만 명 이상이 참가하는 초대형 익스트림 스포츠 대회를 계획하고 있다. 개최시기는 미정이었다. 아시안게임이 끝난 후인 2월 말로 예정하고 있으나 안 열릴 가능성이 훨씬 컸다. 왜냐하면 백두산 폭발을 전제로 한 대회이기 때문이다.

그런데도 벌써부터 세계 각국에서 많은 선수들이 열망을 안고 장백산 국제공항을 통해 속속 입국하고 있었다. 입국자들도 그 점을 인지했다. 만에 하나 열리면 인생의 신천지를 개척한다고 생각했다. 그들은 대자연의 변덕을 잘 알았다.

황우반이 물었다.

"그런 대회를 열면 사회적 비난이 엄청나지 않은가?"

김태일은 침착한 태도로 말했다.

"저희는 비난을 오히려 즐깁니다. 4년 전에는 아프가니스탄 산악지대에서 산악자전거 대회를 열었는데, 그곳은 미군과 반군이 치열한 교전을 벌이는 위험지역이었죠. 재작년에는 초대형 홍수가 일어난 태국의 메남 강에서 요트레이스를 펼쳤죠. 작년에는 미국 플로리다에서 토네이도를 타는 열기구 대회를 열었는데, 아홉 명이 죽어 국제적인 비난여론이 비등했었죠. 하지만 우리 시각에서 보면 대성공이에요. 우리는 사망자들을 스포츠 성인으로 추대합니다."

황우반은 자랑스럽게 말하는 김태일이 별종으로 느껴졌다.

"자네가 주최하는 이번 대회는 게임의 독창성과 사회적 비난에서 단연 톱이야."

"세계 언론들이 비난을 퍼붓거나 조롱하고 있죠. 대회가 열릴 가능성은 희박하지만 발상 자체가 반사회적이고 엽기적이란 거죠. 숱한 난민들이 생기는 초대형 재난현장에서 엑스게임을 한다고 말이죠."

"그래, 난 엽기적인 자네들 모습에 반했어."

"극한의 정도가 높아질수록, 희열과 공포가 클수록 위대한 스포츠가 되는 겁니다. 익스트림 스포츠는 매일 진화하고 있죠. 우린 목숨을 거는 스포츠를 늘 구상하고 하루하루를 투쟁하며 살고 있죠."

재작년 토론토에서 익스트림 스포츠협회장 선거를 할 때 26세에 불과한 김태일이 펼쳤던 스포츠 이론은 세계 언론의 화제가 되었다.

황우반은 엄지손가락을 세웠다.

"자네들은 멋진 인간들이야. 자네들 덕분에 이번 아시안게임과 백두산이 전 세계에 많이 알려졌지. 중국정부가 이 대회 승인을 거부하려고 했지만, 내가 적극적으로 승인해야 한다고 주장했지. 어차피 열릴 가능성은 희박하니까, 차기 올림픽 유치와 외화벌이를 위해 백두산 이름을 알리는 데, 이보다 좋은 대회는 없다고 말이야."

"이번 대회를 유치하신 형님이야말로 저희 협회의 기둥이죠."

황우반은 진지한 어조로 말했다.

"대회성공을 위해서는 백두산이 반드시 폭발해야 하네. 수많은 사람들이 죽어야 하네. 정말 많이 죽었으면 좋겠어. 그래야 드라마가 연출되는데 말이야."

고개를 끄덕이던 김태일은 정색하고 물었다.

"그렇게 되면 형님네 회사는 망하는 거 아닙니까?"

"망해도 상관없네. 내게는 새로운 길이 열려. 큰 권력이 내 손에 쥐어질 거야."

황우반은 시가를 피워 물며 의뭉스런 미소를 만면에 흘렸다. 지난 세월 그는 재벌집안에서 소외와 홀대 속에 아웃사이더로 살아야 했다. 익스트림 스포츠 대회가 열릴 수만 있다면 그는 집안의 경쟁자들을 물리치고 대권을 손에 쥘 수 있다.

국제익스트림스포츠협회(International Extreme Sports Association)가 개최하려는 대회는 백두산이 폭발할 때 수만 명이 참가하는 데스 카니발(Death Carnival)이었다. 용암과 화쇄류가 쏟아지는 산록에서 세계 최고 기량을 갖춘 선수들이 죽음의 레이스를 펼친다.

참가자가 죽음을 각오하는 것은 당연했다. 화산폭발 가능성을 부인하는 중국정부는 이번 대회를 온라인 게임 정도로 우습게 평가했지만, 황우반은 연구비를 대주는 화산학자들의 비밀보고를 통해 폭발가능성을 30% 정도로 보았고 그 정도면 수백억 원을 베팅할 가치가 충분히 있다고 계산했다.

김태일은 소파에 한 팔을 걸고 활기차게 말했다.

"형님은 30%라고 생각하시죠? 전 10%라고 생각합니다. 그래도 날마다 흥분 때문에 잠을 못 잡니다."

"멋지군. 10%의 가능성 때문에 잠을 못 잔다니!"

황우반이 만족한 얼굴로 소리쳤다.

"자, 데스 카니발의 성공을 위해 건배!"

"10%를 위해 건배!"
둘은 잔을 부딪친 후 코냑을 단숨에 들이켰다.

새벽 1시. 고다마 기자와 헤어진 오수지는 김민수가 적어준 전화번호로 통화를 하고 콜택시를 탔다. 엄동설한 늦은 밤에 피앙세가 주인인 6성급 백두호텔을 놔두고 시체실로 가는 신세가 한심했다.
택시는 얼음판이 된 고속도로를 북쪽으로 한참을 달려 얼다오바이허〔二道白河〕라는 작은 도시에 들어섰다. 연변 조선족자치주 안도현에 위치한 곳으로 한때 백두산 관광의 기점이었으나 보하이 시가 생기면서 뒤로 밀렸다. 이곳에는 키가 쭉 뻗은 소나무 미인송이 유명한데 조선족이 많이 거주한다.
4차선 도로 뒤편에 허름한 병원이 있었다. 3층의 붉은 벽돌건물에 얼다오바이허 병원〔医院〕이라는 간판이 붙어 있었다. 콜택시 기사에게 1시간 후 다시 와달라고 말한 뒤 병원문을 열었다.
넓지 않은 1층 현관에는 접수대가 있었고 어두컴컴한 병원복도는 난방이 제대로 되지 않아 몹시 추웠다. 그녀는 의자에 앉아 몸을 떨었다.
키 크고 호리호리한 남자 하나가 꽁지머리를 한 채 그에게 휘청휘청 다가왔다. 현관 형광등이 흐린데다 짙은 뿔테안경을 쓰고 있어 얼굴이 잘 안 보였다. 남자는 그녀 옆에 앉자 말했다.
"임준입니다."
"아버님은?"
"병원 지하 냉장고에 안치돼 있어요."
"어떻게 된 겁니까?"
"백두산에서 실족사를 했대요."

"현장엘 가봤습니까?"

"아니오."

"실족사한 장소는?"

"장백폭포래요. 폭포 위에서 떨어졌다는데 믿어지지 않아요. 폭포 밑부분은 지열 때문에 얼지 않았답니다."

"시신을 보셨습니까?"

"예. 온몸이 뭉개져 알아볼 수 없을 만큼 끔찍했어요. 난 공안에게 현장을 방문해야겠다고 수차 말했지만 거부당했어요."

오수지는 인터넷에서 하얗게 얼어붙은 장백폭포의 사진을 보았다. 한겨울에 폭포가 얼지 않았다니 … 눈으로 확인하기 전에는 믿을 수 없었다.

"처음 시신을 본 사람이 누구랍니까?"

"중국 공안 말로는 백두산 관리인이 그제 아침 폭포 주변을 돌다가 시신을 봤대요. 주머니 지갑에 신분증과 김민수 씨 명함이 있었나 봐요. 김 씨가 연락받고 맨 처음 병원으로 달려간 거지요."

"대체 김민수 씨는 누굽니까?"

"아버지와 친분이 있죠. 아버지는 그분 아파트에 기거해왔어요."

"부친이 최근 뭘 하셨는지 알고 계십니까?"

오수지는 흐릿한 조명 아래서 꽁지머리를 뒤로 젖히는 남자의 하얀 계란형 얼굴과 짙은 눈썹을 보며 어쩐지 낯이 익다고 생각했다. 그의 날렵한 몸매는 감탄사가 절로 나올 만큼 완벽했다.

"당연히 백두산 탐사지요. 중국과 수교한 해부터 매년 백두산을 찾으셨죠. 이미 아시겠지만 백두산 폭발설의 중심으로 세상의 이목을 끄셨죠."

"중국정부에게 밉보이지 않았나요?"

"당연히 요주의 인물로 찍혔죠. 중국정부는 부친 때문에 백두산 근 방에 살던 중국인들이 불안해서 이주까지 하고 투자자들이 다 달아났 다며 불만을 터뜨렸죠. 그래서 부친은 최근 2년간 중국에 입국금지를 당했어요."

임영민은 일본에서 화산학 박사학위를 딴 직후 중국의 장백산과학 원에 가서 공동연구를 했고 백두산을 드나들면서 화산연구를 본격화 했다. 중국학자들과의 교류가 끊긴 것은 그가 폭발설을 주장한 이후 였다.

"일본학자들은 부친이 백두산 화산연구에 대한 국제적인 공조를 막 은 장본인이라고 비난했지요. 부친의 일로 중국학자들은 외국학자에 게 굳게 입을 닫게 되었으니까요."

수년 전부터 한 기독교 목사가 임영민의 백두산 폭발론을 인용하면 서 종말론을 주장해왔는데, 두 달 전 임영민이 금년 3월 이전에 백두 산이 터질 가능성이 있다고 언론 인터뷰를 하자 목사는 3월에 백두산 이 폭발하고 한반도가 쑥대밭이 되면 예수님이 재림할 것이라고 주장 해 큰 물의를 일으켰다.

백두산을 가장 잘 아는 화산학자라고 칭송받던 그는 사이비 교주와 결탁한 사기꾼으로 매도되며 많은 언론과 누리꾼들의 지탄을 받기에 이르렀다. 오수지도 지난 2년간 백두산 근방에도 안 가본 학자가 관 측자료도 없이 시한부 폭발설을 주장한다는 것 자체가 인기에 눈이 먼 3류 학자의 행태라고 생각했다. 그는 폭발론을 팔아먹는 장사꾼이자 사이비 교주의 나팔수였다.

하지만 상황은 변했다. 중국정부는 아시안게임 개막을 앞두고 금 년 초에 그의 입국을 허가했다. 한국인들만이 백두산을 채워줄 수 있 다는 현실적인 판단이었다. 폭발설에 대해서도 관대해졌다. 오수지가 물었다.

"임 박사님은 중국에 들어오신 지 1주일 만에 이런 일을 당하는군요. 아버님의 죽음을 어떻게 받아들이세요?"

임준은 눈살을 찌푸리더니 분노에 찬 목소리로 말했다.

"아버지는 존경받는 학자에서 온갖 조롱을 받는 사기극의 주인공으로 전락하셨죠. 종말론을 주장하는 목사한테 큰돈을 사기당한 피해자들에게 폭행까지 당하셨어요. 그래도 워낙 신념과 의지가 강해 절대 자살할 분은 아닙니다."

"타살이란 말입니까? 죽음에는 자살과 타살만 있는 게 아닙니다."

"실족사 아니냐고요? 말도 안돼요. 60m가 넘는 그 위험한 얼음폭포 위에 올라갈 하등의 이유가 없어요."

"부친은 시한부 종말론을 설파하는 주성린 목사와 친분이 없나요? 그 목사가 지금 백두산에서 설교를 하고 있는데, 한국에서 그를 따라온 맹신도 8천 명이 소란을 피웁니다."

남자는 연극무대 위에 선 배우처럼 신랄한 어조로 떠들어댔다.

"아버지와 일면식도 없는 그 사이비 목사가 같이 찍은 사진까지 조작해 부친을 희대의 사기꾼으로 만들었어요. 그 바람에 검찰청에 출두하고 대학징계위원회에 회부되고 부친의 웹 사이트는 욕설로 뒤덮였죠. 진절머리가 나요."

"아버님을 진짜 사랑하세요?"

오수지는 어딘지 이 낯익은 연극배우에게서 가식 비슷한 것을 보았다. 그가 뭔가를 숨기고 있는 듯한 느낌을 받았다. 임준은 오수지의 엉뚱한 질문에 화난 듯 사나운 눈길로 그녀를 쏘아보더니 벌떡 일어나 어디론가 가버렸다. 머쓱해진 그녀는 손목시계를 보았다.

벌써 새벽 2시. 지금부터 돌아가자마자 기사를 써도 아침 7시는 넘길 것이다. 아침부터 경기가 본격적으로 시작되는데, 날밤을 새워야 할 게 뻔했다.

그녀는 육감적으로 김민수라는 사내도 미심쩍었다. 그의 눈빛에는 어딘지 속임수가 엿보였다.

그녀는 임준과 헤어진 뒤 콜택시로 돌아오니 기사가 쪽지 한 장을 건네주었다. 누군가가 전해 달라고 했단다. 실내등을 켰다.

> 나는 북조선 과학자요. 림영민 박사를 잘 압니다. 나를 남조선으로 망명시키려고 했던 림 박사는 살해당했소. 내가 아는 모든 사람들이 중국 공안이나 북조선 특무들에게 미행당하고 있소. 또 연락할 테니 날 도와주시오.

너무나 황당한 내용이었다. 북한의 과학자가 임영민과 관계를 맺고 망명을 시도했다는 말에 그녀는 경악했다. 임영민의 죽음이 북한 과학자의 망명과 관계가 있다는 것이었다. 하지만 누가 수작을 부리는지도 몰랐다. 그녀는 쪽지를 얼른 재킷 주머니에 넣었다.

고노 지카히로는 새벽 2시 너머까지 보하이 시 복판에 새로 지은 백두호텔의 바에 앉아 있었다. 그는 지난 주말 부인과 어린 딸을 데리고 동계 아시안게임을 보려고 이곳에 왔다.

고노는 엘리베이터를 만드는 일본회사의 선양 공장장이었다.

이달 들어 이수근에게서 자료를 받지 못하자 도쿄 당국의 채근이 심해졌다. 이수근은 북한에 있는 백두산 지진연구소 부소장이었다.

고노는 이수근과 선양에서 매달 한 번씩 만났다. 무역업자를 가장한 이수근은 월말이면 압록강을 건너 선양으로 와서 그에게 백두산 관측자료를 넘겨주고 마카오에 있는 비밀계좌로 달러가 송금되었는지 확인하고 돌아갔다.

일본정부는 고노를 통해 북한에 화산 관측장비를 제공하고 연구경비를 매달 30만 달러씩 지원하고 있었다. 재작년 8월 마카오로 출장 갔을 때 그는 일본 내각조사실 간부를 만났다. 그는 그들의 비밀공작원이 되기로 했다.

지난 2월 2일 선양의 약속장소에 이수근은 나오지 않았다. 대신 이틀 후, 얼다오바이허의 한 호텔에서 만나자는 전갈을 받았다. 커피숍에서 기다리는데, 전화가 왔다.

"난 리수근을 보낸 사람이오."

그를 보낸 자라면 북한의 국가안전보위부의 고위층일 것이다.

"보위부에서 그를 체포하라는 명령을 내렸소. 만나자마자 달아나라고 하시오. 일체 그와 대화는 하지 마시오."

고노는 상식선에서 이해가 되지 않았다. 보위부가 그를 통해 막대한 달러를 수금하는데 체포령은 뭐고 또 도망치라고 일러주는 건 뭔지 도통 이해되지 않았다.

이수근은 전화로 오늘 만나자고 했지만 또 나오지 않았다. 보위부에 잡히고 만 것일까. 고노는 착잡한 심경으로 스카치위스키를 마셨다.

자리에서 일어나려는 차에 미모의 여성이 다가왔다. 하얀 스키복을 입은 그녀는 8등신 몸매에 동작이 민첩했다. 뭇시선이 쏠릴 만큼 빼어난 미모였다. 그녀가 허리를 숙이며 그의 귀에 속삭였다.

"이수근 씨를 기다리시죠?"

유창한 일어였다.

고노는 주위를 둘러보며 물었다.

"누군데, 그를 아시오?"

그녀는 그의 옆에 앉으며 밝게 웃었다.

"지난 2월 5일 이수근 씨는 출장지를 이탈해 지린 시에서 임영민 교수를 만났어요. 그 사실을 안 북한의 국가안전보위부가 그를 추적하고 있어요."

고노는 비밀경찰조직 국가안전보위부의 악명을 익히 알고 있었다. 북한인들의 탈북이 날로 심해지자 보위부 해외공작원들은 중국에서 탈북자들을 멋대로 살해하거나 공공장소에서 폭력을 행사하며 압송해 국제적인 비난을 받고 있었다. 고노가 말했다.

"백두산 폭발설을 주장하는 임영민 교수 말입니까. 그를 만나면 이수근의 행방을 알겠군요."

여자는 담배를 피워 물더니 연기를 내뿜으며 말했다.

"임 교수는 며칠 전에 죽었어요. 이수근은 임 교수가 죽을 때 현장에 함께 있었던 것 같아요. 그는 달아났어요. 중국 공안이 그를 살해 혐의자로 쫓고 있어요."

고노는 여인의 아름다운 옆모습을 찬찬히 뜯어보았다.

"그의 행방을 아시오?"

여인은 남자를 바라보며 천천히 고개를 가로저었다.

"당신은 대체 누구요?"

고노는 여자가 뭘 하는 사람인지 궁금했다.

"차차 알게 될 거예요. 당신과 적이 아니란 것만 밝혀드리죠. 조만간 또 만나게 될 거예요."

여자는 담배연기를 사내얼굴에 휙 뿜더니 종종걸음으로 사라졌다.

얘긴 즉 북한 화산학자인 이수근이 출장지를 이탈하여 남한의 지진학자와 몰래 돌아다니다가 그를 살해하고 도망쳤다는 말 아닌가. 이수근은 북한지도부의 허가를 받고 해외를 들락거리는 사람이었다. 북한에서 어떤 밀명이 떨어져 이수근이 이러한 상황에 빠졌는지 알 수 없었다.

고노에게 이수근의 안위 따위는 안중에 없었다. 다만 백두산의 지진활동이 급증하는 긴박한 시기에 화산정보를 얻지 못하는 것이 문제였다. 내각조사실 파견요원이 하루에도 수차례 전화를 걸어와 그를 압박하고 있었다. 그는 자리에서 벌떡 일어서더니 그녀를 뒤쫓았다.

새벽 2시 30분에 김민수는 보하이 시 한 식당에서 얼다오바이허에 기독교 선교사로 와 있는 한국인을 잠시 만났다.

김민수는 자리에 일어나 선교사와 악수하며 말했다.

"저는 독실한 기독교인입니다. 지금 너무나 많은 탈북자들이 북한을 빠져나와도 중국에서 인신매매를 당하는 등 온갖 학대를 당하고 있죠. 같은 동포로서, 신앙인으로서 이들의 참상을 두고 볼 수는 없었어요. 중국에서 탈북자들 때문에 울기도 많이 울었죠. 장사를 하면서 인도적 차원에서 틈틈이 그들을 도울 뿐입니다."

김민수는 부모님의 고향이 북한이어서 어릴 적부터 북한에 관심이 많았다. 월급의 절반가량을 그들을 돕는 데 쓰지만 큰 보람을 느꼈다. 선교사는 탈북자를 중국 공안에 팔아먹는 조교(朝橋)나 북한 공작원들의 동태를 김민수에게 알려주었다. 이틀 전에 한국인 PD가 죽은 것도 그를 통해 알았다.

김민수는 설한풍이 몰아치는 보하이 시내의 화려한 야경을 바라보며 오늘은 자신의 숙소에 손님이 있어 호텔 신세를 져야 할 것 같아 잘 가는 단골호텔에 전화를 걸어 보았다.

"오늘은 예약손님들로 꽉 차서 룸이 없습니다. 전부 한국인들입니다."

온천에 가서 사우나나 하고 새우잠을 자야겠구먼. 웬 한국인들이 이리 많이 몰려올까. 보하이 시 거리가 한국인들로 휩쓸리고 있었다. 그는 승용차에 들어가 시동을 걸고 조수석에 놓인 여행사 팸플릿을 주워들었다. 실내등을 켜고 들여다보았다.

백두산 폭발임박. 원시의 야생이 살아 있는 백두산과 천지의 위대한 풍광을 감상할 기회는 이번뿐입니다. 겨울스포츠의 메카 백두산 슬로프에서 마지막 스키를 즐깁시다. 당신이 이곳에 왔을 때 백두산이 터진다면 당신은 블록버스터 영화의 주인공이 됩니다. 쏟아지는 화산재와 용암을 구경하고 죽음과 촉각을 다투는 멋진 스릴을 체험합시다. 저희 여행사는 대피수단을 완벽히 갖췄습니다. …

상술치고는 악랄했다. 한국 여행사들이 온갖 자극적인 문구로 수만 명의 단체관광객들을 모집해 호황을 누리고 있었다. 어리석은 꼬임에 넘어간 한국인 순례자들까지 대거 몰려들자 백두산 일대 도시들의 숙박시설이 남아나지 않았다. 사이비 목사가 백두산 기슭 눈밭에서 수천 명의 추종자들을 모아놓고 종말론을 설파하면서 백두산이 폭발하면 십자가를 지고 천지물로 뛰어들겠다고 선언하자 일대는 울음과 함성이 그치지 않았다.

김민수는 2년 전에 동북 3성에 들어와 이제 웬만큼 적응을 했다. 얼굴이 둥글넓적하고 인상이 부드러운 그는 모든 사람들에게 호감을 주는 호인형이었다. 목소리도 부드러웠다.

그는 '북한민주화연대'라는 대북민간단체가 탈북자들을 돕기 위해 동북 3성에 파견한 인물이었다. 국가정보기관에 10여 년을 근무하다가 좌파정권 때 그들의 대북정책에 염증을 느껴 뛰쳐나와 우익민간단체 활동에 참여했다.

중국에서 탈북자들을 돕는 것은 위험한 일이다. 중국 공안과 북한 공작원들에게 체포 수감되거나 폭행 살해까지도 당한다.

김민수는 중국어에 능통했다. 그저께 밤 김민수가 임영민의 시신을 보러 병원으로 갔을 때 중국 공안들의 태도에서 경계감을 느꼈다. 죽은 임영민의 호주머니에서 그의 명함이 나오자 공안은 그를 불러 꼬치꼬치 캐물었다. 그는 여권을 보여주었다.

김민수는 라임화장품이 동계 아시안게임의 피겨경기장 장내광고를 하게 됨에 따라 보하이 시에 와 있었다. 보하이 시는 백두산에서 북서쪽으로 29㎞, 얼다오바이허는 북쪽으로 57㎞ 떨어진 곳으로 서로 이웃해 있다.

젊은 공안은 그의 여권을 어디론가 가지고 가더니 30분 후에야 돌아와 돌려주었다. 그 뒤로는 미행자가 따라붙는 것 같았다. 그들은 임영민과 조금이라도 연관된 사람은 찰거머리처럼 파고들었다.

김민수는 임영민이 죽은 이유를 알려면 그와 함께 있던 이수근을 찾는 것이 급선무라고 생각했다. 지금 동북지방에는 중국과 북한 공작원들 수백 명이 이수근을 잡기 위해 총동원되었는데, 김민수는 이수근이 백두산 폭발정보 따위 때문에 쫓기는 것은 아니라는 느낌을 받았다.

황장엽 망명 때만큼이나 많은 인력이 동원된 것은 무언가 더 절박한 사정이 있을 터였다. 중국 공안당국은 아시안게임 대회기간 중에 유명한 외국인이 의문사를 당했고 한국인 연쇄살인사건까지 발생하자 신경을 곤두세우고 있었다. 그들은 임영민을 실족사로 몰아 중국에서 빨리 시신을 추방, 사건을 덮고 싶을 것이다.

새벽 3시. 그의 차는 보하이 시 중심부에 있는 백두호텔로 들어갔다. 주차장에 차를 대고 호텔로비로 걸어가던 중 낯익은 사내와 마주쳤다. 이수근과 거래하던 일본인 고노 지카히로였다. 그가 볼보 승용차에 묘령의 여성을 태우고 어디론가 출발했다. 머릿속이 잠시 혼미해졌다. 어디서 봤지.

차에 탔던 여인의 동그랗고 하얀 얼굴이 망막에 맴돌았다.

불현듯 베이징의 한 골프장에서 홍콩재벌 궈자오청〔郭兆誠〕과 중국 태자당원 몇이 라운딩하던 모습이 떠올랐다. 그들과 함께 있던 미모의 여인.

30대 중반인 그녀는 이목구비가 또렷하고 날카로운 지성미를 갖춘 여성.

홍콩의 마타하리 린리치〔林丽淇〕였다.

그의 가슴이 요동쳤다. 린리치가 왜 일본 스파이놈을 만날까.

김민수는 비화통신(非和通信) 장치가 달린 스마트폰으로 동북3성에 배치된 화장품회사 직원들에게 탈북자 이수근을 찾으라는 문자메시지를 보냈다. 하루속히 그를 찾아서 한국으로 보내야 했다.

위험불감증

아침 9시 20분. 국정원 대북정보분석팀장 박주연은 선양 서탑거리에서 무역회사로 위장한 선임정보관 강호길의 개인 사무실로 들어섰다. 강호길이 자리에서 일어나 소파에 앉아 있는 차림새가 초라한 두 사람을 소개시켜주었다. 정보원으로 활동하는 북한인 무역일꾼들이었다. 그들의 이야기를 듣는 동안 박주연의 표정은 점점 심각해졌다.
"함경북도의 군부대들이 대대적으로 이동한단 말인가? 어디로 이동하던가?"
함경북도 지역을 다녀온 호리호리한 사내가 말했다.
"함경북도 부대들은 주로 강원도로 옮긴다더군요."
"직접 확인한 건가?"
"제 고향이 청진입니다. 거기서 알고 지내는 군관에게 들었죠. 부대 전체를 몽땅 옮긴답니다. 김책시에 있는 군부대들도 마찬가집니다."
"이들이 옮겨가는 시간은?"
"한밤중입니다."
"눈이 많이 내렸을 텐데."

"폭설을 뚫고 부대이동을 하더군요."
"비밀리에 부대이동을 한다? 그게 가능할까?"
부대인력뿐만 아니라 탱크와 대포, 군용차량까지 몽땅 이동하고 있었다. 부대이동을 감추기 위해 폭설이 내리는 밤에 이동하는 것이다.
미국 정찰위성이나 주한미군 U-2 정찰기, 주일미군 RC-135C 코브라볼 정찰기에는 열적외선 영상장비가 장착돼 야간이나 눈비가 내려도 지상을 정밀하게 촬영하고 땅속에 묻힌 무기도 찾아낸다. 주한미군이 이런 움직임을 포착하지 못했을까.
한국은 첨단첩보위성이 없으니 발로 뛸 수밖에. 박주연은 전통적인 인간정보활동(Humint)이 최첨단 장비를 사용한 기술정보(Sigint)보다 중요하다는 지론을 가지고 있었다. 박주연이 물었다.
"함경북도 용오동과 무수단리 미사일 기지는?"
청진 사내는 몸이 날래고 순발력이 좋아 신임받는 젊은이였다.
"거기 갔다가 경비병한테 잡혀 죽을 뻔했어요. 많은 미사일들이 폭설이 내리던 날 한밤중에 이동했습니다."
"추적해 봤는가?"
"경비병 수백 명이 쫙 깔려 있어 추적은 못했습니다."
"어디로 가는 것 같은가?"
"남쪽 방향이었습니다."
"미사일 발사대도 옮기던가?"
"그렇습니다."
용오동과 무수단리 미사일 기지는 시설이 어마어마했다. 또 다른 미사일 비밀기지를 건설한 것인가. 반드시 확인이 필요한 정보였다.
박주연이 고개를 돌리며 말했다.
"량강도는 어때?"

키가 작달막하고 체격이 좋은 북한청년이 대꾸했다.

"국경도시 혜산은 별다른 움직임이 없는데, 갑산과 운흥에 있는 군부대들이 함경남도 함흥으로 이동하고 있었습니다."

"일시적인 이동이라는 생각이 안 들었나?"

"이동한 부대 막사 안에 들어가 봤더니 아무 것도 남아 있지 않았습니다. 부대시설물을 일부러 파손시켰더군요."

"국경도시는 안 옮기고 내륙도시만 옮기는 건가?"

박주연은 고개를 갸웃거렸다. 중국과 러시아와 접한 량강도와 함경북도의 수많은 부대들을 이동시킨다는 것은 이상현상이었다. 절대성역인 김일성 동상과 미사일과 군부대가 왜 옮겨지는가. 무기와 부대이동을 감추기 위해 동상으로 눈을 돌리게 한 것일까.

북한청년 둘은 국경무역을 하는 보따리 장사치들이었다. 중국을 맘대로 드나드는 이들에게 다달이 활동비를 주고 중요한 첩보를 가져오면 보너스를 얹어주곤 했다. 강호길이 사무실을 나서는 둘에게 보너스 봉투를 건네주었다.

정보전쟁터인 동북 3성에서 중국 공안과 북한공작원을 상대하는데는 금기가 없었다. 기만과 역정보, 매수와 포섭, 공갈협박과 암살 같은 흑색공작도 빈번히 일어났다. 박주연은 만족한 미소를 흘렸다. 귀가 뻥 뚫리는 좋은 정보였다.

아침부터 눈발이 흩뿌렸다. 흰 눈을 머리부터 흠뻑 뒤집어쓴 거대한 백두산이 온 세상을 움직이는 모든 에너지를 담고 있는 듯했다. 한반도의 등줄인 백두대간의 머리인 백두산은 보기만 해도 절로 신비로움이 느껴졌다. 눈 내리는 백두산에 들어오면 안개 속에 파묻힌 거대한 무인도에 들어와 길을 잃은 듯한 느낌이 들었다. 고적함과 원시적인 야성이 뒤섞여 있었다. 이 세상 끝에 도달했다는 기묘한 생각에 사로잡혔다.

백두산 원시림 복판에 건설된 보하이 시는 서쪽에는 선수촌과 경기장 시설, 관공서들이 배치되어 있고 동쪽은 카지노와 쇼핑센터, 먹자골목 등 유흥오락시설이 밀집해 있다. 북쪽에는 지열발전소와 하수처리장이 들어섰고 남쪽에는 백두산을 조망할 수 있는 호텔과 콘도, 거대한 점프스키장과 정수장이 자리 잡았다. 눈이 많이 내리는 지역이라 시민들은 스키나 스노모빌을 타고 일을 보러 다녔다. 오수지는 겨울도시의 이국적인 정서가 맘에 들었으나 30층 이상의 초고층 빌딩들이 우후죽순으로 솟아올라 백두산의 조망을 망치는 것은 못마땅했다.

숙소로 돌아온 오수지는 임준과의 인터뷰 내용을 기사화해 사진과 함께 본사에 송고했다. 옷도 갈아입지 못하고 침대에 쓰러져 잤다. 일어나 보니 벌써 오전 9시가 넘었다. 10시부터 열리는 기자회견 장소로 가기 위해 호텔 콜택시를 부르고 기다렸다. 남루한 옷을 입은 중국인 소녀 하나가 그녀 앞에 나타나 쪽지를 주더니 쪼르르 달아났다.

> 어제 그 사람이오. 아직은 날 믿지 못할 거요. 오늘 밤 12시에 백두산 달문에서 만납시다. 내가 모든 걸 보여주고 말하겠소. 동무도 취재를 하려면 그곳이 궁금할 거요. 림 박사 아들과 같이 오시오. 내 이름은 리수근이오.

그녀는 두 번째 쪽지를 받자 상대가 장난하는 게 아니라는 것을 느낄 수 있었다. 이수근이라. 달문이라면 장백폭포 방향으로 올라가면 만날 수 있는 백두산 정상부였다. 헌데 백두산이 통제된다는데 그곳을 어떻게 들어간단 말인가. 한밤중에 영하 30도가 넘을 맹추위에 정상까지 오르는 게 가능한가. 이 사람이 왜 나를 믿을까. 나도 이 사람을 믿고 그 위험한 곳까지 가야 할까. 임 박사 죽음의 전말에 대해 이 자가 열쇠를 가지고 있는 것 같았다. 취재를 위해서는 위험쯤은 무릅쓰기로 했다.

콜택시가 백두산으로 들어갔다. 보하이 시에서 백두산으로 들어가는 도로는 자작나무 원시림을 뚫고 들어가는데 흰 눈이 회오리치듯 쏟아지고 있었고 제설차들이 도로에 가득 쌓인 눈을 치우고 있었다. 트럭 위에서 인부들이 삽으로 적재함에 가득 실린 염화칼슘을 도로 위에 뿌리고 있었다.

그녀가 백두산 관문인 북파산문 못 미친 곳에서 오른쪽으로 꺾어진 길로 들어가자 지붕이 거대한 목조저택이 나타났다. 철문을 들어서니 커다란 전나무와 하얀 자작나무들로 둘러싸인 넓은 정원에 온천수영장과 골프연습장이 있었다. 차가 현관 앞에 도착하자 집사가 나와 그녀를 안내했다.

넓은 거실에 많은 기자들이 몰려와 있었다. 거실 뒤편의 문이 열리며 신장이 180㎝쯤 되는 정장 차림의 젊은이가 나타나 소파 한가운데에 앉았다. 핸섬한 얼굴에 부드러운 미소가 인상적이었다.

기자회견이 시작되었다.

"황우반입니다. 날이 찬데 오시느라 고생하셨지요. 다산그룹 창업주인 저희 부친께서는 백두산 개발에 온힘을 기울여 마침내 이곳 보하이 시에서 동계 아시안게임을 열 수 있게 만들었지만 그 성과를 보지 못하고 작년 말에 세상을 떠나셨습니다."

그의 아버지 황백호는 한국 10대재벌의 하나인 다산그룹의 오너였다. 8년 전부터 중국의 부호와 손을 잡고 백두산 개발에 30억 달러를 투자했다. 그가 병사하자 외아들인 황우반이 백두산 개발을 마무리

지었다.

한 기자가 물었다.

"보하이 시는 어떤 특색이 있습니까?"

"친환경 개발로 탄생된 명품도시입니다. 백두산 지하에 있는 풍부한 지열을 활용하기 위해 지열발전소를 건설해 사용전력의 100%를 충당하고 있습니다. 보하이 시는 국제도시입니다. 현재 한국인들이 모여 사는 고급별장지대를 개발하고 있으며 3년 안에 연간 5백만 명의 관광객을 유치할 예정입니다. 세계적인 겨울관광도시가 탄생하는 거지요."

"최근 백두산 남쪽도 개발한다고 발표하셨지요?"

"작년 4월에 저희 '백두개발'은 김정은 최고사령관과 백두산 개발에 합의했습니다. 올해부터 5년간 30억 달러를 투자해 삼지연을 보하이 시와 유사한 관광도시로 만들 겁니다. 세계에서 가장 긴 스키 슬로프가 생기고 초대형 온천이 개장될 겁니다. 백두산의 남과 북은 대한민국 자본으로 개발돼 한국인들에게 더 가깝고 친근한 존재가 될 겁니다."

백두개발은 황백호가 세운 회사였다. 황우반은 삼지연시가 개발되면 한국관광객만 연간 50만 명을 끌어들여 북한에 연간 15억 달러의 수익을 제공해 남북화해에 앞장서게 될 것임을 강조했다.

황백호의 사업 파트너인 중국재벌 장원(張雲)은 중국혁명원로의 아들로서 태자당원이었다. 장원의 아들이 보하이 시장이었고 지린성장은 그의 사촌이었다. 황백호는 중국 및 북한 고위층의 강력한 비호 아래 백두산 일대를 호령해 백두산 호랑이라는 별명을 얻었다.

한 기자가 물었다.

"한국의 보수언론과 보수단체들은 백두개발을 북한의 핵개발을 돕는 반국가적인 종북기업이라고 비판합니다. 중국이 단독으로 백두산을 유네스코에 등재했고 '발해'라는 이 도시이름은 동북공정의 상징성을 지닌다고 볼 수 있는데, 이런 곳에 한국자본을 투자하는 것은 미친 짓이라는 비난이 봇물처럼 쏟아지고 있지요. 황 회장의 견해는 어떻습니까?"

황우반은 침착하게 대꾸했다.

"백두산 개발은 이미 오래전에 한국정부의 승인을 받고 시작한 남북교류협력사업입니다. 남과 북이 핵문제로 갈등을 겪고 있으나 함께 손을 잡고 민족의 성산을 개발함으로써 갈등을 극복하고 밝은 미래를 열면서 한민족의 동질감을 회복할 필요가 있습니다. …"

그는 온화한 미소를 지으며 이어 말했다.

"백두산이 새로운 종교의 메카로 급부상하고 있습니다. 수많은 순례자들이 몰려오자 한국의 계룡산에 있는 도사님들도 이리로 대거 이주하고 있습니다. 중국정부는 종교순례자들에게 장기체류비자를 내주고 있습니다. 저희 백두개발은 중국정부에 종교특별지구 지정을 요청하고 있는데, 앞으로 한국인들이 이곳에서 종교의 자유를 만끽할 수 있도록 돕겠습니다. …"

다른 기자가 팸플릿을 흔들며 질문했다.

"황 회장이 소유한 백두개발이 한국관광객을 대거 불러들이고 있다는 게 사실입니까? 그런데, 백두산 폭발이 임박했다는 여행사 팸플릿은 뭡니까?"

황우반의 표정에 분노가 스며들었다.

"이 도시는 아시안게임 개막과 함께 문을 연 겁니다. 제 부친은 개막식 때 한국인들로 이 도시를 가득 채우길 원하셨지요. 그래서 저희 회사는 염가여행권 1만 8천 장과 무료여행권 1만 2천 장을 제공했죠. 돈에 눈이 먼 일부 여행사들이 백두산 폭발설로 부친의 숭고한 뜻을 짓밟았습니다. 최근 장백산화산관측소가 발표했듯이 백두산은 안정된 모습을 찾았습니다. 그런데도 저들은….”

오수지는 연인인 황우반의 능숙한 기자회견 광경을 바라보면서 미소를 지었다. 그와는 지난 10월 미국 솔트레이크시티에서 국제스키대회를 취재하던 중에 만났다.

그녀가 스키를 타고 슬로프를 내려오는데 앞서 가던 한 남자가 쓰러지는 바람에 그녀도 함께 뒹굴었다. 남자는 그녀의 손을 잡으며 미안해했다.

"다치지 않았습니까? 정말 죄송합니다."

에이, 재수 없어. 허리의 통증을 느끼며 일어나던 그녀의 입에서 욕설이 터져 나오기 직전이었다. 멍청한 새끼. 일어나서 사타구니라도 걷어차야겠다고 생각했다. 가파른 눈길로 올려다보던 그녀의 눈이 환해졌다. 훤칠한 키, 하얀 피부, 매력적인 얼굴, 목소리조차 대지의 눈을 다 녹일 듯했다. 이게 웬 횡재수야. 그녀는 다시 주저앉아 신음소리를 냈다.

"아파서 못 일어나겠어요."

남자는 오수지를 등에 업고 긴 슬로프를 내려와 호텔까지 데려다주었다.

함께 커피를 마시고 저녁식사를 한 후 새벽까지 술을 먹었다. 그는 컬럼비아대학 법학대학원을 나와 미국에서 변호사로 활동했다. 아버지가 추진하는 백두산 개발에 합류해 솔트레이크대회를 벤치마킹하러 왔다고 말했다. 어릴 때 혼자 유학 와 외로움에 시달리며 오래 살았단다.

오수지는 소문난 말술이었다. 회식자리에서도 그녀와 대작한 남자 선배들이 먼저 정신줄을 놓기 일쑤였다. 그녀는 황우반이 술잔을 비우기 무섭게 채웠다. 자정이 넘자 폭탄주까지 돌렸다. 남자는 여자한테 술로는 질 수 없다는 신념을 가지고 있었다. 그는 오기로 버티다 한순간 탁자에 이마를 찧었다.

새벽 3시에 그녀는 꼬꾸라진 그를 업고 엘리베이터를 타고 객실로 올라갔다. 그녀의 침대에 누이고 팬티만 남긴 채 옷을 벗기고 그 옆에서 같이 잤다. 느지막이 눈을 뜨니 황우반도 막 일어났는지 허둥대며 바지를 입다 당황한 눈으로 그녀를 내려다보고 있었다.

"간밤에 어떻게 된 거죠? 제가 혹시 실수라도 … 통 기억이 … ."

"실수를 말리느라 고생 좀 했죠. 역시 외로운 사람은 거칠더군요."

그녀는 조신한 여자처럼 행세했다. 넌 나한테 낚였어. 그녀는 얼굴이 발개진 그가 순진한 수토끼 같다고 생각했다. 준수한 외모와 부드러운 성품에 유머가 풍부한 그와는 금방 친해졌고 매일이다시피 전화와 메일을 주고받으며 급속도로 가까워졌다. 그는 언제나 직업답게 말솜씨가 뛰어나고 결코 화를 내는 법이 없었다.

만난 지 두 달 만에 서울의 한 레스토랑에서 그의 프러포즈를 받고 미래를 약속했다. 이튿날 황우반은 그녀를 어느 종합병원 특실로 데려갔다. 한 중늙은이가 침대에 누워 있었다. 황백호였다. 죽음을 앞둔 남자는 며느릿감을 만나보고 흐뭇해했다.

"지성미와 자신감이 돋보이는 규수구먼. 재벌가 안주인은 당당하고 강인해야 해. 내 아들을 잘 보필해 주게."

오수지는 간암말기임에도 눈매가 날카롭고 목소리가 카랑카랑한 황 회장에게서 냉혹한 승부사 기질을 느꼈다. 명불허전, 백두산 호랑이라는 별명이 괜히 붙은 것이 아니었다.

인터뷰가 끝나자 그녀는 황우반과 거실에 남아 차를 마셨다.

그가 말했다.

"피곤해 보이는군. 눈이 충혈됐어."

"취재 때문에 밤을 꼬박 새웠어."

"어서 끝내고 약혼식 준비해야지."

약혼식은 아시안게임 폐막식 다음날인 2월 16일 저녁 보하이 시 6성급 백두호텔에서 열기로 했다. 그날 둘은 북조선 최고사령관 전용 헬기를 타고 삼지연 별장으로 날아가 김정은으로부터 약혼선물을 받는다고 했다.

황우반은 나이가 세 살 위인 김정은과 허물없이 지내는 사이였고 단둘만의 술자리도 여러 번 가졌다고 했다. 황우반이 말했다.

"북한 최고지도자한테서 약혼선물을 받는 한국여성은 당신이 유일할 거야."

"그 사실이 알려지면 온 국민의 지탄을 받으며 국가보안법으로 처벌될 걸."

"그럼 북한으로 국적을 바꾸지 뭐."

"기자로서 마지막 취재를 김정은 인터뷰로 하고 싶은데, 주선 좀 해줘."

"황당한 소리 그만해. 당신은 하루라도 빨리 신문사 정리할 생각이나 해."

"일주일만 더 참아. 나도 특종 하나쯤 터뜨려 유종의 미를 거두고 싶어."

황우반은 황백호의 건강이 나빠진 작년 여름부터 중국으로 건너와 백두개발의 경영에 참여하고 있었다. 백두산 개발을 둘러싼 중국과 북한, 한국정부 사이에서 줄다리기를 하느라 늘 골머리를 앓았다. 황우반은 오수지에게 아버지의 노련한 경영능력과 대인관계가 새삼 부럽다고 했다.

하지만 오수지는 그가 이 작은 도시를 지배하고 있다는 느낌을 받았다. 그 느낌은 현실로 드러났다. 그녀가 짐작하는 것보다 훨씬 더 강력하게. 그게 문제일 줄은 몰랐다.

황우반의 벤츠승용차가 오수지를 선수촌 프레스센터까지 데려다주었다. 그녀는 오후 1시에 벌어지는 스피드스케이팅 경기를 취재해야 했다. 한국의 첫 메달이 유력했기 때문이었다. 졸린 눈을 비비며 식당에서 간단히 요기를 한 후 경기장으로 달려갔다. 돔 경기장은 거대했다.

누군가가 그녀의 어깨를 쳤다. 스키복을 입은 김민수가 활짝 웃고 있었다.

"내 덕분에 특종한 겁니다."

"좋은 소식도 아니라 기분이 별롭니다."

"임준 씨를 봤더니 옛날 생각 안 나요?"

"누군지 모르겠던데요."

"그럴 수도 있겠네요. 대학을 2년쯤 다니다 미국으로 유학 갔으니까요. 임 교수의 유일한 핏줄로 만능 스포츠맨입니다."

"친척이라도 되세요? 줄줄 꿰는군요."

"외모가 개성적인 연극배우여서 우리 라임화장품 서울본사에서 그 사람을 광고모델로 발탁하려 했죠. 임 교수가 반대하는 바람에 무산됐지만."

"그가 중국 공안들과 갈등이 있는 것 같아요."

"방금 임준 씨와 통화했어요. 연길시에서 개업한 한국인 의사가 부검하러 갔지만 중국 공안이 거부했대요. 사인이 제대로 밝혀질지 걱정이에요."

"임 박사가 죽기 전날 김 지사장님 아파트에서 함께 있었나요?"

"아들이 오자 부자는 이틀간 나가서 잤어요."

"어디서요?"

"백두호텔."

"임 교수가 백두산엘 자주 갔습니까?"

"그곳은 그의 성지랍니다. 매일 갔지만, 들어갈 수 없었어요."

"하지만 들어갔다가 죽었잖아요?"

"그날 하루 운 좋게 몰래 들어갔을 겁니다."

오수지는 뭔가 아퀴가 안 맞는 듯했다.

5일 전 그들 부자는 함께 있었다. 오랜만에 만났으니 둘은 식사도 하고 밤늦게까지 얘기를 나누었을 것이다. 다음날 아들은 먼저 잠들었다. 이튿날 아침에 부친은 사망했다. 그럼 밤에 입산을 했다는 말인가? 아무래도 스케이팅 경기가 끝나면 다시 그를 만나야 할 것 같았다.

한국 남자스케이터들은 기록이 좋아 순번이 끄트머리였다.

그녀는 김민수와 헤어져 경기장면을 취재하러 갔다.

고참 선수들은 기록이 저조했다. 일본의 신예가 35초대 초반기록을 끊자 객석이 환호했다. 임준은 마지막 주자인 모태범에게 기대를 걸었다.

올림픽 2연패를 달성한 모태범이 일본선수와 마지막 순번에서 스타트했다.

모태범은 초반부터 치고 나왔다. 전광판에서 100m 랩타임이 세계신기록을 돌파하자 관중석은 환호했다.

오수지는 기대에 찬 눈으로 그의 질주를 추적했다.

그때 경기장 전체가 기우뚱댔다. 지진이었다.

거대한 항공모함 같은 돔경기장이 휘청거리자 관중들은 웅성거렸다. 오수지는 마지막 주자 둘이 주로 밖으로 뒹구는 모습을 놀란 눈으로 지켜보았다. 모태범은 경기장을 막은 보호벽에 부딪혀 얼음판 위에서 대굴대굴 굴렀다.

'백두산 쪽에 뭔가 큰 사단이 벌어진 게 틀림없어.'

오후 3시까지 기사송고를 끝낸 오수지는 선수촌 프레스센터에서 잠시 눈을 붙였다. 동계올림픽 금메달리스트 모태범이 경기중 넘어진 사건은 TV화면을 타고 한국의 안방은 물론 세계에 삽시간에 퍼져나갔다.

한국선수단과 일본선수단은 자연재해에 따른 사고인 만큼 재경기를 치러야 한다고 강력하게 항의했으나 대회조직위원회는 장백산에서 그 정도의 지진은 흔하다며 요청을 일축했다.

조직위원장이 직접 나서서 설명했다.

"두 시간 전에 일어난 지진은 장백산 서쪽 80km 지점에서 규모 5.4의 지진입니다. 이 정도 지진은 장백산에서는 수십 년간 다반사로 일어났습니다. 방금 장백산 화산관측소에서는 장백산의 화산성 지진 발생빈도는 지난달보다 훨씬 낮고 2003년보다 낮은 수준이라고 발표했습니다. 아시안게임 경기장들은 진도 8의 지진에도 견딜 수 있게 내진 설계된 최첨단 시설입니다. 모든 대회 참가자들은 안심하고 경기에 몰입하기 바랍니다."

2003년은 백두산이 터질 뻔했던 시기였다. 오수지는 이번 대회는 지진이 경기력에 영향을 주는 최초의 국제대회가 될 것 같다고 생각했다. 한국 언론들은 백두산 지진으로 아시안게임이 중단될지도 모른다고 보도했다.

사회부장이 전화로 지시를 내렸다.

"어이, 불독. 백두산을 취재해. 지진과 화산활동을 말이야. 임영민 사건의 후속보도야. 냄새 좀 잘 맡아봐."

"부장님, 너무한 거 아니에요? 내 몸이 두세 쪽도 아니고 말이지. 살인사건에다 이번엔 화산활동 취재라니?"

그녀는 부장에게 북한 과학자의 존재를 밝히지 않았다. 아직 그를 만날지 결심을 하지 않았다. 밝혔다면 무조건 만나라고 했을 것이다.

"살해된 방송국 PD가 백두산 특집프로를 만들고 있었대. 임영민 사건과 중첩되지 않아? 뭔가 연결되잖아. 한국인 떠버리들을 증오하는 중국인 소행 같지 않아? 군침이 막 도네."

"난 이마에 붉은 별 달고 싶지 않아요."

"백두산에 몰래 잠입해 봐. 사진도 찍고 말이야. 어이, 불독. 한 건 오지게 물어봐. 그럼 수고해."

그녀는 오늘의 경기일정을 보았다. 알파인 스키 남녀 슈퍼대회전, 바이애슬론 남자 10㎞ 스프린트, 크로스컨트리 남녀 팀 스프린트, 아이스하키 여자 한국-북한, 쇼트트랙 남녀 500m 여자 3,000m 예선, 스피드스케이팅 남녀 1,000m.

오후 5시. 오수지는 스키경기장이 있는 창바이 스포츠 리조트에서 스키를 타다가 담장에 붙은 영어 포스터를 보고 있었다.

인류의 모험도전사를 바꿀 지상 최대의 데스 카니발이 백두산에서 열립니다. 백두산이 터지는 순간, 세계 최고의 기량을 갖춘 12명의 스노모빌 선수들이 용암에 쫓기며 죽음의 레이스를 45㎞의 산비탈에서 펼칩니다. 우승상금 1,000만 달러 ….

참으로 황당한 이야기였다. 세상 참 희한한 인간들도 많아⋯.

한 남성이 오수지의 어깨를 쳤다. 컬러풀한 스키복 차림의 사내가 스키용 고글을 벗으며 활짝 웃었다. 오수지는 누구인가 했다.

"임준입니다. 오늘 새벽에 만났던⋯."

그녀는 깜짝 놀랐다. 새벽에 넋 나간 표정과는 사뭇 달랐다. 볼수록 매력 있는 얼굴이라 군침이 돌았다.

"스키를 타자는 오 기자님 연락을 받고 달려왔지요."

"잘 오셨어요."

그러지 않아도 부르려고 했거든.

"중국 공안 한 명이 날 미행하더니 이젠 보이지 않아요."

"미행자가 스키를 못 타는 모양이죠. 근데 이 포스터 희한하지 않아요?"

그는 눈을 부라리며 말했다.

"저도 입국 첫날 보고 놀랐죠. 스포츠 광인들이 벌이는 짓이에요. 백두산이 폭발하는 순간 죽음의 레이스를 펼친대요. 인터넷에서는 난리죠. 이들도 내 아버지의 폭발설에 기대어 부친의 이름을 더럽히고 있죠. 이번 주부터 이곳에서 예선이 시작됐는데, 세계 각국에서 온 1만 명 이상의 또라이들이 참가했죠. 후원자가 '백두개발'이에요. 다 장삿속이에요."

오래전에 듣던 목소리가 재현되고 있었다. 이게 그 사람인가.

"장삿속이래도 기발하네요."

"곧 어두워질 텐데, 어디 가서 저녁이나 먹죠?"

"임준 씨와 갈 데가 있어요."

"갈 데라뇨?"

"장백폭포요."

임준은 사건현장으로 가보자는 그녀의 말에 쾌재를 불렀다.
"거긴 출입금지구역이라 감시가 심한데."
"우회해서 가는 길이 있대요."
"캄캄한 밤인데다 길도 잘 모르는데, 위험하지 않을까요?"
"부친도 한밤중에 들어갔다가 사고를 당했는데, 우리도 상황을 재현해 보면 뭔가를 파악할 수 있을 거예요. 조선족 가이드나 한 명 구해 봐요."

임준은 고개를 끄덕였다.
"아버지가 쓰던 사람이 있어요. 언제 출발할 건가요?"
"저녁을 먹고 8시쯤 출발하죠. 새벽까진 돌아올 수 있을 겁니다."
"참, 김민수 씨 말로는 오 기자님이 저와 대학동창이라던데?"
"저도 들었어요."
"그럼 이제부터 말 틀까요?"

오수지는 고개를 끄덕였다. 어쭈, 제법 사내답게 노네.

오수지는 숙소로 돌아오며 대학시절을 돌이켜보았다. 문과대 건물 안, 어슴푸레 임준의 모습이 떠올랐다. 영문과에 키 큰 남자애가 있었지. 유달리 피부가 하얗고 목소리가 매력적이었지. 한 해를 넘기더니 이듬해 보이지 않아 군대를 갔거니 했는데…. 작은 아쉬움이 일었던 기억이 났다.

그녀는 방한복 안에 내피를 달았다. 저녁을 먹은 뒤 호텔 매점에서 초콜릿을 사 배낭에 비상식량으로 넣었다. 디지털카메라와 플래시, 적외선 야간투시 고글을 챙겼다. NVG라고 불리는 그 야시경은 야밤 취재용으로 제법 쓸 만했다. 또렷하진 않지만 물체를 파악하는 데 도움이 되었다.

그녀는 1시간가량 더 쉬다가 약속장소로 나갔다. 설한풍이 몰아치고 있었다. 새로 개발된 보하이 시 온천타운의 주차장에 들어서자 낡은 중국제 지프 하나가 다가와 그 앞에 섰다.

뒷자리에 오르자 앞 조수석에 앉은 임준이 말했다.

"인사해. 이쪽은 얼다오바이허에 사시는 유상석 선생인데, 오늘 가이드를 맡아주실 거야."

중년의 사내는 키가 작았으나 몸매는 다부져 보였다.

차는 보하이 시를 벗어나 어둠 속에서 눈발을 헤치며 남쪽으로 달려갔다.

앞에 가는 작은 트럭 위에서 인부 두 명이 염화칼슘을 삽으로 퍼 눈 덮인 도로에 뿌리고 있었다. 유상석이 말했다.

"백두산 중심부는 출입통제구역인데, 임영민 선생과는 오랜 동안 친분이 두터워 도와드리는 겁니다."

유상석은 임영민이 중국에 올 때마다 가이드를 했다고 했다. 그는 여름철이면 지프에 관광객을 태우고 삼거리 주차장에서 출발해 북파 코스를 통해 천문봉까지 올라가 천지를 배경으로 파노라마 사진을 찍어주는 일을 한다고 자신을 소개했다.

오수지가 물었다.

"요즘 백두산이 통제돼 어려우시겠어요?"

"난 요즘 한국인이 운영하는 '백두개발'에서 임시직으로 일하는데, 그 바람에 겨우 먹고 삽니다."

원시림을 헤치고 달리던 차는 길옆의 낡은 건물 뒤에 정차했다.

유상석이 손으로 남쪽을 가리키며 말했다.

"지금 저 앞이 백두산으로 들어가는 북파산문 입구인데 중국 공안들이 집중 배치돼 있소. 우리는 밀림을 통해 저곳을 우회해 들어가야 합니다. 여긴 백두개발이 제설장비를 넣어두는 창곱니다."

유상석은 차에서 몇 가지 장비를 꺼냈다.

그가 준비해온 스키는 길이가 짧고 투박했다. 스키에 끈을 매다는 고리가 달려 있어 일반 설상화에 묶어 쓸 수 있었다.

"옛날 이 근방에 주둔했던 중국군 스키부대원들이 쓰던 장비지요. 빽빽한 원시림을 통과하려면 일반스키는 곤란해요. 갈 길이 멀고 험하니까 날 잘 따라오세요."

셋은 배낭 하나씩 메고 거대한 자작나무 원시림 속으로 들어갔다.

오수지는 눈으로만 봐왔던 원시림 속에 들어가자 가슴이 설렜다.

유상석이 앞장서고 중간에 오수지, 맨 뒤에 임준이 뒤따랐다. 구닥다리 같던 스키가 밀림 속을 헤쳐나가는 데는 그만이었다. 오수지는 거대한 자작나무들이 하얗게 말라죽어 껍질이 저절로 벗겨지는 것을 보고 놀랐다.

유상석이 말했다.

"작년 봄부터 백두산 사방에서 나무들이 말라죽고 있습니다. 아마도 전체의 20% 정도는 그럴 겁니다."

"왜 그런 겁니까?"

"산 전체에 지열이 급격히 상승하고 화산가스가 대량 방출되고 있습니다."

"아닌 게 아니라 유황가스 냄새가 나는군요."

"금년에는 새들과 산짐승들이 다 사라졌죠. 이젠 다람쥐 한 마리도 보이지 않아요. 화산가스에 다 내몰린 거죠."

"심각하네요."

"새들은 마지막까지 날아다녔는데, 이 거대한 숲에 새가 살지 않다니 놀라운 일이지요."

그의 말을 듣고 나니 폭발설이 주는 묘한 흥분감에 사로잡히며 발밑에 지뢰라도 깔린 듯 섬뜩한 느낌이 들었다. 짐승이 살지 않는 원시림이라니.

유상석은 비상용으로 설피를 가지고 왔다. 설상화 바닥에 아이젠을 달고 원형 알루미늄 대에 끈을 엮은 보조장치를 매달았는데 깊은 눈에 빠지지 않기 위해서였다. 그가 말했다.

"이 길은 옛날 사냥꾼들이 다녔던 오솔길이지요. 겨울엔 눈이 2m가 넘게 쌓여요."

까마득한 높이까지 자란 자작나무들은 깜깜한 밤에 눈보라가 쏟아지는데도 숲속의 귀인처럼 하얀 자태를 뽐내고 있었다. 눈으로 덮인 숲속에 살을 에는 바람이 윙윙거리며 귓속에 메아리쳤다.

박주연은 한밤중에 고속도로를 타고 백두산 보하이 시로 가고 있었다. 눈이 많이 와 도로는 얼음판이었고 차는 굼벵이처럼 움직였다. 김일성 동상들과 부대들이 대거 남하하고 미사일이 이동하는 것을 확인했지만 무엇 때문에 한겨울에 대이동을 하는지 이유를 알아낼 수 없었다.

운전대를 잡은 선임 정보관 강호길이 말했다

"미사일을 실은 것으로 보이는 트럭 한 대가 어젯밤 함경남도 홍남의 한 부대로 들어가는 것이 목격됐습니다."

"누가 확인했나?"

"홍남에 있는 북한인 공작원이 오늘 아침에 정보를 보내왔습니다."

박주연은 담배를 피워 물며 고개를 끄덕였다.

"함경도 깊숙이 잘 숨겨둔 미사일들을 남쪽 해안도시로 왜 옮길까?"

"한국군이나 미군의 군사적 대응이 쉬운 곳으로 옮기는 건 논리상

안 맞는데, 이유가 있을 겁니다."

함경북도에 있는 기존 장거리 미사일 기지들은 중국이나 러시아와 가까워 유사시 아군이 정밀타격이나 공중폭격을 시도할 경우 중국과 러시아의 반발을 초래할 수 있었다. 박주연은 고개를 저으며 중얼거렸다.

"고급첩보가 필요해."

박주연은 평양의 고급첩보를 얻으려면 북한의 핵심세력에 접근해야 가능하다는 판단이 들었다. 평양의 권력핵심부에도 국정원에 포섭돼 매월 큰돈을 받고 첩보를 제공하는 공작원이 있었다. 그들과의 무인포스트를 열어야 할 것 같았다.

강호길이 말했다.

"지난주에 죽을 뻔한 주성린 목사가 사이비 교주랍니다. 두 달 전에 입국해서 백두산에 몰래 들어가 자신이 설교하는 모습을 비디오로 찍다가 중국 공안에게 여러 번 쫓겨났대요."

"산 속에서 혼자 뭘 설교한 걸까?"

"백두산이 폭발하면 한반도와 동북아 전체가 쑥대밭이 되고 지구의 종말이 온다고 떠듭니다. 그의 설교는 인터넷을 통해 생중계 돼 기독교인들에게 엄청난 호응을 받죠. 지난주에 주 목사가 연쇄살인범에게 목 졸려 죽을 뻔했는데, 주 목사는 제 목에 난 철사자국을 동영상으로 보여주며 사탄을 성령의 힘으로 물리쳤다고 설교해 수많은 추종자들이 눈물을 흘렸답니다. 이젠 불사신으로 추앙받고 있어요."

"화산폭발 종말론이라! 기발하구만. 종말론의 새로운 블루오션을 개척한 거군. 상상력이 풍부한 종교 혁명가야! 대박치겠는데."

"죽은 방송국 PD도 백두산 화산특집을 만들고 있었대요."

"결국 임영민, PD, 목사가 모두 백두산 폭발설과 관계있는 셈이군.

하지만 백두산 폭발을 떠들었다고 북한 공작원이 그들을 죽여? 말이 안 되잖아. 중화제일주의를 주장하는 중국인 극우단체 소행 아닐까?"

"우리 요원까지 죽인 철삿줄 살인마가 중국 깡패라는 건 좀… ."

"오성홍기. 이마에 새긴 붉은 별이 중국국기랑 비슷하잖아. 《중국의 붉은 별》이라는 베스트셀러도 있어. 범인은 중국인임을 과시한 거야."

박주연이 담배연기를 깊이 빨아들이며 이어 말했다.

"중국에 온 장성택의 동향은?"

김정일의 여동생 김경희의 남편인 장성택은 북한 노동당 행정부장인데 막강한 권력을 쥔 실세였다.

"최근 며칠간 북경에서 중국 고위층과 수차 접촉하고 오늘 오전 발해시로 들어갔습니다. 요원 셋을 보냈습니다."

"그자가 왜 발해시에 간 건가?"

"북한 선수단을 격려한다는군요. 백두호텔에 투숙했습니다."

"거기서 누굴 만나려는 움직임은 없는가?"

"마쓰시타 히사오 일본 자민당 정조회장이 같은 호텔에 투숙했는데, 아무래도 둘이 만나는 것 같습니다."

"그들 대화를 도청해."

박주연은 내친 김에 강호길에게 한마디 했다.

"도대체 자네는 어떻게 조직을 관리했기에 사냥개들이 우릴 노리는가?"

박주연은 강호길과 점심을 먹으러 선양의 유명한 뷔페식당에 갔는데, 가족과 같이 온 중국인 청년 하나가 디카로 가족을 찍는 척하면서 자신을 찍자 모골이 송연했다. 중국 공안이 국가정보원 블랙요원들의 존재를 파악하고 막 입국한 자신의 활동을 추적하는 것 같았다.

김영삼 정권 때 항공사 사무실로 위장했던 선양 첩보망이 노출돼 중국 공안의 습격을 받고 상당수 블랙정보요원들이 스파이 혐의로 체포 투옥된 적이 있었다. 당시 대북조직은 큰 타격을 받았다.

강호길이 변명하듯 말했다.

"동북 3성 거점에 블랙요원 수가 턱없이 부족합니다. 인원확충이 필요합니다."

박주연은 힐난조로 말했다.

"일당백이란 말 몰라? 세상은 창조적인 소수가 움직이는 거야. 이스라엘 모사드를 보라구. 애국심으로 무장된 소수 정예요원들이 최고의 공작성과를 거두는 전설을 만들잖아. 인원 핑계 대지 말고 자네가 직접 북한에 들어가. 그놈들이 왜 동상과 무기와 부대를 이동시키는지 밝혀내란 말이야."

중국에서 일하는 대북정보관이나 공작관들은 적진 한복판에서 비밀전쟁을 수행하면서 단순간의 방심 탓에 목숨을 잃곤 했다. 작년 가을, 한 요원의 이마에 붉은 별이 찍힌 것도 그 때문이었다. 우리는 적과 싸우지 않는다. 적을 파악하고 공작을 벌여 소리 없이 장악할 뿐이다.

움트는 재앙

 일행은 스키를 타고 한 시간 동안 원시림 숲을 헤치며 달렸다. 헤드랜턴 빛에 의존해 무수한 나뭇가지들을 피해가는 고난의 행군이었다. 셋은 다시 눈 덮인 아스팔트길에 발을 디뎠다. 허공은 회오리치는 눈보라로 가득했다.

 오수지가 숨을 몰아쉬며 임준에게 말했다.

 "불청객이 이렇게 쉽게 침입할 수 있는 걸 보면 중국 당국의 봉쇄정책도 무용지물이네."

 임준이 이죽거렸다.

 "봉쇄는 무슨? 차단이라는 말도 과분해. 관광객을 끌어들이려는 유인공작 같다는 생각이 드는걸."

 "보하이 시에 오늘 한국인 관광객이 4천 명 들어왔대. 오늘 프레스센터에 나타난 보하이 시장이 한국인들이 떼거리로 온다고 좋아 죽더군. 표정관리가 안 되더라니까."

 그녀는 속으로 말했다.

 '네 아비가 노이즈 마케팅을 도와줬지'

가이드 유상석이 말했다.

"이 길로 15㎞ 정도 더 가야 삼거리 주차장이 나옵니다."

그들은 평평한 오르막이 이어지는 눈이 덮인 아스팔트길을 스키로 달려갔다. 길옆에는 거대한 전나무들이 눈을 흠뻑 뒤집어쓴 채 그들을 내려다보고 있었다.

한참을 타고 간 끝에 백두산 천문봉으로 올라가는 북파코스와 장백폭포 코스가 갈라지는 삼거리 주차장에 도착했다. 천장이 달린 주차장 안에는 여름철에 천문봉까지 관광객을 태우고 올라가는 지프들이 줄지어 서 있었다.

그들은 남동쪽 코스를 택했다. 가이드의 말이 이어졌다.

"이 길이 장백폭포와 달문으로 올라가는 코스지요. 날씨가 좋지 않아 잠입하기가 수월했소. 장백폭포가 그리 멀지 않으니 빨리 갔다 오는 게 좋겠어요."

거대한 원시림 지대가 끝나고 눈 덮인 사스레 나무 군락이 눈앞에 펼쳐졌다. 그들은 스키를 타고 몇 ㎞를 더 들어갔다. 사스레 나무 군락이 끝나고 나무가 없는 고산지대로 들어섰다. 백두산 천지 온천물로 유명한 온천호텔이 나타났으나 한국인이 운영하던 그 호텔은 출입통제로 최근 영업을 중단했다.

그들은 불 꺼진 호텔 입구에 스키를 숨기고 걷기 시작했다. 거대한 계곡이 좁아졌고 양옆의 산비탈은 수직에 가까웠다.

장백폭포로 들어가는 입구에는 나무판이 깔린 작은 마당이 나타났는데 '폭포광장'이라는 팻말이 서 있었다. 불 켜진 작은 가로등 하나가 낭만적인 분위기를 만들었다. 출입통제구역에 웬 가로등인가 싶었다. 그들은 가로등 아래서 잠시 서성거렸다.

유상석이 설명했다. 북쪽에 있는 소도시 얼다오바이허는 해발

1,000m에 위치한 도시였다. 그곳에서 해발고도 1,700m인 이곳까지 약 8도에서 12도 정도 경사의 완만한 오르막길이 이어지다가 정상부를 향해 급격히 높아지는 이중의 형태가 바로 백두산이었다. 백두산의 하부구조는 방패를 엎어놓은 순상(楯狀) 화산이고 상부는 경사가 급해지는 종상(鐘狀) 화산이다.

백두산은 같은 코스라고 해도 계절과 날씨에 따라 모습이 아주 달라 보인다. 오수지는 백두산은 너무나 장엄하고 신비로워 가까이 갈수록 두려움을 느꼈다. 고원지대를 포함한 백두산의 전체 면적은 총 8천 평방km에 달하는데, 경기도보다 넓은 거대한 산이었다.

가이드가 말했다.

"살해당한 방송국 PD가 돈으로 '백두개발' 중국인 직원을 매수했답니다. 우리 회사 직원들은 백두산 출입이 보장되니까, 몰래 비디오카메라를 찍게 한 거죠. 중국 공안이 그자를 체포하고 PD 호텔방을 수색했는데, 그렇게 찍은 필름만 수십 개였대요."

오수지가 말했다.

"그 PD가 임 박사님 인터뷰도 비디오에 담았을 것 같은데요?"

"아마 그럴 겁니다."

"그 비디오에 나타난 임 박사님의 말이나 표정을 분석하면 뭔가 중요한 단서를 포착할지도 모릅니다."

"중국 공안도 그걸 수사하겠죠."

임준은 말이 없었다. 오수지는 임영민과 PD를 죽인 범인은 동일인이라 추정했다. 백두산 속을 돌아다니는 미치광이 하나가 산의 비밀을 밝히려는 이방인들을 살해하고 있었다.

갑자기 몰아치는 눈보라 때문에 앞이 보이지 않았다. 매서운 바람이 뼛속까지 얼릴 듯이 얼굴을 문질렀다. 날씨가 험한 한밤중에 북한

과학자를 만날 수 있을까. 그가 기자인 내게 백두산 꼭대기에서 뭘 보여주겠다는 말인가.

오수지는 배낭에서 고글을 꺼내 쓰며 임준에게 말했다.

"이건 적외선 고글이야. 한밤중에 사물을 관찰할 수 있어. 물체가 뚜렷하게 보이진 않지만 감시인을 따돌리는 데 도움이 될 것 같아 가져왔어."

장백폭포로 들어가는 초입은 난간이 달린 나무다리길이 이어졌다. 안내인의 발걸음이 무척 빨리 둘은 뛰는 듯이 뒤쫓아야 했다. 계곡에 놓인 나무다리길이 200m쯤 꼬불꼬불 이어졌다. 나무다리 밑에서 뜨거운 수증기가 분출하는 지열지대였다. 폭포에서 800m 떨어진 곳이었고 해발고도도 1,800m나 되는 곳이었다.

유상석이 말했다.

"여긴 온천수가 분출하는 지대입니다. 물이 아주 뜨겁답니다. 보통 땐 80도 정도를 유지하는데 요즘은 물이 펄펄 끓어 손도 못 댑니다."

짙은 유황냄새가 코를 찌르는 지열지대에는 눈이 쌓이지 않았고 펄펄 끓는 용광로를 연상시켰다. 그들은 나무다리 위에서 뛰어내려 지열지대로 내려갔다. 바닥의 바위들이 유황과 철분 때문에 온통 노랗고 붉게 착색되어 있었다. 오수지는 호주머니에서 체온을 재는 온도계를 꺼내 온천수에 넣어 보았다. 소형 플래시 불빛 아래서 온도계 눈금이 쭉 올라갔다.

"무려 섭씨 95도네요."

"엄청난 온도군요. 평소보다 10도는 높아요."

임준이 탄성을 질렀다.

"이러니 백두산 폭발설이 설득력을 얻는 겁니다."

분명 백두산은 펄펄 끓어오르고 있었다. 산이 울렁거리며 어디선가 신음소리를 토해내는 듯이 느껴졌다. 거대한 포효의 전조인 것이다. 백두산은 과연 폭발할까.

그녀는 배낭에서 디지털카메라를 꺼내 사진을 몇 장 찍으며 물었다.

"관광철에는 여기서 장사꾼들이 계란과 옥수수를 온천수에 익혀 관광객들에게 판다더군요. 지열지대의 온도가 언제부터 올라갔습니까?"

"지난 가을부터지요."

"화산성 지진이 심해진 것도 그 무렵인가요?"

"지진은 새해 들어 심해졌습니다. 하지만 요즘은 안정화됐다죠."

"학자들이 수시로 점검하겠지요?"

"화산관측소 사람들이 매일 와 온도를 재고 점검합니다."

"장백산에 지진관측소가 많습니까?"

"여섯 곳입니다."

"침입자 세 명이 장백폭포 지열지대로 들어가 뭔가를 관측하고 있습니다."

폭포광장과 지열지대 곳곳에 설치된 고해상도 적외선 감시카메라가 그들의 모습을 모니터에 전송했다. 관리자는 그들이 폭포광장 가로등 밑에 있을 때 카메라의 줌을 당겨 그들의 얼굴을 여러 각도에서 찍었다. 가로등은 야간에 침입자들을 유인하는 어항 같은 존재였다.

"남자 두 명, 여자 한 명."

감시담당자가 보안팀장에게 외쳤다.

"지열지대와 폭포광장에 있는 전향성 마이크의 볼륨을 높여."

바람소리에 섞인 그들의 목소리가 고감도 마이크를 타고 들려왔다. 충분히 알아들을 수 있었다.

보하이 시 스키점프장 앞에 있는 지하벙커는 보하이 시 주요시설을 관리하는 관제센터였다. 백두개발과 중국 측의 장백산관리소와 공동 운영한다. 숱한 컴퓨터 단말기들과 주요 경기시설과 시내 곳곳을 보여주는 수백 개의 모니터 화면, 팩스와 전화, 위성수신 장치와 무선 송수신 장치들이 가득했다.

보안팀장이 말했다.

"저들의 신원을 확인해 보게."

"야간이라서 인식이 제대로 될지 모르겠습니다."

"보하이 시에 들어온 외국인은 모두 확인이 가능하잖아."

백두개발은 세계적인 CG WORLD를 운영하는 스펙터클사로부터 안면인식기술을 임차해 사용하고 있었다. 보하이 시 공안국과 협력해 외국인 관광객들의 신원을 식별해냈다. 목적은 관광객의 신원과 동선을 파악하고 맞춤서비스를 제공해 수익을 극대화하기 위해서였다. 스키광, 골프광, 쇼핑광, 식도락가, 도박중독자, 알코올중독자, 섹스광 … .

이들의 주머니를 털기 위해서였다. 외국의 스파이나 범죄자들에 대한 정보를 중국 공안에 제공하기도 했다. 세 사람의 얼굴화상 정보가 보하이 시 공안국 데이터베이스로 전송됐다. 이 도시에서 숙박하려는 사람은 정확한 인적정보를 제출해야 했다. 그렇지 않으면 추방당했다. 이 도시에서는 개인의 비밀이나 사생활은 보장되지 않았다.

초대형 스키장이 있는 창바이 스포츠리조트는 불야성이었고 스키를 타는 관광객으로 가득 찼다. 김민수는 체감온도가 영하 40도에 달하는 맹추위 속에서 야간스키를 즐기는 한국인들의 극성에 혀를 내둘렀다. 오밤중에 2인용 스노모빌을 타고 백두산 일대를 누비는 관광객들도 많았다. 부하직원 하나가 임준과 오수지가 이곳에서 만나 어디론가 가고 있다는 소식을 전해와 이곳으로 달려왔지만 그들을 만날 수가 없었다. 오수지는 보통내기가 아니었다. 황 회장의 애인인 그녀는 쓸모가 많은 정보 덩어리였다.

리조트 입구의 담장에 한국어로 쓴 플래카드가 바람에 너울거렸다.

백두산 폭발시 교통수단을 제공해드립니다.

플래카드 아래 눈을 뒤집어쓴 컨테이너 박스가 문이 열린 채 밝은 불빛을 쏟아내고 있었다. 스키복을 입은 김민수는 컨테이너 박스 앞으로 걸어가 문밖으로 나오는 한국인 청년에게 말을 걸었다.

"대체 뭘 임대해 줍니까?"

"아, 예. 우등급, 특급, 초특급이 있습니다. 우등급은 오픈형 스노모빌인데, 최고시속이 80km죠. 용암이 천천히 흘러내려올 때 화산폭발을 즐기며 달아날 수 있죠. 특급은 덮개가 있는 고속 스노모빌인데 최고시속이 120km까지 나옵니다. 화산재를 막을 수 있고 용암이 빠르게 덮칠 때 이용할 수 있죠."

"그럼 초특급은 뭡니까?"

"스노체인을 단 사륜구동 지프죠. 좌석이 2개밖에 없지만 뒤 칸이 넓어 사람 6명도 동승할 수 있죠. 험한 산길을 달리거나 고속도로를 이용해 화산현장을 쉽게 벗어납니다."

"특별할 것도 없는 교통수단이군. 말만 번지르르해."

"유사시 생명을 보장받을 수단을 미리 확보하는 데 누가 돈을 아끼겠습니까? 저희 회사는 스노모빌 600대와 지프 300대를 가지고 있는

데, 100% 예약이 완료됐습니다. 데스 카니발 예선전이 벌어지는 바람에 스노모빌 임대료가 보통 때보다 몇 배나 올랐어요."

"그럼, 예약한 손님들은 산이 폭발하면 어떻게 해야 합니까?"

"산이 폭발하면 대피할 시간이 30분쯤 주어지겠죠. 보하이 시내 어디에 있든 여덟 곳의 주차장으로 달려갑니다. 거기서 차를 타고 즐기면서 달아나면 되죠. 돈이 부족한 배낭족을 위해 방탄유리가 달린 화산투어 버스도 대기중이죠."

"VIP를 위한 특별수단은 없나요?"

"있죠. 헬기 탑승권입니다. 1인당 1천 달러죠."

김민수는 끌끌 혀를 차며 쓴웃음을 지었다.

"이용객이 전부 한국인들이죠?"

"그렇습니다. 백두산이 폭발한다니까, 호기심 많은 한국인들이 몰려왔죠. 자신들을 화산폭발 마니아나 스릴러 중독자라고 부릅니다. 대부분 백두개발이 제공한 염가여행권이나 무료여행권으로 오신 분들이죠. 저희 여행사들이 많은 부가서비스를 개발했습니다."

"또 무슨 서비스가 또 있죠?"

"온천탕에서 화산재 마사지도 받습니다."

"화산재 마사지?"

"수백 년 전에 터진 백두산 화산재를 채집해 불순물을 거른 다음 황토 팩처럼 만들어 피부 마사지를 해드립니다."

"화산재라면 독성이 있지 않을까요?"

"하도 오랜 세월이 흘러 풍화되는 바람에 무해하고 바르면 매끈매끈합니다. 화산재처럼 피부가 하얘진다니까, 여성들이 줄을 서지요. 천 년 전에 발해를 멸망시킨 화산재는 값이 몇 배인데도 없어서 못 팝니다."

"다른 특별한 서비스는 없소?"

"저희 여행사는 열기구를 준비하고 있죠. 열기구를 타고 폭발하는 백두산을 하늘에서 감상하는 겁니다. 아마 예약이 쇄도할 겁니다."

"열기구가 하늘에서 먼저 터지는 거 아뇨? 아이디어 하나 드리지요. 죽음을 앞둔 사람들에게 백두산 용암에 파묻히면 천국 간다고 소문내 보쇼. 수많은 사람들이 줄을 설 거요."

"그런 사람들이 벌써 백두산에 수천 명 왔어요. 종말론자들 말이에요."

거의 사기꾼에 가까운 장사치들이었다.

"듣다보니 참 어이가 없소. 장사 잘하쇼."

김민수는 뒤돌아섰다. 폭발설에 휩싸인 백두산에 대한 한국인들의 과도한 관심이 이 작은 도시를 이상열기로 덮고 있었다. 관광객 이외에도 사라질지도 모를 백두산의 설경을 담으려는 사진작가들, TV드라마 제작진, 지구과학과 전공 대학생들, 이색 종교인들이 몰려들고 있었다. 호기심과 상술이 결합된 화산폭발 신드롬이었다. 한국인들에게 백두산이 이렇게 중요한 존재일까. 백두산이 터지면 그렇게들 좋을까. 불구경을 좋아하는 어린애 심리 같았다.

김민수는 황우반의 잔인한 미소가 떠올라 몸을 부르르 떨었다. 막대한 돈을 뿌려 수만 명의 한국인들을 불러들인 그의 속내를 알 수 없었다. 이 도시의 황제인 젊은 재벌 황우반과 로마를 불태운 네로 황제가 묘하게 닮았다는 생각이 들었다. 김민수는 온종일 북한학자 이수근의 행방을 뒤쫓고 있지만 실마리조차 잡지 못했다.

지열지대가 끝나고 장백폭포로 들어가는 초입에 목재와 유리로 덮인 터널길이 나타났다. 오수지 일행은 헤드랜턴을 켜고 터널 안을 걸어갔다. 계단이 띄엄띄엄 나타났다. 250m가량의 터널을 빠져나오자 눈 덮인 계곡이 나타났다.

그들은 왼편에 작은 시냇물을 끼고 쏟아지는 눈발을 헤치며 폭포를 향해 계곡을 올라갔다. 유상석이 오수지에게 말했다.

"이 일대는 겨울이면 눈이 수 미터나 쌓이는 곳입니다. 설피를 신발 바닥에 달지 않으면 걷기도 힘들죠. 지금 계곡 바닥에 눈이 거의 쌓이지가 않았어요."

"그럼 지표면의 온도가 높다는 거군요."

400여 m를 걸어 올라가자 폭포 물이 떨어지는 소리가 크게 울려왔다. 68m나 되는 폭포는 가파른 절벽 위에서 천지에서 내려오는 거대한 물줄기를 퍼부어대며 하얀 수증기를 뿜어대고 있었다. 어둠을 뒤집어쓴 폭포는 물소리만으로도 웅장한 자태를 뽐내었다.

오수지는 적외선 고글로 폭포를 자세히 관찰했다. 인터넷에서 본 겨울폭포의 사진과 비슷했다.

"폭포 위에는 얼음이 매달려 있는데, 물이 떨어지는 곳에는 전혀 없군요."

오수지의 말에 유상석이 놀라워했다.

그녀는 자신의 고글을 안내인에게 건네주었고 그걸 쓴 유상석은 말했다.

"천지에서 물이 내려오는 장백폭포는 36m는 수직으로 떨어지고 나머지는 비탈진 벼랑에 부딪히며 떨어집니다. 폭포는 겨울에는 반쯤 얼어붙는데, 얼음벽 속에서 물줄기가 아래로 떨어집니다."

셋은 거대한 폭포 앞에 멈춰서 있었다.

물이 떨어지는 직경 30여 m나 되는 웅덩이에서 수증기가 솟구치고 있었다.

유상석이 오수지에게 말했다.

"폭포 바닥 웅덩이의 외곽에는 얼음이 덮여야 정상입니다. 지난달에 왔을 때도 있었는데."

"지난달보다 이달 날씨가 더 따뜻했나요?"

"아뇨. 이달 들어 더 추워졌지요."

"그렇담, 최근 갑자기 백두산이 더워졌다는 증거네요. 웅덩이 지하에서 지열이 올라온다는 얘긴가요?"

"천지에서 내려오는 물 자체가 따뜻하지 않을까요?"

임준이 유상석에게 말했다.

"아버지는 저 웅덩이에 떨어졌답니다. 왜 한밤에 저 폭포 위에 올라갔을까요?"

"글쎄요. 그 양반이야 늘 관측에만 관심이 있으셨으니⋯."

"중국 공안은 실족사라고 발표했어요."

"그 발표는 엉터리에요. 부친 얼굴이 온통 으깨지고 온몸이 상처투성이였는데, 웅덩이 물이 이렇게 얼음도 없이 깊은데 그런 상처는 날 수 없어요. 이 웅덩이 가운데 깊이가 얼마나 되죠?"

"3m쯤 됩니다. 폭포 위는 경사가 급하고 얼음이 많아 아주 위험한 곳입니다. 지금 폭포에서 떨어지는 물이 보통 겨울과는 달리 엄청나게 많습니다."

"그러니 더욱 믿을 수 없지요."

나를 망명시키려고 했던 림 박사는 살해당했소. ⋯ 내가 모든 걸 보여드리겠소. 오수지는 손끝을 살살 흔드는 북한과학자의 유혹을 뿌리치기 힘들었다. 그녀가 입을 열었다.

"지금 천지에서 무언가가 일어나고 있다는 말이군요."

그녀가 온도계를 꺼내들자 기온이 영하 34도를 가리켰다. 이런 맹추위에 물이 가득한 계곡바닥이 전혀 얼지 않다니 이상스러웠다.
오수지가 대학 동창생 임준에게 말했다.
"부친께서 밤중에 혼자 이리로 잠입했다는 건가? 그날 밤 부친과 같은 호텔에 머물지 않았나?"
"그날은 저녁약속이 있다고 말하셨어. 나는 피곤해 일찍 잠들었는데, 아침에 일어나 보니 아버지가 안 계셨어. 점심 무렵에 사고 소식을 들었어."
"네가 잠든 뒤에 백두산으로 들어가셨군."
"아버지에게 왜 여기가 중요했을까?"
"여긴 백두산의 대표적인 지열지대야. 이곳의 관측결과가 백두산 화산활동을 알아내는 중요한 지표가 되었을 거야."
"아버지는 감시망을 뚫고 직접 조사활동을 하다가 죽임을 당했어."
임준이 갑자기 울음을 터뜨렸다.
"백두산이 뭐라고 매년 몇 차례씩 찾으시더니, 이렇게 허망하게 가셨어요. 제게 가족이라곤 아버지뿐인데 …."
그는 한참동안 흐느꼈다. 오수지는 숙연한 마음으로 그를 위로하였다.
하얀 포말을 일으키며 계곡바닥에 떨어지는 폭포소리가 사내의 울음소리에 뒤섞여 섬뜩한 느낌을 들게 했다.
임준이 눈물을 닦으며 다가오자 오수지가 말했다.
"아무래도 저 천지에 올라가봐야 할 것 같아요. 거기에서 무슨 일이 일어나고 있는 것 같아요."
임준이 고개를 끄덕였다.
"같이 가자구."
유상석이 말했다.

"여기서 천지까지는 2,800m 정도인데, 거기까지 올라가려면 계단을 2,700개나 올라가야 합니다. 경사도가 60도나 되는 가파른 계단입니다. 계단을 다 올라가서 다시 오르막을 1.5㎞쯤 걸어야 합니다. 지금 밤 10시가 다 돼 가는데, 세 시간은 걸릴 겁니다. 이 자리에 다시 돌아와도 새벽 3시는 넘을 겁니다. 쉬지 않고 원시림을 빠져나가도 새벽 5시입니다. 공안에게 발각되면 낭패예요. 여성분이라 시간은 더 걸릴 거고."

오수지가 말을 끊었다.

"그런 걱정은 마세요. 웬만한 남자는 저리가라니까."

임준이 맞장구쳤다.

"나 역시 운동이라면 빠지지 않아요."

유상석이 불안한 목소리로 말했다.

"중국 공안은 아시안게임이 끝날 때까지 백두산 실상이 공개되는 걸 원치 않소. 만약 우리들이 잡힌다면 간첩행위로 투옥될 거요."

임준이 간곡한 어조로 말했다.

"저는 아버지의 사고경위를 확인하려 여기 온 겁니다. 아버지는 아마도 천지에서 무언가를 발견하고 이곳으로 내려오다가 사고를 당하신 것 같아요. 그래서 저는 꼭 올라갔다가 내려오고 싶어요."

오수지가 이어 말했다.

"그럼 이렇게 하는 건 어떨까요? 임준 씨와 저만 천지에 올라갔다가 내려올 테니 유상석 씨는 여기서 기다리세요. 새벽 3시까지 돌아오지 않으면 유 선생님은 그냥 돌아가세요."

유상석이 말했다.

"정히 그러시다면 말리지 않겠습니다. 무슨 일이 있어도 오전 4시까지는 꼭 돌아오세요. 그동안 저는 온천호텔에 가 있겠습니다."

"고맙습니다. 가급적 일찍 돌아오겠습니다."

오수지는 주머니에서 손바닥만 한 중국 배갈 병을 꺼내 한 모금 마시더니 임준에게 건넸다.

"엄청난 체력소모와 맹추위에 시달릴 거야. 연료를 몸에 넣어야지."

"젊은 남자. 임준. 나이 29세. 직업 연극배우. 화산학자 임영민 아들. 요주의 인물 … 중년 남자. 유상석. 조선족. 37세. 백두개발 임시직 직원."

감시직원의 말에 보안팀장이 소리쳤다.

"백두개발 임시직?"

"백두산 천문봉에서 사진을 찍던 조선족이었습니다. 작년 9월에 임시직으로 채용됐죠. 집안 대대로 이곳에 살았습니다. 주로 창고관리, 지리안내를 하죠."

"백두개발 직원이란 놈이 침입자를 안내해? 이런 괘씸한."

"돈 몇 푼에 넘어갔겠죠."

"여자는?"

"오수지. 〈한성일보〉 기자. 29세. 아시안게임 취재차 입국했군요. 오수지와 임준은 천지까지 올라간답니다. 이들을 어떻게 처리할까요? 공안에 알려 간첩죄로 투옥시킬까요?"

"아냐. 두 시간 전에 터널계단을 통해 북한 사냥개들이 올라갔어. 놔두면 개밥이 될 거야."

"물어뜯겨 죽겠죠?"

박주연은 온종일 눈길을 달려 밤늦게 보하이 시에 도착했다. 숙소인 백두호텔에서 늦은 저녁식사를 마친 후 호텔방으로 올라가 정보관 강호길이 데려온 탈북자를 만났다. 키가 크고 눈매가 날카로운 젊은 이였다. 그는 량강도 혜산시에 사령부를 둔 인민군 제 10군단 소속의 중위라고 밝혔다. 열흘 전에 탈출했다고 했다. 박주연이 물었다.

"혜산시에 있는 제 10군단도 다른 곳으로 부대이동을 했소?"
"아닙니다. 제 10군단은 그대로 있습니다."
"량강도 내 다른 부대는 다 옮겼다는 정보가 있는데 못 들었소?"
"금시초문입니다."
량강도라고 죄다 부대이동을 한 것은 아닌 듯했다.
"10군단 부대 안에 있는 김일성 동상은?"
"다 치워졌습니다."
"치운 이유를 설명해 줍디까?"
"모릅니다."
"혜산근방 다른 곳 소식은 모르오?"
"삼지연 호숫가에 있는 김일성 동상도 옮겨갔습니다."
"누구한테 들었습니까?"
"우리 10군단이 그 작업에 몽땅 동원됐습니다. 동상뿐만 아니라 혁명전적지에 있는 모든 유물을 옮겼습니다."
"구체적으로 말해 봐요."
"높이가 50m인 봉화탑과 청년 김일성 동상, 항일유격대 조각상, 삼지연 밀영의 귀틀집도 옮겼습니다."
"김정일이 태어났다는 통나무집을?"
"네. 백두산에 있는 구호나무도 다 캐갔습니다."
"그 많은 구호나무들을 한겨울에 캐요?"

박주연은 웃었다. 해방 전 김일성이 빨치산 활동을 하면서 유격대원들과 함께 항일투쟁을 선동하는 구호를 새겼다는 나무들이었다. 1만 2천 그루나 된다. 김정일을 찬양하는 나무도 2백 그루였다. 일제 당시 유격대원들이 두어 살짜리 코흘리개 이름을 나무에 새기며 찬양했다는 것이다. 근데 남한에는 한 그루도 발견되지 않았다. 희극적인 우상화였다.

탈북군관이 말했다.

"나무주변 땅을 불로 녹여 한 그루 한 그루 캤답니다."

"영하 수십 도의 혹한 속에서 그게 가능합니까?"

"나무 한 그루마다 1개 소대가 매달려 땅을 덥히고 녹이고 난리굿판을 벌였지요. 언 땅 한 줌을 팔 때마다 병사들은 피눈물을 한 바가지씩 흘렸습니다."

"한겨울에 나무를 캐거나 옮기면 그게 살 수 없을 텐데."

"추운 지방에서는 겨울에 나무를 옮겨 심는 게 보통입니다. 나무도 동면을 하니까요. 하여간 우리는 필사적으로 캐내야 했습니다. 보위원들이 캐낸 나무들을 한 그루씩 검사했습니다. 옮겨 심다가 죽으면 그 나무 캔 부대가 책임을 져야 한다고 엄포를 놓았습니다."

"그 나무들은 어디로 갔소?"

"어디론가 실려 갔지만 모릅니다."

"정일봉 절벽에 새긴 시뻘건 글자들은?"

백두산 천지 남동쪽 16km 떨어진 1,793m 산봉우리 절벽에 〈정일봉〉이라는 거대한 글자가 새겨져 있었다.

"그것도 떼 갔습니다."

"이 추운 겨울에? 그 작업도 10군단이 했소?"

"밧줄을 타고 절벽에 수십 명이 매달려 한 달 동안 작업했지요."

군관은 탈북동기가 이번 겨울의 그 작업 때문이라고 말했다. 그는 동상에 걸린 양손가락들을 보여주었다. 10군단 병사들이 그 때문에 많이 탈영했다고 한다. 박주연이 혀를 차며 말했다.

"차라리 산을 통째로 옮기는 게 낫겠군. 대체 왜 그런 이상한 짓을 하는 것 같소?"

"모르겠습니다."

"그럼, 삼지연에는 혁명전적지 유물이 다 없어졌군요."

"그렇습니다."

박주연은 북한 최고의 혁명성지로 매년 수십만 명의 북한인들이 걸어가서 참배하는 곳이 한겨울 두 달 사이에 공동화된 것을 이해하기 어려웠다. 쿠데타가 일어나 새로운 집권층이 과거 지도자의 자취를 지우려 한다면 불을 지르거나 파괴하면 될 터이다.

정성을 들여 옮긴다면 다른 뜻이 있지 않을까. 미사일과 부대를 몰래 이동시키는 건 전쟁도발 준비로 볼 수 있겠다.

정보분석 전문가인 박주연은 머릿속이 뒤엉켰다. 특정한 정보조각들을 엮어 최종적인 퍼즐을 풀어내야 한다. 모든 이상동향의 깊은 밑바닥에는 한 가지 근원적인 실체가 숨어 있을 것이다. 그것이 무엇인지 감이 안 잡혔다.

오수지는 임준과 함께 가파른 터널계단을 올라갔다. 경사도가 60도가 넘는 계단이 끝없이 이어졌다. 둘은 몇백 계단을 오른 후 발걸음을 멈추었다. 둘은 숨이 턱까지 차올라 헉헉거렸다.

오수지가 숨을 몰아쉬며 말했다.

"터널 안에서도 고약한 냄새가 나는군."

"유황냄새야."

"땅 속에서 화산가스가 올라온다는 건가?"

"그런 것 같아."

"곳곳에 물이 흐르는데."

"눈이나 얼음이 녹아 흐르는 거야."

"조심해. 미끄러지면 끝이야."

터널 안은 후텁지근한 열기와 가스냄새로 숨이 막혔다.

"극한체험이 따로 없군. 웬만한 험산 깔딱고개도 이 계단에 비하면 양반일 거야. 마치 사람들로 하여금 중도포기하라고 만들어 놓은 계단 같아."

"제 시간에 돌아가려면 서두르자고. 까딱 늦으면 들키기 쉬우니까."

몇 차례 쉬어가며 터널계단을 겨우 벗어났다. 야외계단이 나타났고 왼편에 폭포상단이 눈 아래로 보였다. 야외계단은 길지 않았다.

새벽 1시 반. 눈앞에 마지막 관문인 얕은 고개 하나가 버티고 있었다. 임준이 헉헉거리며 말했다.

"암튼 대단해. 기사 쓰다가 밤까지 새웠다면서. 슈퍼우먼이야."

"그거 칭찬 맞지? 받아주겠어."

체력만큼은 누구에게도 지지 않는다고 자부하던 오수지는 지친 기색 없이 올라가는 임준을 보고 조금 놀랐다.

어느새 눈이 그치고 하늘에 조각달이 떠 있었다.

고개는 눈이 많이 쌓이지 않았다. 칼바람이 그들을 밀어댔다. 정상에 도달했을 때 둘은 녹초가 됐다. 둘은 눈밭에 앉아 숨을 몰아쉬었다.

오수지는 적외선 고글을 닦고 눈앞에 펼쳐진 천지를 관찰했다. 어디가 천지인지 도통 알 수 없었다. 천지는 온통 하얀 벌판이었다. 구글지도에서 본 순백의 모습 그대로였다.

임준이 말했다.

"천지에는 겨울에 2m 이상 두꺼운 얼음이 얼지. 3년 전 6월 중순에 아버지와 함께 천지에 온 적이 있는데, 한여름에도 호수 전체가 얼음으로 뒤덮였어."

그들은 호수를 향해 걸어갔다. 평평한 곳에 다다르자 천지호수가 한눈에 들어왔다. 임준은 흥분한 목소리로 말했다.

"한여름 대낮에도 천지를 보기가 힘든데, 한겨울 오밤중에 보게 되다니 이건 기적이야!"

흰 눈을 뒤집어쓴 거대한 열여섯 개의 봉우리들이 병풍모양으로 천지의 3면을 둘러싸고 북쪽으로 트인 골짜기를 따라 천지물이 장백폭포로 개천을 이루며 흐른다. 급경사의 계곡을 타고 흐르는 모습이 멀리서 보면 흡사 하늘에 오르는 다리 같다고 해서 '승차하'(承差河)라고 불리는데 그 길이가 1,250m였다. 천지에 고인 물은 일정 수위가 넘으면 '달문'을 통해 빠져나가 장백폭포를 거쳐 송화강 상류로 흘러간다. 달문은 천지물의 출구였다.

오수지는 장대한 연봉들의 모습에 위압감을 느꼈다. 태고의 암석으로 덮인 16개 봉우리가 기도하는 거인들처럼 숨죽이고 앉아 있었다. 천지는 바람소리만 가득했다. 한반도의 등줄인 백두대간의 시작이 바로 이곳이었다.

임영민 박사는 이곳에 와서 무얼 발견했을까.

천지호의 광활한 코발트 물빛이 눈에 어른거렸다.

호수의 둘레 14.4㎞, 수면고도는 2,189m, 최대수심 373m, 평균수심 204m, 최고봉인 장군봉까지 수면 위로 561m, 수면 아래 373m를 합치면 분화구 전체의 높이는 934m. 천지는 화산이 폭발하여 생긴 칼데라3 호수 중 세계에서 가장 크고 가장 깊으며 가장 높은 위치에 있었다.

과연 하늘의 호수였다. 눈도 그치고 바람도 멈췄다.

오수지는 조각달을 바라보았다. 백두산이 갑자기 잠잠해졌다. 마치 숨을 고르는 듯이.

"너무 평온해. 여기서 화산이 터진다니 말도 안 돼."

"그러게. 분위기가 너무나 평화롭군. 천지의 물은 일정 수위를 넘으면 달문을 거쳐 장백폭포로 빠져나가는 구조야. 달문에서 장백폭포 방향으로는 거대한 V자 형태의 계곡이 뻗어 있고 장백폭포에서 물을 따라 얼다오바이허까지 내려가는 골짜기는 U자형 계곡인데, 약 4천~5천 년 전에 백두산이 폭발할 때 발생한 산사태와 토석류(土石流)가 만들었지."

"그 아버지에 그 아들이라더니."

"아버지 책을 읽었으니까."

그들은 천지물이 장백폭포로 빠져나가는 개천입구로 갔다. 그곳은 물의 면적이 넓은 편이었다. 계곡의 바닥은 눈이 많이 쌓이지 않았다. 달문이었다. 그녀는 망명을 시도한다는 북한 과학자와의 약속장소에 다다르자 긴장감에 사로잡혔다. 주변을 살폈지만 사람 그림자 하나 보이지 않았다.

눈이 덮인 개활지 복판에 얕은 개울이 나타났고 얇은 얼음장 아래로 물살이 빠르게 흘러가는 소리가 났다. 유황냄새가 코를 찔렀다. 임준이 물에 손을 넣으며 말했다.

"생각보다 얼음이 깊지 않군. 물이 의외로 따뜻하네."

온도계로 재보니 물 온도가 섭씨 7도였다. 화산가스가 올라와 얕은

3 화산활동에 의해 만들어진 대지의 함몰지.

개울 곳곳에서 물이 보글거렸다

"이 혹한에도 개울물이 따뜻한 건 지하 마그마가 상승해 개울바닥을 덥히고 있다는 거겠지."

오수지가 말했다.

"천지의 물은 약 70%가 눈과 비, 얼음이 녹은 물이고 나머지 30%는 서쪽 호반 세 곳에서 샘솟는 지하수야. 천지 아래 지하 깊숙한 곳에서 솟구치는 이 용천수는 마그마방에 가까워 온천수라고 말하지. 백두산 분화활동이 활발한 지금 그 용천수의 온도가 많이 올라갔을 거야. 천지 가장자리에도 두 개의 온천이 존재하는데 중국과 북한이 하나씩 나눠 가졌지."

"공부깨나 한 거 같은데."

"명색이 기잔데, 취재하려면 이 정돈 기본이지. 인터넷 좀 뒤졌지."

오수지가 손전등으로 물을 비추며 소리쳤다.

"물고기가 있네. 무슨 물고기지?"

길이 30cm가 넘는 커다란 물고기가 허연 배를 드러낸 채 죽어 있었다. 임준이 고기를 만졌다.

"한겨울 천지에서 물고기를 만나다니. 저기도 있군."

개울가 얼음판에 붙은 죽은 물고기 일곱 마리를 발견했다.

오수지가 물었다.

"이게 무슨 고기종류지?"

"산천어일 거야. 오래전에 북한사람들이 천지에 산천어를 대량방사했다고 하더군. 산천어는 차고 깨끗한 물에서만 산대."

"근데 왜 다 죽었지?"

임준은 손바닥으로 개울물을 떠 냄새를 맡고 마셔보았다.

"아마 이 유황성분 때문일 거야."

"내 생각도 그래. 터널계단에서도 유황냄새가 심했어. 원래 천지 온천은 마그마방에서 올라오는 뜨거운 가스와 지하수가 만나 생기잖아. 지금 천지 지하에 틈이 많아져 유독성 화산가스가 많이 올라온다는 증거가 아닐까?"

화산가스는 이산화탄소, 일산화탄소, 황화수소, 아황산가스가 주성분으로 사람이나 동물에는 아주 해로웠다.

임준이 말했다.

"이산화황 같은 산성가스가 천지물에 용해가 된다면 물이 산성화되겠지."

"그럼 이 거대한 천지물이 화산가스에 오염돼 물고기가 죽었단 건가?"

"천지 전체는 아닐 거야. 온천수가 많이 올라오는 천지 가장자리만 지열과 함께 화산가스가 올라오는 것 같아."

"이곳 달문 일대는 가스냄새가 유독 심해. 인터넷에서 임 박사님 인터뷰 기사를 봤는데, 천지 밑바닥에는 낮은 온도와 높은 압력 때문에 엄청난 양의 화산가스가 액체와 기체 혼합 상태로 존재할 가능성이 있대."

임준은 고개를 끄덕였다.

"아버지는 그날 밤 이곳 달문에서 이런 현상을 발견했을 것 같아. 가스에 오염돼 물고기가 죽고 지열이 올라간 천지를 말이야."

"대낮에 이 주변을 샅샅이 조사하면 좋겠네."

오수지는 얼음 속에 갇힌 20억 톤의 물이 죽은 물고기를 내보이며 수수께끼를 풀어 보라고 말하는 것 같았다. 여기서 죽은 물고기를 봤다고 백두산이 위험하다고 말할 수 있을까? 2003년도에도 이러다가 말았다는데.

하지만 이런 정도의 현상은 사소한 것이리라. 임영민 박사는 더 결정적인 현상을 파악했고 그것이 알 수 없는 죽음으로 연결되었을 것 같았다.

지금 천지 밑바닥에서 무슨 일이 벌어지는 걸까?

오수지는 사실을 털어놓았다. 북한 과학자가 보낸 쪽지 이야기를 전했다.

"그자가 우리랑 여기서 만나 모든 걸 보여주고 말하겠다고 했어."

"그럼, 아버지가 북한 과학자의 망명을 도왔다는 거야? 그게 피살 이유란 말인가?"

"그 사람은 중국 공안과 북한 특무들에게 쫓긴다고 했어. 자기가 아는 모든 사람들이 다 미행당한다고 했어."

"그래서 오밤중에 백두산 꼭대기에서 만나자는 거야? 황당하군. 혹시, 우리가 이상한 사람들에게 유인된 거 아니겠지?"

"너와 날 납치해서 뭘 얻을 수 있지?"

Death Carnival

늦은 밤까지 황우반은 임영민 박사가 작성했다는 리포트를 읽고 있었다. 리포트는 그가 납치되기 전에 백두호텔 방에 남겨진 것이었다. 호텔 지배인이 마스터키로 방문을 열고 들어가 가져온 것이었다. 수신자는 한국의 소방방재청장으로 돼 있었다. 리포트는 여러 가지 실측자료를 인용해 백두산이 열흘 이내에 터질 가능성이 크다고 주장했다.

임영민이 인용한 실측자료 출처는 중국의 장백산과학원과 북한의 지진연구소였다. 그가 어떻게 이런 자료를 구했는지는 알 수 없었다. 최근의 자료는 아니었다. 한국정부가 이 자료를 믿어 줄지는 알 수 없었다.

하지만 황우반은 믿어 줄 수 있었다. 지난여름에 아버지의 병환으로 백두개발의 경영에 참여했을 때부터 백두산 폭발 가능성에 대해 면밀히 조사해왔다. 아버지의 맹목적인 낙관론을 신뢰할 수 없었다. 아버지는 백두산 개발에 모든 것을 걸 만큼 무리한 투자를 했다. 미국에서 15년간 교육을 받은 황우반은 논리적 사고에 능숙했다. 그가 판단컨대 백두산이 터질 가능성은 30% 정도였다. 백두산이 터지더라도 백두개발이 살아남을 방법을 모색해야 했다.

아버지는 죽음에서 벗어날 수 없음을 자각한 이후 알 수 없는 행동을 하기 시작했다. 외아들인 그에게 파산할지도 모를 백두개발의 지분 60%를 넘겨주었다. 다산그룹의 지주회사 지분상속에서 그는 세 번째로 밀려났다. 아버지가 죽어가자 배다른 형제가 갑자기 나타났다. 더욱더 충격적인 것은 황우반과 앙숙인 숙부가 이복형제와 손을 잡고 그룹의 경영권을 행사하기 시작했다.

모든 것은 확실했다. 아버지는 외아들이 오랫동안 자신을 증오해 왔음을 일찍부터 알았다. 황우반은 어려서부터 어머니를 좌절과 낙담 속에 자살하게 만든 아버지를 미워했다. 아버지는 아들을 푸대접하기 일쑤였다.

죽어가던 아버지는 폭발하는 백두산 속에 아들이 매몰되기를 바랐던 것일까. 백두개발은 아버지가 만든 거대한 무덤이었다. 황우반은 반드시 무덤 속에서 살아나가 자신을 위협하는 적들을 무찌를 각오를 다졌다. 최후의 승리를 위해서는 증오로 뭉친 어두운 충동을 억제해야 했다.

황우반 회장은 백두개발 서울 본사의 경리이사를 호출했다.

"요즘 백두개발 주식 값이 어떻소?"

"백두산 개발 성공으로 연일 상한가를 치고 있습니다. 한 달 전보다 27%가 상승했죠."

"백두개발 내 주식은 계획대로 매도되고 있소?"

"한 달간 회장님 주식의 46%를 팔았습니다. 그중 35%는 숙부님께서 사신 거죠."

황우반은 다산그룹 회장인 숙부에게 시세보다 싸게 팔았다. 백두산 남쪽 북한 삼지연 관광지를 개발하기 위해서라고 둘러댔다.

"나머지도 얼른 팔았으면 좋겠소."
"그룹 회장님께서는 나머지도 언제든지 사시겠다고 하셨습니다."
"시세보다 20% 싸게 팔게."
"그럴 필요 있나요? 주식시장에 직접 파시면 되는데."
"집안 어르신인데, 존중해 드려야지."
"알겠습니다."

그가 다산그룹 내에서 유일하게 경영권을 쥐고 있는 백두개발의 주식을 다 팔아치우는 것은 무모한 도박 같아 보였다. 열성을 다해 백두산을 개발해서 개발이익을 남에게 다 퍼주는 꼴이다.

그는 가능성이 희박해 보이는 백두산 폭발에 올인하기로 했다. 어차피 모 아니면 도였다. 그만큼 황우반은 아비에 대한 증오가 깊었다. 다른 선택의 여지가 없었다. 폭발하지 않으면 숙부는 황우반의 회사까지 차지하고 만다. 그러면 그는 나락으로 떨어질 것이다. 천지신명이시여, 제발 터져야 합니다!

오수지는 누군가가 뒷덜미를 잡는 듯한 오싹한 느낌이 들어 몸을 움찔했다.

"우리가 보지 못하는 뭔가가 있는 것 같아. 그게 뭔지 모르겠어…"
백두산은 뭔가를 보여줄 듯하면서 그녀를 밀어내고 있었다.
새벽 2시 반이 넘었다. 1시간 반 안에는 돌아가야 했다.
그때 오수지의 스마트폰이 진동했다. 황우반이었다.
"대체 지금 어디 있는 거야? 사흘간 코빼기도 안 보이고. 나랑 약혼할 사이 맞아?"
"나 지금 천지에 있어."

"천지? 보하이 시 먹자골목 술집 말인가?"

"술집이 아니라 진짜 천지야."

"뭐라고? 백두산 천지?"

"응."

"제 정신이야? 한밤중에 그 위험한 덴 왜 올라가? 중국 공안들이 단속하는 곳인데."

"취재할 게 있어."

"그 잘난 기자생활 당장 집어치워."

"그건 내 문제야."

"혼자 간 거야?"

"아니, 임영민 박사 알지? 그분 아들과 같이."

"뭐라고? 나 참, 이거야 원. 임영민이 누군지 몰라서 그래? 우리 백두산 개발사업을 망치려고 작정한 작자란 말야. 근데 내 약혼자가 그놈 아들과 같이 있다는 게 말이나 돼? 그것도 한밤중에 천지라니."

"무슨 생각을 하는 거야? 지금 내가 데이트하러 온 거야?"

"참, 대~단하십니다, 오 기자님."

"비아냥대지 말고 잠이나 푹 주무시지."

"당신이야말로 군소리 그만하고 당장 내려와."

"그만 끊어."

오수지는 화가 치밀었다. 이게 황우반의 본모습인가. 내일 그를 만나면 약혼 전에 이 문제를 확실히 해둘 필요가 있었다.

그들은 서둘러 천지에서 빠져나와 언덕을 내려갔다.

탕!

총소리가 울렸다. 임준은 뒤따르던 오수지를 끌어당기며 납작 엎드렸다. 다시 총소리가 울렸다. 장백폭포로 내려가는 야외계단 방향이었다.

둘은 부리나케 언덕을 달음질해 내려가 다시 엎드려 계단 쪽을 바라보았다. 어둠 속에 사내 둘이 계단입구에서 100m 정도 떨어진 언덕 위에서 서성거리고 있었다. 그들과의 거리는 50m 정도였다. 오수지가 적외선 고글로 그들을 살폈다.

사내 하나가 소리쳤다.

"이런 쥐새끼 같은 놈, 잘도 빠져나갔군!"

"리수근 이 간나 새끼, 두고보자우!"

"그 새끼 산 타는 솜씨가 보통 아니네."

"인민무력부 특수공작원보다 빠르구만."

오수지는 총을 든 사내들이 북한인들임을 알고 기겁했다.

임준이 말했다.

"저들은 지금 누군가를 뒤쫓았던 것 같아."

"이수근이란 자가 바로 우리가 만날 사람이야."

"이수근? 아버지가 돌아가시기 직전 만났다는 사람이야."

"그럼 그날 저녁을 함께했다는, 바로 그 사람이야?"

"그래."

"어떤 인물인데?"

"북한의 지진연구소 관계자야."

"누구한테서 그 얘길 들었어?"

"김민수."

"모르는 게 없는 사람이군."

총을 든 사내들은 서쪽의 용문봉 쪽으로 달려갔다.

그들이 시야에서 사라지자 오수지가 말했다.

"오늘 천지에 올라온 보람이 있네. 큰 건수 하나 건졌잖아."

"아슬아슬했어. 저들과 맞닥트렸으면 …. 생각만 해도 아찔하군. 자, 어서 내려가자구. 총소리를 듣고 중국 공안들이 올라올지 몰라."

"그래야겠어."

둘은 계단을 향해 걸어갔다. 발걸음 소리가 났다.

그때 한 사내가 숨을 헐떡이며 달려왔다.

"저쪽 바위 뒤에 숨어 당신들을 지켜보았소. 당신들을 만나려고 했는데, 추적자 때문에 차질을 빚었소. 날 좀 도와주시오. 총에 맞았소."

플래시 불빛에 비친 중년사내의 얼굴은 창백했고, 그의 허리춤에는 선혈이 낭자했다.

"아까 그 사람들이 총을 쏜 건가요?"

"그놈들은 북조선 보위부 특무들이오. 나를 죽이려 했소."

오수지는 그가 이수근임을 직감했다.

"저랑 달문에서 만나기로 한 이수근 선생 아닌가요?"

"그렇소. 저들이 다시 쫓아올 테니 일단 달아납시다."

임준이 가이드 유상석에게 황급히 전화를 걸었다.

"부상자를 한 명 데려가니 운송수단이 필요합니다."

임준과 오수지는 그를 부축하고 내처 30분쯤 정신없이 터널계단을 내려갔다. 부상자는 창백한 얼굴로 식은땀을 흘리며 숨을 헐떡거렸다.

위쪽에서 발자국 소리와 함께 거친 목소리가 들려왔다.

"간나 새끼들! 서라!"

아까 보았던 북한인들 같았다.

오수지와 임준은 머리끝이 쭈뼛 섰다. 둘은 중상을 입은 이수근을 데리고 필사적으로 뛰어 내려갔다. 60도 터널계단에서 한 발만 삐끗하면 수십 번을 뒹굴다가 목이 부러져 죽을 것이다.

도망자와 추적자는 점점 가까워졌다. 오수지는 추적자들의 발이 보이기 시작하자 초조해졌다.

탕, 탕, 탕!

총알이 날아와 터널 벽에 튀었다. 제기랄, 지랄 같은 밤이군. 그녀는 온몸에 소름이 돋았다.

임준이 소리쳤다.

"거의 다 왔어! 이제 몇백 계단이야!"

부상자가 고개를 저으며 주저앉았다. 체력이 고갈된 그의 낯빛은 시체처럼 창백했다. 임준은 부상자를 등에 업고 부리나케 내려갔다.

추적자와의 거리는 불과 20m였다. 추적자의 발소리와 숨소리가 등뒤에서 들려왔다. 그들은 총을 쏘지 않았다. 사로잡을 모양이었다. 거대한 아나콘다가 그들의 목을 감아버릴 듯한 느낌에 등줄기가 서늘했다.

터널입구가 50여m 앞에 보였다.

추적자와의 거리는 10m도 되지 않았다.

오수지는 이제는 끝장이구나, 생각했다.

터널입구에 뭐가 나타났다. 요란한 엔진소리가 들렸다.

스노모빌이었다. 유상석이 타고 있었다.

추적자 하나가 오수지의 머리칼을 잡아챘다.

그녀는 넘어졌고 계단 위를 굴렀다. 추적자도 뒤엉켜 굴렀다. 둘은 터널입구에 그렇게 도착했다.

임준이 계단 바닥에 넘어진 추적자의 가슴을 발로 걷어찼다. 오수지가 일어나 뒤따라온 추적자의 다리를 걸자 그는 공중회전을 하며 터널 벽에 짓이겨졌다. 그녀가 주저앉는 그자의 사타구니를 걷어찼다.

"짜샤, 어디서 어른한테 총 쏘구 지랄이야!"

유상석이 소리쳤다.

"어서 환자를 태우고 스키를 타고 달아나!"
"웬 스노모빌이에요?"
임준이 물었다.
"온천호텔 창고에서 2인용 스노모빌을 꺼내왔소."
유상석은 환자를 스노모빌에 던져 넣고, 임준과 오수지는 스키를 타고 부리나케 달아났다. 악을 쓰는 소리와 함께 총알이 머리 위로 날아왔다.

한 사내가 호텔창가로 흘러들어오는 달빛을 받으며 침대 곁에 서서 오수지를 내려다보며 미소 짓고 있었다. 덩치가 우람한 사내의 손에는 철샷줄이 매달려 흔들렸다. 사내에게서는 죽음의 냄새가 풍겨왔다. 달빛에 드러난 하얀 이빨이 소름끼쳤다. 사내는 침대 곁에서 그녀의 하얀 목덜미를 쓰다듬었다. 얼음처럼 차가웠다.
그녀는 소스라치며 비명을 질렀다. 전등 스위치를 올렸으나 방안에는 아무도 없었다. 식은땀이 온몸을 적셨다. 오수지는 꿈인지 생시인지 구분이 가지 않았다. 철샷줄 살인마가 그 방에 나타날 리 만무했지만 꿈치고는 너무나 생생했다.
새벽에 돌아와 네 시간을 잔 오수지는 샌드위치와 커피 한 잔으로 요기를 하고 호텔 밖으로 나와 한국인이 넘쳐나는 보하이 시 풍경을 스케치하기 시작했다. 연인이나 부부끼리, 가족이나 동호인, 직장 단위로 온 한국인들이 경기장과 많은 레저시설을 채우고 있었다. 화려한 스키복을 입은 젊은 연인들을 만났다. 청년이 티켓을 꺼내 흔들었다.
"한국은 지금 겨울의 끝자락이잖아요. 그런데 여긴 눈으로 가득한 설국이에요. 고급호텔에서 머무는 4박 5일짜리 여행권이 1인당 80만

원밖에 안 돼요. 이 티켓만 있으면 스키장과 온천도 프리패스에요. 평창보다 싸고 시설도 몇 배나 좋아요. 이런 기회를 놓칠 수가 있나요? 우리가 여기 있을 때 백두산이 팡팡 터졌으면 좋겠어요. 영화에서처럼 스릴을 멋지게 즐기고 싶어요."

익스트림 스포츠 회원인 청년의 애인이 거들었다.

"용암이 백두산을 불태우는 광경은 생각만 해도 짜릿해요. 자기, 설마 혼자만 내빼는 건 아니겠지?"

"당연하지. 용암에 묻혀 화석이 되는 한이 있어도 널 꼭 부둥켜안고 있을 거야. 사랑해."

오수지가 물었다.

"죽음의 레이스 예선전엔 참가하셨나요?"

남자가 어깨를 으쓱하며 대꾸했다.

"스노모빌 아마추어 부문 남녀 2인승 경기 2차 예선에 도전중입니다. 멋진 도전을 하고 싶어요."

황우반은 200억 원가량의 출혈을 감수하고 3만 장의 염가여행권 및 무료여행권을 발행했다. 티켓 한가운데에 부친의 사진과 함께 고인의 글이 실려 있었다. 보하이 시를 자신의 성지로 만들겠다는 황백호의 포부가 실현되고 있었다. 그녀는 무언가 석연치 않은 느낌을 떨칠 수가 없었다.

보하이 시 북쪽 외곽 구릉지대의 거대한 야영장 벌판에서 대규모 종교집회가 열리고 있었다. 어젯밤 거리에서 본 사람들이었다. 수천 명의 신자들이 하얀 예배복을 입은 단상인사의 설교에 감동해 함성을 쏟아내고 있었다.

쇳소리로 고함치듯 질러대는 설교는 대폭발, 불의 심판, 지구멸망, 재산 헌납, 순교, 재림, 부활 등의 단어를 나열하며 슬픔과 분노와 기뿜을 바람에 실어 산지사방으로 흩뜨렸다. 영하 20도가 넘은 혹한 속에서 눈을 감고 기도하고, 울부짖고, 고함을 지르는 예배군중의 모습은 종말론의 괴력을 보여주었다.

오수지는 예배를 보다 나오는 한 중년사내에게 소감을 물었다.

"사이비 종교라구요? 우리는 임영민 박사의 폭발설을 신봉합니다. 과학적 사실에 근거한 저희 당회장님의 종말설이 왜 사이빕니까? 위대한 과학자인 임영민 박사와 저희 당회장님도 좌빨들의 모함으로 고난을 겪고 있죠. 우리는 전 재산을 헌납하고 왔어요. 충만한 기쁨으로 백두산 폭발을 맞이할 겁니다. 누구도 우리의 성스러운 순교와 예수님의 재림을 막을 수 없습니다. …"

"백두산이 폭발하면 무얼 하실 겁니까?"

"십자가를 메고 천지로 올라가 예수님의 재림을 기쁘게 맞이할 겁니다."

"화산재와 용암 때문에 등반이 불가능할 텐데요."

"인간은 미약하나 성령의 힘으로 안 되는 일은 없습니다."

주최 측은 중국 당국이 집회를 허가해 주었다고 말했다. 집회에 참가한 신도수가 오늘 8천 명을 넘었다고 했다. 그녀의 피앙세 황우반은 신설도시의 외화벌이를 위해 종교집회를 허용해 달라는 자신의 설득이 주효했다고 자랑했다.

한국인 4만여 명이 이 작은 도시를 가득 채우고 있었다. 오수지는 택시를 타고 나오며 도시 전체에 감도는 섬뜩한 광기를 느꼈다. 분화 여부를 알 수 없는 백두산 안에서 스포츠의 열기와 관광객의 향락과 맹신자들의 광기가 소용돌이치고 있었다.

박주연은 보하이 시 한 카페에서 김민수를 만났다. 과거 같은 기관에 근무할 때의 선배였고 그가 보하이 시에 있다는 말을 들었기 때문이었다. 김민수는 정보기관을 떠났으나 간간이 중요한 정보를 제공해 고위층의 신임을 받았고 박주연도 그를 적절히 활용하곤 했다.

"이 도시에 처음 왔지만 수많은 한국인들이 화산폭발 신드롬에 빠졌더군요."

"다들 제 정신이 아니야. 화산폭발을 불꽃놀이 정도로 생각하니 말이야."

"북한의 화산학이 발달했습니까?"

"최근 몇 년 사이에 비약적인 발전을 했다고 들었네."

"최근 이 도시에 관한 특별한 정보 좀 없습니까?"

김민수는 탈북한 이수근의 이야기를 들려주었다.

박주연은 그를 잡으려고 중국 공안과 북한 공작원들이 대거 동원되었다는 말에 큰 흥미를 느꼈다.

"지금 총상을 입고 백두산 오두막에서 치료를 받고 있네."

"만나게 해 주십시오. 선배."

"그러지. 저들이 저토록 집요하게 쫓는 걸 보면 이수근이 뭔가 중요한 정보를 쥐고 있는 게 틀림없을 거야. 서둘러 선양 한국영사관으로 안전하게 데려가야 해"

"발해시에서 외부로 나가는 길은 고속도로 하나뿐인데, 그곳을 차단하면 부상자를 데리고 여길 빠져나가는 건 불가능요."

"이미 중국 공안이 고속도로를 차단하고 모든 차량에 대한 검문을 강화했어. 발해시와 얼다오바이허에 대한 대대적인 탐문수색이 벌어지고 있지. 북한 보위부 공작원 수십 명이 이 일대 거리를 누비며 심지어 한국 민간인들까지 살해하잖아. 위험해."

그는 붉은 별 사건에 대해 자세히 설명했다.

"한국 민간인들이 계속 교살되고 있어. 범인은 복면을 썼구 힘이 대단하대."

"우리도 그것 때문에 초비상입니다. 백두산에는 원시림이라는 훌륭한 은신처가 있죠. 이곳 사정을 잘 아는 선배가 안전한 은신처를 찾아줘요. 참, 백두개발 황우반 회장에게도 줄을 놔 주십시오."

"그 사람은 왜?"

"할 얘기가 있어요."

"오늘 밤엔 일단 이수근을 먼저 만나세."

개막 사흘째 날, 오수지는 스키 경기를 취재하고 기사를 송고했다. 알파인스키는 중앙아시아 선수들의 독주였다.

그녀는 점심을 먹는 둥 마는 둥 했다. 이틀이나 잠을 설친 탓에 입안이 깔깔했다. 황우반은 아침부터 전화를 걸어 임준과의 관계를 시시콜콜 따져 그녀의 부아를 돋웠다.

"일주일간의 마지막 기자생활을 깔끔하게 마무리하겠다고 약속했잖아. 도대체 뭐가 문제야? 당신은 다른 재벌 2세와 좀 다른가 했는데 별수 없네. 분명히 말하지만 난 당신의 파트너이지, 소유물이 아냐."

그녀는 황우반에게서 재벌 2세의 한계를 느꼈다. 그들은 무엇이든 소유할 수 있고, 소유물은 누구에게도 빼앗기지 않는다는 관념이 뼛속까지 밴 로열패밀리였다. 그와는 아직 약혼을 한 것도 아니었다. 결혼해서 자유가 속박당한다면 그건 인생의 낭비였다. 약혼식만 생각하면 평소와는 다른 무언가가 그녀를 짓눌러댔다. 심란한 마음을 추스르며 임준에게 전화를 걸었다.

"환자는 어때?"

"총알이 옆구리를 관통했는데, 상처가 우려보다 깊지는 않대. 중국인 의사가 상처 난 곳을 소독하고 꿰맸어. 일단 급한 불은 껐어."

"다행이야. 계속 수고해야겠네."

오수지와 임준은 총상을 입은 이수근을 원시림 가운데에 있는 움막에 피신시켰다. 옛날 사냥꾼들이 만든 통나무집인데, 황우반의 백두개발이 보수해 개발장비를 넣어두는 창고로 사용하고 있었다.

날이 밝기 전에 유상석은 스노모빌을 타고 원시림 밖에 나가 의사를 데리고 왔다. 중국병원에서 의사로 재직하다가 퇴직한 주펑(朱鋒)이라는 70대 노인으로 백두개발 근로자들을 전담치료하는 강직하고 인자한 인물이었다. 이수근은 북한 특무와 중국 공안에게 쫓기는 신세였다. 그가 깨어난다면 무언가 들려줄 이야기가 많을 듯했다. 취재대상으로 보기 드문 좋은 인물이다.

오후 1시 30분. 그녀는 창바이 스키리조트 근방에서 한국인 청년을 만나 인터뷰했다. 스키복을 입은 키가 훤칠한 청년은 운동으로 단련된 신체를 자랑하고 있었다. 그녀는 명함을 받았다.

백두산 데스 카니발 추진위원장 겸 국제익스트림스포츠협회장 김태일
(Chairman of Baekdusan Death Carnival Promotion and International Extreme Sports Association, Kim, Tae-Il)

"무슨 행사단체인가요?"

"우리는 백두산이 3월 이전에 폭발한다고 주장하는 임영민 박사 추종자들이죠. 백두개발의 후원을 받은 CG WORLD에서 3만 명의 여행권 수혜자들을 선발했는데, 우리 IESA한국지부에만 1만 2천 장을

특별배정 받았죠. 백두산 폭발을 확신하고 그것을 즐기려고 달려온 열혈 젊은이들이기 때문이죠."

오수지는 백두산 대폭발 CG의 남녀 배우 얼굴을 떠올렸다.

"백두산 폭발영화 주인공을 제 얼굴로 바꾸고 스릴러의 주인공이 되려는 스릴러 중독자들이군요. IESA 회원 수는 몇 명입니까?"

"국내에 1만 9천여 명, 해외 18개국에 26만 명이 있어요. 그 중에 한국지부 회원 1만 2천 명과 각국지부 회원 9천 명이 이곳에 들어올 예정이죠."

"백두산이 폭발하면 위험하지 않나요?"

"익스트림 스포츠는 위험도가 높을수록 인기가 높아요."

"IESA에서는 폭발시기를 언제로 예상하고 있죠?"

"임영민 박사의 예언대로라면 2월 하순쯤 터지겠죠. 협찬받은 여행권은 아시안게임 폐막일인 2월 15일까지인데, 나머지 기간은 회원들 자비로 체류하죠."

"그때 회원들은 뭘 하실 겁니까?"

폭발 전까지는 백두산의 마지막 모습을 즐기고 폭발 무렵에는 전망이 가장 좋은 곳에서 단체관람을 할 예정이라고 했다. 백두산이 남쪽으로 보이는 스키점프대 전망대, 각 호텔 상층부는 IESA 회원들이 차지했는데, 거기서 폭발장면을 관람할 예정이었다. 모든 회원들은 방열복, 방독면, 비상식량과 식수를 준비했고 팀별로 구조장비를 갖추었다. 그의 말이 이어졌다.

"열혈 회원들은 스키, 스노보드, 스노모빌을 타고 용암에 쫓기며 스릴을 즐길 겁니다."

"목숨까지 거는 대단한 마니아들이군요. 죽음의 축제라는 말이 잔혹하게 들려요."

"생명의 위험을 무릅쓰고 묘기를 부리는 레저스포츠를 엑스게임이라 부릅니다. 스케이트보드나 산악자전거와 다를 바 없습니다. 이번 카니발에는 사설경마처럼 돈을 거는 특별경주가 있습니다. '죽음의 레이스'라고 하죠."

지난주부터 아마추어 1만여 명이 참가한 예선이 시작돼 이번 주말에 각 부문 최종결선 진출자가 가려진다. 프로선수들이 참가하는 여러 가지 종목도 화산 폭발시 벌어질 예정이다.

그 중 특별경주인 죽음의 레이스는 백두산이 터질 때 화쇄류와 이류(泥流, volcanic mudflow)가 몰려올 유력한 예상경로인 장백폭포 코스에서 펼쳐진다. 거기서 세계 각 대회에서 우승한 12명의 스노모빌 선수들이 북파산문 바로 밑에서 출발해 얼다오바이허까지 이어지는 45㎞ 산록코스를 주행한다. 산사태처럼 쇄도하는 화쇄류와 가장 가까운 거리를 유지하며 고공점프나 공중회전을 하는 등 고난도의 묘기를 가장 멋지게 연출하는 선수가 최고점을 받는다.

죽음의 레이스 결선에 참가하는 선수들은 2월 15일부터 북파산문 아래에 있는 백두개발 직원용 숙소에서 공동기거에 들어간단다.

"북파산문에서 중국 공안이 입산을 통제하는데, 단속 안 해요?"

"아시안게임이 끝나고 난 뒤에 열린다니까, 허가를 해 주더군요. 백두개발에서 도와줬죠."

그녀는 백두산을 장악한 '백두개발'이 나서면 백두산 봉쇄도 풀리고, 폭발설도 잠재울 수 있다고 생각했다.

"그들의 경주 장면을 누가 채점하죠?"

"세계 각국에서 온 심사위원은 여덟 명이죠."

스노모빌마다 촬영 카메라와 GPS가 부착되었고 헬기로 중계한다고 했다. 우승자는 1천만 달러의 상금이 수여된다. 중국에 서버를 둔

웹사이트에서 이번 경주를 중계하고 유튜브를 통해 동영상을 전 세계에 송출하는데, 1억 명 이상이 시청할 예정이다. 우승자와 준우승자를 알아맞히는 경마베팅 방식이며 금액제한이 없었다.

이번 경주의 베팅을 위한 게임머니 환전액이 벌써 5천만 달러를 넘어 과열조짐을 보이는데, 이달 말까지는 최소 2억 달러는 모일 것 같다. 후원사인 CG WORLD에서는 대회의 동영상 중계를 도와주고 백두산 폭발을 더 실감나는 영화로 만들기 위해 80명의 촬영 팀을 대기시키고 있다.

김태일은 여유 있는 태도로 말을 이었다.

"IESA협회 회원들도 백두산 각 지점에서 동영상을 찍어 인터넷에 실시간으로 올릴 겁니다."

"가상과 현실은 엄연히 다를 텐데, 이번 대회는 엄청난 위험이 따르고 상상 이상의 재앙을 부를 수도 있지 않나요?"

김태일은 껄껄거리며 웃었다.

"위험은 우리의 밥입니다. CG영화 속에 나오는 자기 얼굴을 보고 웃고 우는 사람들이 많은데, 이들을 '나시족'이라 부르죠."

"중국에 사는 소수민족 아닌가요?"

"나르시즘에 빠진 족속인데, 몇 년 사이에 부쩍 늘어나고 있어요."

"못 말리겠군요."

"안면인식기술과 화면기술의 발달로 연예인들의 성형부위가 현미경을 보듯 세밀하게 드러나고 인터넷에는 악성댓글이 판을 치죠. 얼굴을 뜯어낸 연예인들 인기가 떨어지자 드라마 PD나 영화감독들이 '안칼족'을 선호한대요."

"안칼족?"

"얼굴에 칼을 안 댄 자연산 인간을 말하죠. 안칼족 선호사상이 퍼져나가는 요즘에는 자연주의가 젊은이들의 새로운 트렌드가 됐죠."

"광어도 자연산이 맛있죠. 강남 성형외과들이 밥벌이가 안 되겠네요."

"우리는 가상만을 기반으로 하는 나시족들과 현실에 토대를 두지 않은 영화 CG를 경멸해요. 우리는 백두산 폭발이라는 무시무시한 현실을 온몸으로 겪으며 죽음의 모험을 벌이는 진정한 스포츠맨입니다. 8,000 m 빙벽을 오르는 등반가와 우리가 뭐가 다릅니까? 우리 익스트림 스포츠맨들은 자연주의를 추구하는 모험가들입니다. 심신의 한계를 즐기는 열렬한 스포츠 애호가입니다. 화산폭발은 파괴가 아니라 창조입니다. 한민족의 위대한 성산 백두산이 자연을 재창조하는 현장을 우리 열혈 애국청년들이 목숨을 걸고 지킬 겁니다.…"

오수지는 끝도 없이 입방아를 찧어대는 청년의 궤변에 질려버렸다. 성전을 외치는 테러리스트를 대하는 듯했다. 미쳐도 단단히 미쳤군.

"오 기자님은 소문대로 미인이시네. 저는 황우반 회장의 이종사촌 동생입니다. 앞으로 형수님이라고 부르겠습니다."

"반가워요."

황우반 이종사촌? 부모 속깨나 썩였겠군.

임준은 오두막 안에서 환자를 돌보았다. 이수근은 수술을 받고 아직 마취에서 깨어나지 못했다. 그를 치료한 중국인 의사는 환자를 가능한 한 빨리 큰 병원으로 옮겨야 한다고 채근했다.

"다친 사람을 살려내는 건 의사의 당연한 도리라오. 북조선 사람 같은데, 중국 공안 눈에 띄지 않게 잘 돌봐주시오."

"도와주셔서 감사합니다."

유상석이 말했다.

임준은 이수근을 한국공관으로 피신시켜야 한다고 생각했다. 의사와 유상석이 돌아간 후 두 시간쯤 지나 이수근은 의식을 회복했다. 그가 파리한 얼굴로 입을 열었다.

"덕분에 살아났소. 정말 고맙소."

"의사가 수술을 잘해 줬어요."

이수근은 임준의 얼굴을 빤히 올려다보며 물었다.

"누군지 알겠소. 임영민 박사의 아들이군. 얼다오바이허 병원에서 봤소."

임준은 화들짝 놀랐다.

"맞습니다. 어젯밤 아버지가 돌아가신 장소를 살피던 중이었지요."

"그랬군. 진작부터 자네를 만나고 싶었지만 중국 공안 감시가 너무 심했어. 이렇게라도 만나게 돼 다행이야. 림 박사가 별세하셨다니 정말 안됐네."

"두 분은 며칠 전에 같이 있지 않았나요?"

"5일 전 연길에서 잠시 만났지."

"만나 뭘 하신 겁니까?"

"나는 쫓기는 몸이라 부친에게 남조선 망명을 주선해 달라고 했네. 한반도의 운명이 걸린 중요한 정보를 남조선 당국에 제공하겠다고 말했네."

"한반도 운명이 걸렸다구요?"

"북조선 최고지도자가 관련된 1급 비밀이지. 그 내용을 부친에게 미리 털어놓을 수는 없었어. 사안이 워낙 중대해. 림 박사는 내 처지를 리해(이해)하고 날 도와주려고 했지."

"누가 저희 부친을 죽였나요?"

"……."

"중국 공안인가요?"

"아니야."

"그럼?"

"그날 밤 림 박사와 난 달문에서 만나기로 했지. 천지주변을 함께 관찰하기로 했네. 천지 안쪽에 설치된 지진계와 화산가스 관측점과 지형변형 관측점들을 살펴보려고 했지. 그런 다음 나는 백두산 장군봉 아래에 있는 지진관측소에 숨어들어가 관측자료를 가져 나오려고 했어."

"쫓기는 상황이었는데, 왜 금지구역에 들어가신 거지요?"

"백두산 상황이 위급하다고 판단했네. 우리 두 사람이 직접 확인하고 싶었어. 나도 백두산을 떠난 지 여러 날이 지나 그럴 필요가 있었지."

"대체 아버지는 어떻게 돌아가신 건가요?"

"얼다오바이허나 장백폭포 쪽에서 림 교수를 추적해온 북조선 특무들이 있었던 것 같아."

"아버지께서 그들에게 붙잡힌 현장을 보셨나요?"

창백한 얼굴의 환자는 소곤거리듯 말했다.

"보진 못했지만 내 추측이야. 만나기로 한 시각에 달문 근방에서 서성대는 북조선 특무 두 명을 보았는데, 낯이 익었어. 그들이 림 교수를 붙잡아 폭포 아래로 밀어버렸을 것 같아. 내가 림 박사에게 공화국의 1급 정보를 알렸다고 생각했겠지. 정보유출을 차단하기 위해 살해한 것으로 보네."

"그래요. 아버지의 주검은 폭포 아래에서 발견되었어요."

이수근은 굳은 표정으로 신음을 흘렸다.

"내가 자네와 남조선 기자를 그리로 부른 것도 림 박사가 죽은 현장을 직접 보여주고 싶었네. 그리고 중국과 북조선이 백두산 천지 일대에 설치한 관측기계들을 보여주며 구체적인 실상을 알려주려고 했네."

"오 기자를 부른 건 백두산이 위험하다는 걸 남한 언론에 알리고 싶었던 거죠?"

이수근은 고개를 끄덕였다.

임준은 격앙된 목소리로 말했다.

"백두산 폭발가능성을 조사하는 게 북한에 그토록 해로운 일인가요? 폭발위험을 조사하고 알리면 북한에도 좋은 것 아닌가요?"

"북조선 지도층은 미치광이들이야. 그들을 화나게 한 건 나야. 내가 림 교수의 죽음에 큰 책임이 있어. 자네한테 잘못을 빌고 싶어."

"선생님 책임이 아니에요. 왜 하루아침에 쫓기는 신세가 됐죠?"

"나는 극비정보를 동생한테 말했다가 하루아침에 반역자가 됐네."

"지금 백두산이 터질 가능성이 있나요?"

"열흘 이내에 터질 가능성이 있네."

임준의 눈이 휘둥그레졌다.

"중국의 화산관측소는 백두산이 안전하다고 발표했는데요."

"그들 사정은 모르겠어. 하지만 우리 관측결과는 그래."

"그걸 한국이나 일본은 모르고 있겠군요."

임준은 쫓기는 탈북자와 숨어 있는 이 공간이 안전하지 못한 곳이기에 신경이 곤두섰다. 그는 수시로 움막 밖을 내다보며 주변을 살폈다.

유상석이 한 말이 떠올랐다.

"이 오두막에서 임영민 박사님이 가끔 머물곤 했어요. 그러다가 한밤중에 백두산에 오르시곤 했지요. 아마 돌아가신 날 밤에도 여기서 머물다 올라갔을지 모릅니다."

임준은 아버지가 마지막으로 머물렀을지도 모르는 오두막에서 아버지의 체취를 느끼려고 애를 썼다. 아버지는 대체 어떤 신념을 품고 백두산에서의 마지막 여정을 이곳에서 준비했을까.

비밀회담

오후 5시가 되자 오두막 밖은 벌써 어두워졌다. 오두막에는 기름램프가 있어서 불을 붙이자 실내는 환해졌고 무쇠난로에는 장작불이 활활 타올라 실내는 아늑했다. 유상석이 먹을거리로 고구마와 빵을 가져와 배를 채웠다.

그들의 대화가 중지된 것은 인기척 때문이었다. 밖은 칠흑 같은 어둠이 내렸고 안에서 잠근 오두막의 문짝이 바람에 덜컹거렸는데, 어디선가 눈을 밟는 소리가 나더니 문짝을 발로 차는 소리가 났다.

"리수근, 이 종간나 새끼 당장 나오라우!"

거친 북한 사투리였다.

"네 새끼 거기 숨어 있는 거 다 알아. 어서 기어 나오지 않으면 대가리에 납덩이(총알) 박힐 줄 알라!"

통나무로 덮인 다섯 평 공간이 욕설과 발길질로 소란스러워지자 임준은 기절할 듯 놀랐고 부상으로 누워 있던 이수근은 새파랗게 질렸다.

임준은 얼른 등잔불을 껐으나 작은 오두막 창문 틈으로 플래시 불빛이 비쳐 들었고 사람의 모습이 어른거렸다. 창문 밖의 덧문을 닫아

둔 것이 그나마 다행이었다.
 이수근이 침대 밑으로 몸을 굴리면서 임준에게 말했다.
 "북조선 특무들이야. 어서 몸을 낮춰."
 특무들은 독안에 쥐라도 잡듯이 오두막의 외벽과 문짝에 발길질을 하며 계속 욕설을 퍼부었다.
 갑자기 문짝에 쇠붙이가 처박히는 소리가 났다.
 "저 놈들이 도끼루 문을 박살 낼 모양이야."
 "큰일 났군요. 이젠 어쩌면 좋죠?"
 임준은 숨을 헐떡이다가 김민수에게 문자메시지를 보냈다.

  북한 공작원들이 오두막을 포위하고 공격하고 있음. 도와주세요.

 도끼가 출입문을 매섭게 내리찍을 때마다 문짝은 사정없이 흔들거렸다.
 "리수근 당장 나와! 항복하구 그만 기어 나오는 게 좋을 거야! 안 그러면 들어가 도끼루 네 대가리를 날려버리갓어."
 도끼가 창문의 덧문을 찍자 안의 유리창이 와장창 부서졌다.
 임준은 일어나 도끼날의 공세에 시달리는 문짝에 탁자를 버텨 놓았다. 이수근은 온몸을 휘청대며 일어나 누워 있던 침대를 문쪽으로 끌어당겼다. 임준이 그를 거들어 침대를 세워 창문을 덮게 했다.
 그때 눈을 밟는 발자국 소리가 요란해지더니 사내들끼리 격투를 벌이는 소리가 들려왔다. 임준이 말했다.
 "밖에서 뭔 일이 벌어진 것 같은데요."
 거칠게 외치는 말소리는 중국어였다.
 이수근이 문틈으로 밖을 내다보았다.

"많은 남자들이 뒤엉켜 싸우고 있어. 북조선 특무들과 중국 공안들 같아."

"저들은 한편 아닌가요?"

"한 먹이를 두고 두 맹수들이 다투고 있어."

임준이 밖을 내다보니 10여 명의 사내들이 눈밭에서 난투극을 벌이고 있었다. 이수근이 말했다.

"지금 밖으루 나가자구. 지금이 도망칠 기회야."

"걸으실 수 있겠어요?"

"기어서라두 가야지."

"그럼 뭐 무기가 될 만한 거 하나 챙기고요."

임준은 창고 안에 있던 나무 몽둥이를 손에 쥐었다.

그는 출입문의 고리를 따고 문을 살며시 열었다.

거대한 자작나무 숲에서 사내들의 패싸움은 이어지고 욕지거리가 난무했다. 둘은 싸움판 반대편 숲으로 살금살금 걸어갔다.

키 작은 사내 하나가 그들 앞을 가로막았다. 임준은 몽둥이를 냅다 휘둘렀다. 머리통을 정통으로 얻어맞은 사내는 뒤로 꼬꾸라졌다.

숲은 어두웠고 그들은 무작정 발걸음을 옮겼다. 오두막에서 수백m 쯤 벗어나자 이수근이 헐떡이며 말했다.

"잠깐 쉬자. 이 정도면 좀 안심이 되누만."

"몸 상태는 좀 어떠세요? 여기가 어디쯤인지 아시겠어요?"

"대충은 알 것 같네."

임준은 백두산 일대를 손금 보듯 하는 이수근의 지리감에 놀랐다. 임준은 안도의 한숨을 내쉬었다.

박주연은 강호길과 보하이 시 빙상경기장에서 경기를 관람하다 중간에 나왔다. 한국선수들의 기록이 저조해 흥이 깨져버렸다. 그의 휘하에 있는 블랙요원들이 백두호텔 여종업원을 포섭해 장성택과 마쓰시타 히사오 자민당 정조회장의 밀담내용을 도청했다. 어둠이 내린 거리에는 함박눈이 내리고 있었다. 박주연은 리시버를 귀에 꽂고 녹음 내용을 다시 들었다. 벌써 두 번째 듣는 것이었다.

마쓰시타는 백두호텔 밀실에서 장성택을 만나 반갑게 포옹했다.
"저번보다 더 건강해 보입니다."
"의원님도 그렇습니다."
"베이징에서 국가주석을 만나셨습니까?"
마쓰시타는 그가 시진핑 국가주석을 만났는지 궁금했다. 자위대가 감청한 비밀정보에 의하면 장성택은 찾아간 것이 아니라 중국에 불려갔다.
장성택은 미소 지으며 고개만 끄덕였다.
마쓰시타는 재작년에 장성택이 일본을 비밀리에 방문했을 때 그를 도쿄 외곽 별장으로 초청하여 둘만이 나눈 대화를 기억했다. 일본은 고노 지카히로가 가져오는 백두산 화산정보를 최첨단 예측시스템으로 분석하여 미국의 CIA에 제공하고 있었다.
일본과 북한은 핵문제로 극한대립을 하고 있었다. 일본 내 화산학자들은 백두산이 수년 안에 터질 가능성이 크다는 것을 알았다. 북조선은 그걸 철저하게 이용했다.
4년 전 3차 핵실험은 백두산 남방 80㎞ 지점에서 실시됐는데 그때 초청된 조총련계 지진학자 김수봉은 귀국해 "북한의 핵실험으로 백두산 폭발시기가 앞당겨졌다. 당장 터진다면 천년 전에 터진 규모의 두 배는 될 것이고, 일본경제는 100년 전으로 후퇴할 것이다"라고 떠벌려 일본열도를 공포로 몰아넣은 바 있다.

이듬해, 북한은 대포동 장거리 미사일을 태평양 복판에 쐈다. 하와이 앞바다를 겨냥했다고 예고했는데 목표지점에서 불과 1km 밖에 안 벗어나 세계를 놀라게 했다. 북한의 탄도미사일이 그토록 정교해진 것은 옛 소련 붕괴 시 고농축우라늄 추출기술과 함께 탄도미사일의 설계도를 헐값에 구입한 덕분이었다.

겁에 질린 자민당은 비밀리에 북한에 마쓰시타를 특사로 파견했고 쌀 50만 톤과 비료 50만 톤을 지원했다. 추가 핵실험을 하지 않는다는 조건이었다.

후쿠시마 원전폭발사건이 일본인들에게 남긴 상처는 엄청났다. 거대한 쓰나미가 수만 명의 인명을 앗아갔지만 방사능 누출사건은 히로시마와 나가사키의 악몽을 일깨웠고 일본이 영원히 안전하지 않은 나라라는 관념을 온 국민에게 각인시켰다. 어떤 핵물질도 일본에 영향을 끼쳐서는 안 된다는 국민적 공감은 일본의 핵심정책이 되었다.

일본으로서는 원폭만큼 무서운 것이 백두산 폭발이었다. 천년 전에 터진 백두산의 화산재는 일본 북반부의 숱한 유적발굴현장에서 출토되었다. 그 공포의 황백색 가루는 긴 세월 물에 씻겨 내려갔지만 지금도 두께가 2, 3cm는 되는데 1천km 이상 떨어진 백두산이 일본 북부를 덮쳤다는 명백한 증거였다. 당시 일본 북부는 초토화되었다. 이번 백두산 폭발력이 그때의 두 배라면 열도 전체가 쑥대밭이 된다는 얘기였다.

자민당 내 소장파 의원들은 "백두산은 가짜 화산", "북조선의 사기극"이라고 주장하며 강하게 반발했지만 마쓰시타는 자민당 정조회 모임에서 연설했다.

"핵으로 무장한 북조선보다 백두산이 10배는 무섭습니다. 백두산에서 그리 멀지 않은 영변에는 플루토늄을 추출하는 원자로와 우라늄 농축시설이 있는데, 시설이 대단히 부실해 백두산이 터지면 엄청난 핵재앙이 생길 겁니다. 백두산 화산재에 방사능이 실려 일본 열도 전체를 공략할 겁니다. 북조선의 핵은 한국과 일본, 미국 등 여러 나라를 공격대상으로 하고 있고 강대국들의 견제가 가능하지만 백두산 폭발은 일본이 타깃인데다 마땅한 대응책이 없다는 것이 문제입니다. 우리가 저들의 핵실험을 말려야 하고 울며 겨자 먹기로 물자를 지원해야 하는 이유는 바로 그것 때문입니다. …"

추가 핵실험을 안 하겠다던 북한이 1년도 못 가 또 한 번의 지하핵실험을 하려 한다는 소문이 떠돌았다.

방일했던 장성택을 만난 건 그 때문이었다. 그때 술이 몇 순배 돌자 장성택이 말했다.

"백두산이 폭발한다면 일본은 어떻게 됩니까?"

"몰라서 묻소? 작년 말에 내가 평양에 갔을 때는 더 이상 핵실험은 않겠다고 약속했잖소."

"사정이 달라졌습니다."

마쓰시타는 치미는 화를 누르며 말했다.

"정히 해야겠다면 여름철에 하시오."

"왜 그래야 합니까?"

"조선과 일본의 피해를 최소화하잔 얘기요. 핵실험으로 백두산이 터지더라도 계절풍을 타고 화산재가 중국으로 날아가니까요. 중국 지린성과 헤이룽장성은 사람도 많이 살지 않는 곳 아닙니까?"

마쓰시타는 농담으로 한 말이었지만 장성택은 심각한 표정이었다. 백두산 문제에 대안이 없는 일본은 지푸라기라도 잡고 싶은 심정이었다.

그날 저녁 장성택의 비서가 마쓰시타의 자택으로 찾아왔다.

"행정부장께서는 의원님 말씀대로 태풍이 일본을 거쳐 북상하는 시기에 맞춰 핵실험을 할 의향이 있답니다."

"그래요?"

마쓰시타는 크게 놀랐다.

"대신 1억 달러를 마카오에 있는 비밀계좌로 넣어주십시오."

미친 작자로군. 핵실험으로 백두산이 폭발한다면 북한도 망하는데, 그걸 바란다는 것인가. 그때 마쓰시타는 김정은 왕국의 충성심이 허상임을 알게 되었다. 장성택이 핵실험 일자를 조정할 만큼 실력자란 말인가. 하지만 북조선의 핵실험 날짜가 태풍이 오는 여름철에 이미 잡혀 있어 장성택이 그것을 이용한다는 낌새가 느껴졌다.

2년 만에 다시 만난 장성택은 훨씬 늙어 보였다. 마쓰시타는 김정은의 최측근인 그가 권력투쟁으로 힘겨운 시기를 보내고 있음을 눈치챘다.

마쓰시타는 동계 아시안게임에 대한 이야기를 한참 늘어놓다가 마지막에 물었다.

"북조선 과학자들은 백두산 화산활동을 어떻게 보고 있소?"

그 말이 떨어지자 장성택의 표정이 굳어졌다.

한참 말이 없던 그가 겨우 입을 열었다.

"벌써 몇 년간이나 백두산 때문에 말들이 많았지만 뭐가 달라졌소?"

마쓰시타는 정색한 채 말했다.

"내 말을 잘 들으시오. 지금 우리는 백두산의 화산활동에 대한 심각한 우려를 갖고 있소. 백두산 정상부는 최근 2m나 상승했고 일본 기상위성들은 천지주변에서 많은 화산가스가 분출하는 것을 탐지했소. 이젠 백두산 문제는 북조선만의 문제가 아니란 말이오. 우리 일본에게도 커다란 재앙이 될 수 있소. 우리 일본은 화산과 지진 연구에 관한 한 세계 제일임을 자부하오. 우리 과학자들과 최신 장비들을 내일 당장이라도 보내 폭발가능성을 점검해 줄 테니 장 부장이 앞장서시오."

장성택이 성난 어조로 대꾸했다.

"백두산 폭발설은 공화국의 혁명사적지를 음해하려는 남조선 극우세력들이 퍼뜨리는 흑색선전술이오. 북조선에서는 헌법보다 높은 것이 노동당 규약이고 노동당 규약보다 높은 것이 최고지도자의 교시요. 김정은 최고사령관께서는 백두산의 화산활동을 철저히 연구하라고 오래전에 교시를 내리셨소. 우리 과학자 수백 명이 매일 백두산을 조사하지만 위험조짐은 전혀 없소. 우리 과학 수준도 일본 못지않소. 왜 일본 과학자가 필요하단 말이오?"

마쓰시타는 장성택을 한참이나 구슬렸으나 그는 묵묵부답이었다. 마쓰시타는 한숨을 쉬었다. 북한에 돈을 주고 사오는 백두산 화산정보가 끊어지고 북한과 중국이 백두산의 접근을 막는다면 무슨 수로 실상을 파악할 것인가. 대체 지금 북조선에서 무슨 일이 벌어지고 있는가.

마쓰시타는 헤어질 때 내각조사실이 준 정보를 써먹었다.

"근데, 한겨울에 김일성 주석 동상들은 왜 옮깁니까?"

장성택은 잠시 당황한 표정을 짓더니 볼멘소리로 대답했다.

"남의 나라 감시하는 일 따윈 그만 두시오. 인공위성 가지고 있다고 잘난 척하는 거요?"

박주연이 빙상경기장 주차장에 있는 승용차에 오르며 강호길에게 말했다.

"장성택은 백두산 화산관측을 도와주겠다는 마쓰시타의 제의를 거절했어. 일본이 그렇게까지 매달리는 게 도가 지나쳐."

"일본 측에서 백두산이 그만큼 위험하다고 판단한 거겠죠."

"마쓰시타는 김일성 동상을 왜 옮기느냐고 물었어. 일본도 우리만큼 그게 이상했던 거야."

"일본이 위성을 통해 정보를 얻는 수준은 우리보다 한 수 위입니다. 동상을 관찰했다면 부대나 무기이동도 파악했을 겁니다. 마쓰시타는 북한의 진의를 떠본 겁니다."

강호길은 품에서 컬러사진 몇 장을 꺼내 내밀었다.

"마쓰시타와 장성택이 만난 지 두 시간 후에 장성택이 혼자서 아래층에 있는 이 사람 방에 들어갔다가 40분 후에 나왔습니다."

중절모와 선글라스를 쓴 사내는 인상이 날카롭게 생긴 중년 사내였다. 어딘가 낯이 많이 익었다. 그는 고개를 갸우뚱거렸다.

"많이 본 듯해. 누굴까?"

숱한 인물들의 얼굴이 비눗방울처럼 눈앞에 퍼져나갔다.

"이자는 청와대 외교안보수석 백선규 아냐?"

"그렇게 보이네요."

"이자가 왜 여길 왔지?"

"중국정부도 모르게 비밀리에 들어온 것 같습니다."

"도청했나?"

"장성택이 갑자기 이 사람 방에 들어가는 바람에 못했죠."

"남북 간에 뭔가 비밀협상을 벌이는군."

시민단체 대표 출신인 백선규는 권혁수 통일부 장관의 오른팔이었고 대통령의 최측근이었다. 국정원장 김원중과는 견원지간(犬猿之

間)이었다. 4년 전 대선 선대위 서울본부장이었고 남의 약점을 쥐면 끝장을 보는 승냥이 같은 인물이었다.

"어제 올 때까지 서울에서 백선규에 대해 아무런 얘기도 없었어."

"대통령 비밀특사 아닐까요?"

"느낌이 좋지 않아. 이자 철저하게 추적해."

"벌써 오늘 아침 비행기로 귀국했어요."

박주연은 심각한 표정으로 말했다.

"나는 어릴 때부터 수수께끼 푸는 것을 좋아했지. 수학과 졸업반 때 법학과로 전과했지. 막연히 인간에게 더 가까이 가고 싶었어. 지금도 문제를 포착하면 그것을 가슴으로 품고 열병처럼 앓아. 한동안 몸살을 앓아야 해답을 얻지. 나는 정보분석가야. 관찰하고 추론하는 직업이 천직이라고 생각해. 지난달에 김일성 동상이 미국 인공위성에 찍힌 것을 봤을 때 하나의 추상화를 생각했지. 엄청난 내용을 함축하고 있는 난해한 추상화 말이야. 그 사진을 72시간 동안 갖고 다니며 계속 보았지만 기초적인 의미도 파악할 수 없었지. 지금도 문제를 풀지 못해 열병을 앓고 있어."

그는 인공위성 사진 한 장을 강호길에게 건넸다.

"이 사건은 제게도 난해한 그림입니다."

그는 강호길의 말허리를 잘랐다.

"나는 비행장에서 수많은 김일성이 오른손을 쳐들고 있는 이 사진을 북한이 처해 있는 현실이라고 생각해. 건국의 아버지가 70년간 서 있던 광장에서 비행장으로 도망쳐서는 자신과 똑같은 복제품 속에서 마지막 비행기를 타겠다고 아수성치는 모습으로 보여. 북한이 벼랑 끝에 서 있다는 극단적인 절박함이 이 사진에 잘 나타났어. '북한은 위기다'라는 것을 금방 느낄 수 있지."

"팀장님 말에 동감합니다."

박주연은 단호한 어조로 말했다.

"북한에 큰일이 벌어진 거야. 당장 무인 포스트를 통해 평양 호위총국 P대좌에게 전술정보 제공을 요청해."

P는 암호명이었다. 박주연은 5년 전 베이징에서 블랙정보원으로 활동할 때 중국국방대학에 유학 온 젊은 북한 군관을 한국음식점에서 만났다. 무역업자로 가장한 박주연은 그와 수차례 술자리를 같이하며 친분을 쌓았다. 북한 혁명가문의 자손으로 만경대혁명학원을 다니며 김정은과 친하게 지냈다고 했다. 그는 외국의 개방된 문화와 물질에 관심이 많은 북한의 신세대였다. 공작원의 조건에 아주 잘 어울리는 이상형이었다.

박주연은 그를 포섭대상으로 상부에 보고하고 그에게 수시로 한국 영화와 드라마, 가요를 담은 USB를 선물하고 활동비도 주며 진솔한 대화를 나눴다. 그를 공들여 포섭하는 데 1년 가까이 걸렸다. 그와의 정보공작을 원활히 수행하기 위해 세부적인 연락망을 구축했다.

강호길이 말했다.

"그자에게서 두 달째 음어 하나 안 들어옵니다."

"그놈 월급이 아깝군."

P대좌를 불러내는 것은 시간이 많이 걸리고 그를 위험에 빠뜨릴 가능성이 있었다. 그의 신원은 박주연과 강호길, 서울본부 공작기획관 이외에는 아무도 모르는 극비사항이었다. 강호길이 이죽거렸다.

"그 빨갱이 새끼한테 우리가 주는 한 달 월급이 제 1년 연봉이에요."

"그럼 자네도 호위총국 스파이 노릇이나 해. 당장 내가 북한에 들어갔으면 좋겠어. 분명 뭔가 큰일이 일어나는데 캄캄한 안개 속이야. 정말 미치겠군."

박주연은 속이 탔다. 남북 간의 평화기에 북한의 움직임이 심상치 않다니….

그 교활한 외교안보수석까지 끼어들어 상황은 더 복잡해졌다. 짙은 안개 속에서 실체가 가려져 있었다. 여러 정보조각들을 직관적으로 꿰뚫어 맞추는 능력이 자신에게 부족함을 알고 한숨을 내쉬었다. 얼마나 더 앓아야 해법을 찾을까.

저녁 7시 30분. 김민수는 박주연과 함께 임준이 알려준 오두막으로 스키를 타고 달려갔으나 멀리서 바라본 현장에서는 수십 명의 중국 공안들이 몰려와 대여섯 명의 북한 공작원들을 체포한 뒤 어디론가 끌고 가고 있었다. 그들은 여러 대의 스노모빌을 타고 원시림을 빠져나갔다.

그들이 사라진 지 한참이 지난 뒤 오두막을 조사했으나 임준과 이수근은 사라지고 없었다. 문자메시지를 보냈으나 응답이 없었다.

김민수가 말했다.

"이수근과 임준이 함께 달아난 게 틀림없어. 중국 공안들이 그들을 뒤쫓을 거야. 대체 이들이 어디로 달아났을까?"

박주연이 대답했다.

"이수근은 총에 맞아 중상을 입었습니다. 의사가 치료를 했지만 상태가 심각할 거예요."

"이 원시림 속에서 중상자를 데리고 가봤자 얼마나 도망쳤겠어? 어떡해서든지 도망자들을 구해야 해."

"그들이 숨을 곳은 발해시나 얼다오바이허밖에 없어요. 하지만 두 도시는 중국 공안과 북한 공작원 천지예요. 제가 요원들을 동원해 찾아보겠습니다."

김민수는 하얀 자작나무로 덮인 오두막을 바라보면서 원시림 속에 있는 그 작은 오두막이 풍경화 속의 집처럼 아름답게 보였다.

김민수는 〈길림성신문〉 주간에게서 들은 얘기를 떠올렸다. 예부터 백두산 사람들은 자작나무로 집을 짓고 자작나무로 불을 때고 병이 나면 자작나무를 달여 먹었고 자작나무 수액으로 술을 담가 먹었는데, 죽을 때도 자작나무로 관을 짜 땅에 묻혔다고 한다. 하얀 자작나무는 백두산 사람들에게 삶의 일부이자 귀인 같은 존재였다.

오수지는 이메일로 본사 데스크에 기사를 보냈다. 지난밤에 백두산에서 겪은 일들을 상세하게 정리한 것이었다. 백두산 원시림에서 새가 사라지고 달문에서 산천어가 떼죽음을 당하고 곳곳에서 엄청난 화산가스가 새나온다는 기사는 특종이었다. 기사제목은 '백두산 폭발 임박'이었다. 1면 머리기사로 싣는다고 했다. 부장이 말했다.

"산천어 사진이 너무 흐려. 오늘 밤에 다시 찍어 보내."

"다시 찍으라고요? 말도 안 돼. 간밤에 북한 공작원들 때문에 죽을 뻔했다구요."

"네가 찍은 사진은 산천어가 아니라 죽은 고등어 같아. 1면 톱 사진이란 사실을 명심하고, 알았지?"

"못해요. 차라리 선배가 한국에서 산천어 구해다가 욕조에 띄우고 찍어."

"회사 관둘 참이야? 잔말 말고 찍어 보내. 이만 끊어."

"회사 관두는 것쯤 겁날 거 없어요. 며칠이나 남았다고. 하지만 임영민 박사 죽음 뒤에 북한 과학자의 망명기도사건이 있더라고요. 뭘

가 큰 게 나올 거 같지 않아요?"

"알았어, 알았다구. 불독, 당장 그거부터 취재해! 불독처럼 물고 늘어지라구! 사진은 내가 어떻게 해볼 테니까."

오수지는 전화를 끊고 일회용 커피잔을 꺼내들고 프레스센터의 거대한 유리창 앞에 섰다. 밤 8시 45분. 거대한 백두산이 남쪽 하늘 아래 웅크려 앉아 웅장한 자태를 과시하고 있었다.

그녀는 다시 임준의 휴대전화 번호를 눌러보았으나 통화가 되지 않았다. 그가 부상자를 데리고 중국 공안들의 추적을 피해 얼마나 달아날 수 있을까. 이수근의 망명을 도우려다 변을 당한 부친의 뜻을 따르려는 그가 새삼 존경스러웠다.

종말론자 주성린 목사는 십자가를 지고 수많은 추종자들과 함께 백두산에서 고난의 행진을 하는 이벤트를 벌여 외신기자들의 주목을 받았다. 그는 CNN에 출연해 시한부 종말론과 백두산이 터질 때 예수님이 재림한다는 내용을 유창하게 영어로 설명해 국제적인 명성을 얻었다.

오수지는 익스트림 스포츠협회장의 광기어린 말투가 생각났다. 왜 그녀의 피앙세 황우반은 그런 자에게 엄청난 돈을 들여 미친 짓을 도와주는 것일까.

황우반은 집무실로 쓰는 백두호텔 꼭대기층의 스위트룸 창가 소파에 앉아 백두산을 바라보았다. 백두호텔을 오픈한 지 한 달 만에 손님으로 꽉 찼다는 보고를 받고 기분이 흡족했다. 알파인스키 경기가 벌어지는 창바이 스포츠리조트도 투숙객이 넘쳐났고 세계최고 규모를 자랑하는 스키점프장은 세계 언론의 화제가 되는 바람에 손님이 입추의 여지가 없이 꽉꽉 들어차곤 했다. 그의 사업은 정점을 향해 치닫고 있었다. 아버지가 시작한 사업은 모든 어려움을 극복했고 그는 성공적인 마무리를 하고 있었다.

사흘 전 시진핑 국가주석은 장백산 개발이 중국과 남북한이 함께 공생하는 바람직한 협력사업이라며 황우반 회장과 그의 파트너 장원 회장을 칭찬했다. 백두산 리조트 기공식이 3월 1일 삼지연에서 열리는 것에 만족한 김정은 최고사령관이 약혼식 이튿날에 황우반, 오수지 커플을 초청해 오수지에게 약혼선물을 주기로 약속했다. 두 나라의 통수권자가 그를 신뢰하는 것이다.

황우반이 최대 지분을 가진 백두산 개발이 투자를 완료하면 발해시와 삼지연시는 연간 1천만 명이 넘는 관광객을 끌어들여 동북아 최대의 겨울관광지로 거듭날 것이다. 1년에 8개월간 스키를 즐길 수 있는 천혜의 자연환경이 강점이었다. 천지를 중심으로 온천, 폭포, 협곡, 원시림, 화산용암의 비경을 갖춘 곳으로 동북아의 여느 관광도시와는 레벨이 달랐다.

황우반은 유리창 너머로 스키점프대를 바라보았다. 그가 앉은 위치에서는 점프도약대가 밑에서부터 위로 올려다 보였는데, 스키점프를 하는 선수들이 창문방향으로 날아오고 있었다. 최고급 관람석은 바로 그의 집무실 창문이었다. 수천 명의 관중들이 선수들의 묘기를 보며 환호하고 있었다.

황우반은 비서가 가져온 한 사내의 신상명세서를 읽었다. 사내는 서울의 모 대학 영문과를 다니다가 미국으로 유학 가 경제학 공부를 하다 연극으로 전공을 바꿨다. 군대를 마치고 대학로 소극장에서 창작극을 연출했으나 주목을 끌지 못했다. 연기에도 도전했으나 마찬가지였다.

그의 아비 임영민은 백두산 개발을 환경파괴와 북한 독재정권의 생명연장술이라고 비난하며 황백호의 혈압을 올리게 한 장본인이었다. 그의 폭발설 때문에 서울의 투자가들은 백두산 개발에 등을 돌렸고, 황백호는 중국과 싱가포르 자본을 끌어들여야 했다.

오늘자 〈한성일보〉는 오수지가 쓴 백두산 천지탐방기가 1면 톱이었다. 사흘 전 아시안게임이 개막되자 모든 언론이 백두산 관광지를 낙원으로 소개했는데, 그녀의 약혼녀가 지옥으로 만들어버렸다.

황우반은 거의 매일 밤 백두산이 폭발하는 꿈을 꾸었다. 연극쟁이 한 놈이 나타나 오수지의 영혼에 악마적 환상을 불어넣었다. 마침내 그녀는 연인에게 칼을 세워들었다. 황우반은 내심 오수지가 잘하는지 모른다고 생각했다. 백두산 폭발설은 묘한 반작용이 있다. 떠들어댈수록 사람들은 믿지 않는다. 백두산이 터져야 그의 야망이 이뤄지니까, 그런 면에서 그녀는 그를 잘 도와주는 것이다.

한국의 야당은 다산그룹의 백두산 개발을 바람직한 남북교류협력사업으로 칭송하며 자신들이 집권하면 대대적인 지원을 하겠다고 공언했다. 진보세력들은 백두산 폭발설을 남북화해를 가로막기 위해 보수세력이 꾸미는 거대한 음모라고 단정했다. 많은 소장학자들이 백두산은 주기적으로 화산활동이 강해지다가 약해지는 일정한 사이클을 보인다고 주장하면서 임영민으로 대표되는 폭발론자들을 날조와 공갈을 일삼는 냉전세력으로 규정했다.

황우반은 오전에 서울본사를 호출해 대표적인 보수언론인 〈한성일보〉의 주식을 대량으로 매집해 적대적 인수합병을 시도하라고 지시했다. 마침 그는 자기 지분의 우량주들을 많이 매도해 자금사정이 넉넉한 편이었다.

인수합병이 끝나는 대로 〈한성일보〉에 거친 망나니를 보내 전 직원의 절반을 해고할 예정이었다. 보수꼴통 극우주의자들을 쫓아내고 싶었다.

황우반은 쿠바산 시가를 입에 물었다.

"사이비 목사까지 추종자들을 8천 명이나 데려와 이 도시에서 장기 체류하는 건 좋은데, 왜 폭발한다고 떠드는 거야? 조용히 기도나 하면서 폭발을 기다리면 안 되는 거야? 저 광신자들이 우리 편이야, 적군이야?"

비서가 다가와 말했다.

"회장님, 그 목사에게 성금을 좀 보내고 폭발 날짜를 뒤로 늦춰달라고 부탁하는 게 어떨까요? 그자도 돈을 더 모으려면 미루는 게 좋겠죠."

극비보고

한밤중에 키가 전봇대만 한 전나무 숲 사이로 찬바람이 불어왔다. 벌써 다섯 시간째 임준은 원시림 속의 눈밭을 하염없이 걷고 있었다. 부상당한 이수근을 어깨로 부축한 채 무릎까지 빠지는 눈을 헤치며 밀림을 헤쳐 나갔다. 이수근은 신음 한 번 내지 않고 잘 걸었다. 그는 나이 마흔 여덟이었으나 강철 같은 체력의 소유자였다. 중상을 입은 사람이라고 믿어지지 않았.

임준은 밀림 속에서 김민수와 오수지의 전화번호를 몇 번이나 눌렀으나 연결이 되지 않았다. 그는 탄식했다.

"제 휴대폰이 구닥다리라서 통화가 되지 않네요."

"조금만 더 참게. 다 와가니까."

"우린 어디로 가야죠?"

"중국과 조선 특무들이 쫙 깔렸는데, 발해시나 이도백하는 안 돼. 백두산 속에 숨어 있다가 남조선 당국과 연락을 취해야 해."

밀림 속에 있는 오두막도 들키고 말았는데, 숨을 곳이 있을 것 같지 않았다. 그들은 백두산 중국령의 서파코스를 통해 서남쪽으로 나아갔다. 눈 덮인 툰드라 지대의 산비탈을 따라 한참을 올라가다가 동굴 하나를 찾아냈다. 동굴 입구는 직경이 1m가 될까 말까했다.

하지만 안으로 들어서자 천장 높이가 4~5m는 되었고 깊이는 50m가 넘었다. 현무암으로 형성된 동굴 천장에는 다양한 형태의 종유석이 매달려 있었고 바닥에는 물결형태가 뚜렷이 드러난 응고된 용암이 깔려 있었다.

이수근이 숨을 몰아쉬며 말했다.

"이곳은 천지에서 서쪽으로 3㎞쯤 떨어진 곳이야. 이 동굴은 중국령이지만 조선 경계와 가깝지. 화산폭발 때 유입된 화성쇄설류가 잘 보존된 진귀한 동굴이야. 작년에 내가 최향남과 정기적으로 만난 곳이네. 내가 다치기 전날도 이곳을 림시거처로 사용했네."

최향남은 장백산화산관측소 연구실장인 조선족이었다.

동굴은 안으로 들어갈수록 넓어졌다.

임준은 계란이 썩는 심한 냄새에 숨을 쉴 수가 없었다.

"유황냄새가 심하지. 백두산 분화가 본격화된 거야. 곳곳에서 화산가스가 분출하고 있어. 더 들어가면 질식해 죽을 것 같군."

그들은 발길을 돌려 유황냄새가 덜 나는 동굴 입구에서 바람을 피할 만한 움푹 들어간 공간을 발견하고 자리를 잡았다. 옷이 다 젖어 추웠다. 임준이 동굴 구석에 쌓인 나뭇가지에 불을 붙여 모닥불을 만들었다.

임준이 온화한 미소를 지으며 말했다.

"그 몸으로 여기까지 오신 걸 보면 정신력이 참 대단하세요."

모닥불 빛에 비친 이수근의 얼굴은 창백했고 식은땀을 흘리고 있었다.

"죽기 살기로 하면 뭘 못하겠나?"

"선생님은 몸이 불편하니 잠시 여기 머물고 계시죠. 아무래도 저 혼자 발해시에 다녀와야겠어요. 믿을 만한 한국분이 있으니 그분을 여기로 데려오죠."

"길도 잘 모르잖나?"

"어쨌든 선생님은 더 움직이시면 곤란해요."

임준이 동굴을 떠나려 하자 이수근은 그를 불러 앉혔다.

"꼭 할 말이 있네. 조선 특무들이 지금 날 잡으려고 혈안이 되었어. 만약 자네가 발해시로 가는 동안 내게 무슨 일이 일어날 경우를 대비해서 내가 남조선에 전하려는 정보를 자네가 알아둘 필요가 있네."

그는 임준을 바라보며 말을 이었다.

"나는 재작년부터 국가보위부의 명을 받아 백두산 화산활동에 관한 정보를 선양에 있는 일본인에게 넘겨왔네. 국가보위부 책임자가 혁명성지인 백두산 정보까지 팔아 사리사욕을 채운다는 사실에 나는 염증을 느꼈다네."

"일본에 넘기는 그 정보는 진실이었나요?"

"일본이나 남한은 구할 수 없는 세밀한 관측자료였지."

"일본이 화산에 대해서는 세계 최고 수준이 아닌가요?"

"인공위성을 통해 얻는 정보는 그들도 잘 알아. 하지만 화산가스가 분출하는 장소나 온천수나 동굴, 지하 마그마방에 관한 정보는 거의 모르지. 화산성 지진을 감지하는 지진계는 마그마방이 깔린 백두산 천지 반경 15㎞ 안에 설치해야 하는데, 북조선과 중국이 독점하니 일본이나 남조선은 장님이나 다름없어. 중국정부가 천지 반경 20㎞의 출입을 통제하는 이유 중 하나가 화산성 지진의 측정을 막기 위한 조치라고도 볼 수 있네."

"……."

"나는 보위부 명령으로 일본인들이 호기심을 가질 만한 자료를 조작해 그들에게 넘겨왔네. 위험을 과장한 경우가 많았지. 그래야 일본인들이 안달이 날 테니까. 나는 반역자들에게 매달 30만 달러를 벌게 해 주었어."

"……."

이수근은 주위를 둘러보더니 굳은 표정으로 말했다.

"큰 문제는 다른 데 있어. 김정은을 비롯한 핵심권력자들이 백두산이 곧 폭발한다는 사실을 잘 안다는 점이야. 우리 백두산 지진연구소는 거의 매일 그들에게 백두산 화산정보를 제공하고 있어."

"북한의 화산학 수준이 믿을 만한 겁니까?"

"혁명성지가 위험한데 돈을 아낄 리 있나? 우리 연구소의 연구사만 200명이야. 백두산 150개 지점에 지진계와 경사계, 수중계를 설치해 24시간 관측을 하지. 수년간 구라파에서 최첨단 관측장비를 사들였고 로씨야(러시아) 지질학자들까지 초빙해 공동연구를 했지. 이제 우리 연구수준은 일본도 안 부러워해. 우리는 지난달 초순에 김정은한테 최종보고서를 올렸어."

"무슨 내용이죠?"

"백두산은 8주 안에 틀림없이 터진다고 말이야. 우린 백두산 천지 아래에 있는 마그마의 움직임을 줄곧 추적해왔어. 폭발은 화구가 하나뿐인 '중심분화'가 아니라 지각에 생긴 기다란 틈을 통해 마그마가 분출하는 '틈새분화'가 될 거야. 중심분화보다 틈새분화가 훨씬 더 위험하지. …"

그의 목소리는 점점 달아올랐다.

"천년 전 발해를 멸망시킨 과정처럼 터질 거야. 천지 물과 거대한 마그마가 만나 초대형 폭발이 일어나고 백두산에서 커다란 홍수가 일어날 거야. 량강도와 함경도 일대는 대지진으로 도시들이 파괴되고 화산재에 덮여 생지옥이 될 거야. 보고서가 올라간 직후 백두산 혁명성지의 유물들이 옮겨졌지. 화산피해가 있는 지역의 군부대가 이동하고 김일성 수령님의 동상들이 옮겨졌지. 사진과 저작물까지 … ."

"참으로 신속하군요."

"난 화산정보를 일본에 팔고 대금을 보위부부장의 해외계좌에 넣어주니까 그의 신임을 받고 있지. 그는 날 친동생처럼 대해 주지. 부부장은 내게 휴가를 명하더니 떠나기 전날 술을 권했어. 그자는 중국산 배갈 몇 잔에 혀가 꼬부라지더니 수다스럽게 떠들더군. 결국 경천동지할 말이 터져나왔지. 난 그 말을 듣고 입을 다물지 못했네. 인간이 이런 발상을 할 수 있다는 게 믿을 수가 없었지. 지금 와 생각해도 그들은 절대 인간이 아니야. … "

" …… ."

"내가 쓴 백두산 보고서가 이상하게 귀결되는 걸 보자 량심(양심)의 가책을 받았지. 미칠 정도로 괴로웠지. 내가 입수한 비밀정보는 우리 민족의 생사가 달린 중요한 일이네. 북조선 지도층의 미친 짓을 막아야 하네. 자네 부친이 민족을 위해 큰일을 하다가 죽었다는 걸 꼭 기억해 주게."

" …… ."

이수근은 한숨을 쉬며 이어 말했다.

"지금 조선은 내 망명을 저지하기 위해 필사적으로 날뛰고 있네. 림영민 교수는 날 위해 목숨까지 바쳐야 했어. 남조선공관에 내가 직접 말할 중요한 정보가 있네. 한시라도 빨리 알려야 할 긴급한 정보야. 이 자료는 우리 지진연구소가 김정은에게 올린 최종보고서야."

임준은 이수근이 준 USB를 속주머니에 넣으며 말했다.

"절 믿으세요. 한국공관에 이 자료를 전하고 한국공관원을 데려오겠습니다. 제가 올 때까지 이곳을 떠나지 마세요. 곧 돌아올 겁니다."

"림 박사가 그렇게 당했는데, 그분의 혈육인 자네마저도 날 위해 목숨을 건다는 건 말이 안 돼."

임준은 이수근과 포옹했다. 그는 동굴을 빠져나오며 모닥불 옆에 비스듬히 누운 그의 모습을 보았다.

임준은 설한풍이 회오리치는 산비탈을 걸어 내려가기 시작했다. 자정 무렵이었다. 밤새 걸어야 보하이 시에 도달할 것 같았다.

어두운 숲속에서 킬러는 오토바이처럼 생긴 스노스쿠터를 타고와 동굴을 빠져나가는 임준을 바라보고 있었다. 오랫동안 추적해온 이수근이 부상을 당한 채 혼자 남아 있게 된 것이다. 며칠 동안 추적한 보람이 있었다.

그의 보스는 강조하곤 했다. 살인은 타이밍이다. 깔끔하게 죽여서 종적을 남겨서는 안 된다. 살인혐의를 남에게 뒤집어씌운다면 금상첨화다. 그러기 위해 그는 말의 억양도 바꾸고 관련 최신정보도 모으고 있었다.

그를 어떻게 죽일까. 러시아 마피아들처럼 눈덩어리를 입안에 강제로 쑤셔 넣어 질식사시킬까. 지금 이수근을 죽여 원시림 눈 속에 파묻는다면 여름철에야 발견될 것이다. 발견되기 전에 산짐승의 먹이가 될 것이다. 백두산은 살인을 위해서는 천혜의 장소였다.

그가 동굴 입구로 다가갈 때였다. 어둠 속에서 쿵쿵거리는 둔중한 소리가 들려왔다. 그는 얼른 야간투시 망원경을 꺼내 주변 숲속을 살펴보기 시작했다.

사내들 다섯 명이 스키를 타고 나타났다. 대체 저들이 누구인가. 킬러는 커다란 전나무 뒤로 얼른 몸을 숨겼다.

하늘을 두 줄로 가르며 촘촘히 늘어선 거대한 전나무들이 하얀 털 옷을 입고 있었다. 임준은 원시림 속에서 빠져나와 녹색 가드레일을 넘어 2차선 도로에 들어섰다. 밤새 잠을 안 잔 채 백두산 동굴에서 빠져나와 4시간 넘게 걸었다. 몰아치는 설한풍에 온몸이 얼어왔다. 설피를 신발 밑에 붙이지 않았다면 깊은 눈밭에 빠져 얼어 죽었을지도 모른다.

신새벽인데도 보하이 시로 들어가는 2차선 도로에서 중국 공안들이 진을 친 채 검문을 하고 있었다. 그들이 아무래도 자신을 찾는 것만 같았다. 임준은 가이드 유상석에게 전화를 걸었다. 잠을 자던 유 씨는 깜짝 놀란 목소리였다.

"아직 잡히지 않았군요? 다행입니다. 보하이 시내에 두 분을 잡으려고 공안들이 쫙 깔렸어요. 두 분이 같이 왔어요?"

"그분은 안전한 곳에 숨어 있어요. 시내에 들어가고 싶은데 방법이 없네요."

"길이 하나 있어요."

"어디요?"

"스키 경기장 서쪽 기슭에 가면 스키점프장이 있어요."

"예, 알아요."

"거기서 1㎞도 채 안 되지요. 스키점프장 주차장 북쪽 끝에 가면 지상에 노출된 맨홀뚜껑이 보일 겁니다. 가로등 앞이요."

"그 안에 들어가라고요?"

"하수구예요. 그 안에서 동쪽으로 1㎞쯤 걸어가면 올라오는 계단이 나옵니다. 맨홀뚜껑을 열고 나오면 선수촌 아파트가 나옵니다. 거기는 시내죠."

"어떻게 아신 거죠?"

"지난달에 그 하수구에서 시체가 발견돼 내가 들어가 증거사진을 찍었지요. 손전등 가지고 있나요?"

"헤드랜턴이 하나 있어요."

"그럼 30분 후 제가 그곳으로 가 있을게요."

임준은 전화를 끊었다. 커다란 함박눈이 시야를 하얗게 가렸다. 그는 스키점프장 쪽으로 서둘러 걸었다. 밤새 숲길을 걷느라 탈진상태였다. 이수근을 빨리 구해야 한다는 일념 때문에 사생결단으로 몸부림치고 있었다. 스키점프장 주차장이 보였다. 눈이 너무 쌓여 맨홀뚜껑을 찾을 수가 없었다.

그는 주차장 북쪽 끝의 가로등을 찾았다. 바닥에 가득 쌓인 눈을 신발과 장갑으로 걷어냈다. 맨홀뚜껑이 드러났다. 뚜껑을 잡아당기자 훅, 하고 거대한 뭉치의 증기가 쏟아져 나왔다. 임준은 헤드랜턴을 켜고 사다리를 통해 하수구 바닥으로 내려갔다. 후끈한 열기와 유황냄새가 덤벼들었다.

하수구 천장에 전등이 달려 있었다. 하수구는 작은 계곡을 복개공사로 덮은 것이었다. 고약한 시궁창 냄새가 유황가스와 뒤섞여 숨이 턱턱 막혔다. 지상은 영하 30도의 혹한인데 하수구는 한증막처럼 뜨거웠다. 시궁창이 흐르는 계곡바닥에서 엄청난 열기가 올라오고 있었다.

시궁창 수로를 따라 콘크리트 비상로가 이어지고 있었다. 동쪽으로 걸으며 도시바닥이 이렇게 뜨거워진 것은 백두산의 화산활동 때문이라고 짐작했다. 1㎞ 정도 걷자 하수구 사다리에 한자로 '선수촌 아파트'〔运动员村公寓〕라고 쓰인 표지가 보였다. 사다리를 올라가 맨홀 뚜껑을 밀었으나 꼼짝도 하지 않았다. 지상에 쌓인 눈이 뚜껑을 타고 짓누르는 것 같았다. 다시 바닥으로 내려가려는데 뚜껑이 열리며 찬 바람이 구멍으로 들어왔다.

사람 얼굴이 보였다. 오수지였다.

"왔군."

그는 그녀의 손을 잡고 지상으로 올라갔다.

"생환을 축하해."

"오 기자는 이 하수도를 꼭 둘러봐야 해. 지열과 유황가스가 무시무시하게 쏟아져 나와."

김민수가 그의 어깨를 툭 치며 말했다.

"요즘 동북 3성에서 한국인들만 죽이는 괴물이 나타났지. 검은 복면을 하고 한밤중에 습격해 철삿줄로 교살하지. 칼로 이마에 붉은 별을 새긴다니 다들 조심하라고."

오수지가 말을 받았다.

"어제 새벽엔 제 호텔방에 철삿줄 살인마가 서 있더라구요."

"꿈이겠지."

"꿈인지 생시인지 구분이 가지 않았어요."

"살인마도 미모엔 관대한 모양이지."

이른 아침에 오수지와 유상석은 백두산 동굴에 있는 이수근을 구하러 스노모빌을 타고 백두산 서쪽으로 달려갔다.

임준은 김민수가 잘 아는 조선족 여인이 운영하는 룸살롱으로 숨어

들어갔다. 백파(白波)라는 룸살롱은 3층 건물 전체였는데, 새벽녘까지 손님으로 붐볐다. 둘은 3층 구석에 있는 주인 방으로 들어갔다.

임준은 의자에 앉자 더운 우롱차를 마시고 그동안 일을 털어놓았다.

"난 그분과의 대화를 녹화했어요."

김민수는 임준이 스마트폰으로 녹화한 내용을 보았다.

"이수근 씨가 오면 잘 설명해 줄 겁니다."

김민수는 임준에게서 USB를 건네받았다.

"오늘이 2월 11일이군. 이 자료를 한국정부에 보내야 해. 마침 이곳에 국가정보원 직원이 와 있는데, 그에게 보내겠네. 시간이 급하니까 메일로 보내지."

김민수는 자료를 이메일로 박주연에게 전송했다.

"메일로 보내면 위험하지 않나요?"

"이 스마트폰에는 도청이 안 되는 보안장치가 달려 있어."

"이수근 선생을 어쩌실 거죠?"

"이곳으로 모셔와 치료를 받게 하고 때를 보다가 한국공관으로 옮겨야지."

임준은 김민수를 만날 때마다 자상한 매너와 사려 깊은 언어에 감명을 받았다. 그와 함께 있으면 마음이 푸근했다. 낯선 곳에서 아버지의 죽음으로 고통스러워하던 자신을 친동생처럼 돌봐주었다. 정말 좋은 사람이었다.

오전 10시 반. 임준이 소파에서 자고 있을 때 오수지와 유상석이 되돌아왔다. 추위에 시달린 오수지가 언 얼굴을 부비며 임준에게 말했다.

"그 동굴을 겨우 찾아갔어. 그분은 사라지고 없었어."

임준이 깜짝 놀랐다.

"뭐라고? 그럴 리가. 분명히 거기서 기다린다고 했는데."

뭔가 잘못되었다. 사고가 난 게 틀림없었다.

임준은 자신을 자책하듯 양 머리를 싸매 쥐고 고함을 질러댔다.

"내가 멍청했어! 같이 내려와야 하는 건데. 중국 공안이나 북한 공작들한테 잡혀가셨을 거야!"

유상석이 대꾸했다.

"누가 그런 오지에 숨은 그분을 데려가겠소? 다친 몸이지만 혼자 어딜 간 거겠지."

오수지가 허탈한 표정으로 말했다.

"어쩜, 그분은 근방에 있는 북한의 관측장비들을 확인하러 갔을 수도 있잖아. 이수근 씨는 귀신처럼 나타났다가 귀신처럼 사라졌군요. 근데 그분이 넘겨준 게 어떤 내용이지? 한민족의 생사가 달린 중요한 정보가 대체 뭘까?"

임준이 대꾸했다.

"그분은 한국 공관원에게 직접 말할 거라고 했어."

김민수는 싸늘한 어조로 말했다.

"망명객들은 항상 그런 식으로 말한다네. 자신의 위상을 과시하기 위해서지."

모두들 침울한 표정으로 입을 다물었다.

김민수는 냉장고에서 캔맥주 몇 개를 꺼내와 일행에게 나누어 주었다. 그가 임준을 보고 말했다.

"자네는 이곳에 당분간 숨어 지내야 할 것 같네. 중국 공안과 북한 공작원들에게 표적이 됐어."

국정원 대북팀장 박주연은 백두호텔 일식당 밀실에서 김민수의 주선으로 황우반을 만나 점심을 먹었다. 자신은 국정원 직원이라고 밝혔다. 젊은 재벌은 회색의 고급정장을 입었고 예의바른 태도를 보였고 일부러 점잖은 말투를 구사했는데, 왠지 고깝게 보였다.

"나라를 위해 이국까지와 대단히 어려운 일을 하시는군요."

김민수가 초밥을 씹으며 말했다.

"2년간 마흔다섯 명의 탈북자가 한국에 갈 수 있도록 도왔습니다. 이제 슬슬 일을 접을 때가 된 것 같습니다."

황우반이 그의 공로를 치하했다.

"김민수 씨는 애국자입니다. 버는 돈 절반 이상을 내놓는다는 게 아무나 하는 일은 아니죠."

김민수가 겸연쩍은 표정으로 말을 받았다.

"회장님께서 탈북자들을 위해 좋은 일을 많이 하셨습니다. 그들의 도피처를 마련해 주시고 위조여권을 만들게 해서 한국행을 도와주셨습니다."

박주연도 고개를 끄덕였다. 귀국하면 한국정부는 김민수가 북한지진연구소의 기밀자료를 알려준 것을 치하할 것이다. 박주연은 김정은 최고사령관과 가깝고 북한에 거액을 투자하는 황우반을 양다리를 잘 걸치는 교활한 인물로 파악하고 있었다.

김민수가 선양지사장을 맡고 있는 라임화장품은 황우반의 계열사 중 하나였다. 박주연은 김민수가 탈북자를 돕는 우익단체 활동을 하면서 황우반을 위해 일할 것이라고 추측했다. 박주연은 북한의 고급첩보를 얻기 위해 황우반을 활용해야겠다고 생각했다.

그가 황우반에게 막걸리를 따르며 물었다.

"자주 북한에 가십니까?"

"삼지연 개발공사 때문에 한 달에 한 번은 방북합니다."
"이번엔 언제 가십니까?"
"며칠 후면 김정은 최고사령관을 만납니다."
"대단한 분을 만나는군요."
"이미 한국정부에 보고가 돼 있지요."
"그래야겠죠. 방북하실 때 저를 수행원으로 데려가면 안 되겠습니까? 저를 백두개발 직원으로 만들어 북한에 제출할 방문자 명단에 넣으면 어떻겠습니까?"
"위험이 따를지도 모릅니다. 저도 부담이 되고요."
"준비는 철저히 하겠습니다."
"그리되도록 하겠습니다."

황우반은 김민수를 향해 이상야릇한 미소를 지었다.

박주연은 황우반과 함께 김정은이 있는 곳으로 가 그곳에서 벌어지는 상황을 직접 확인하고 싶었다. 하지만 그는 황우반의 이상야릇한 미소 때문에 그 일이 제대로 성사되지 않을 것 같은 느낌을 받았다. 동물적인 후각으로 냄새를 맡는다면 황우반은 믿을 수 없는 인물이었다.

영변에 있는 국가보위부 구류장에 갇힌 이영근은 차가운 시멘트 바닥에 얇은 담요를 깔고 누워 2주 전 그날을 생각했다. 고문으로 온몸의 뼈마디가 욱신거려 조금만 움직여도 비명이 절로 나왔다.

오늘도 자술서에 그날을 아홉 번째 써넣고 있었다. 17년간 새장 속에 갇힌 채 죽어가던 그에게 새장 문이 열리던 그날을. 새장 문을 열고 난생처음으로 자유롭게 활개를 펼치며 하늘을 훨훨 날아오르던 그날을.

그날 그는 영변 원자력단지 안에 있는 분강병원의 입원실에서 나흘만에 퇴원했다. 백내장과 백혈구 감소증에 시달리다가 최근에는 간암 선고를 받았다.

그는 입원실 현관에 걸린 벽거울에 비친 자신의 모습을 바라보았다. 이제 나이 마흔 다섯인데, 키 175cm에 49kg, 머리칼은 거의 다 빠지고 뼈만 남은 비참한 몰골이었다. 피부는 온통 하얗게 변해 밀가루를 바른 듯했다. 살날이 얼마 남지 않았군.

그는 다리를 질질 끌며 병원을 빠져나와 단지 내 연구사 숙소를 향해 걷기 시작했다. 하늘은 희끄무레했고 눈보라는 그쳐 있었다. 비포장도로에 가득 쌓인 눈을 병사들이 치우고 있었다. 부지 270만 평에 건물 390여 동, 상주 연구인력이 5천 명이나 되는 영변 핵단지는 '분강지구'라고 불리는데 행정주소는 '평양시 중구역 충성동'인 특별지구다. 겹겹의 전기철조망으로 외부와 격리되었고 검문소 3개를 통해야 내부로 들어가는 완전통제구역이었다.

영변은 원자폭탄을 만드는 강성대국의 성지였다. 이곳의 모든 인력들은 그 자부심 하나로 버티고 있었다. 북조선은 1986년부터 평안북도 영변에 핵발전소를 가동하는 등 원자로 건설과 우라늄 농축과 플루토늄 재처리를 본격화해왔다. 영변 원자로는 흑연감속로 방식의 실험용 원자로로 천연우라늄을 연료로 쓸 수 있다. 폐연료봉에서 무기급 플루토늄을 추출하는 일도 비교적 쉽다. 영변에서는 8천 개의 폐연료봉에서 추출한 플루토늄으로 여러 개의 핵폭탄을 만들었고 핵폭탄 생산을 위한 우라늄 농축공장, 플루토늄 재처리시설인 방사화학연구소, 100MW의 가압경수로를 만들어 가동했다.

이영근은 우라늄폐기물 처리소 부소장이었다. 러시아에서 핵물리학 박사학위를 받고 돌아와 핵물리연구소의 연구사를 거쳐 원자로 관리를 오랫동안 담당하다가 지난해 가을부터 병세가 악화되자 작업환경이 가장 열악한 폐기물 처리소로 좌천된 것이다. 인사발령장을 손에 쥐던 날 배신감에 몸을 떨며 밤새 잠을 못 이루었다.

지난 17년간 핵개발을 통한 강성대국 건설을 위해 일선에서 온몸을 바쳐왔건만 돌아온 것은 사형선고뿐이었다. 핵폐기물 처리소는 원자력단지 내에서 가장 악명 높은 작업장이었다.

4년 전 열악한 환경에서 준공된 100MW급 가압형 경수로와 우라늄 농축시설에서는 안전장치 미비로 거의 매일 사상자가 발생하나 쓰러지지 않은 근무자들 중에서도 방사능 피폭자는 부지기수였다. 피폭자 가운데 중증환자들이 가는 곳이 핵폐기물 처리소였다. 피폭자에게 영변핵시설 고위층이 베푸는 최대의 호의는 돼지비계였다.

"돼지비계를 먹으면 돼지기름이 몸속에 들어온 방사능을 배출시켜주지. 위대하신 김정은 최고사령관의 특별배려로 영변 근로자들은 일주일에 두 번씩이나 돼지비계를 먹을 수 있지 않은가."

과학이라고는 조금도 모르는 소장의 무식한 말에 이영근은 콧방귀를 뀌었다. 돼지비계를 아무리 많이 먹어도 1년에 100명 이상의 근로자들이 죽어나갔다.

그는 숱한 노동자들과 함께 방사선 방호복도 입지 않고 우라늄 탱크 안에 들어가 우라늄 분말 먼지가 떠다니는 생지옥에서 면 마스크 하나로 호흡하며 살인적인 노동을 강요받았다. 죽은 김정일이나 그의 아들 김정은도 그렇게 자주 현지지도를 하면서도 유독 영변에는 오지 않는 것은 방사능이 유출된다는 걸 잘 알기 때문이었다.

그는 5년 전 일본의 후쿠시마 원전폭발사건을 TV로 보면서 북조선 같으면 멀쩡한 노동자 수백 명을 사고현장으로 강제로 밀어 넣어 손상된 핵연료봉을 맨손으로라도 꺼내게 했을 것이라고 생각했다.

김일성대학 후배인 의사 권혁의 말이 뇌리를 떠나지 않았다.

"영근 동지는 이미 방사능에 내부피폭이 되었습니다. 일단 호흡기나 소화기, 상처 등을 통해 인체내부에 들어온 방사능 물질은 신체 내 곳곳에 머물며 여러 가지 문제를 일으킵니다. 호흡기를 통해 들어온 방사능 물질이 불용성이면 폐세포에 머물며 피해를 입히지만, 수용성이라면 혈액에 흡수돼 전신으로 퍼지며 신체 모든 곳에 영향을 미칩니다."

파리한 낯빛의 이영근은 숨을 헐떡이며 쉰 목소리로 말했다.

"난 장기간 피폭됐어. 방사능 물질이 내 몸엔 가득 찼어. 그런데도 운 좋게 오래 살았어."

그는 잘 알고 있었다. 큰 에너지를 가진 방사선은 인체에 여러 가지 손상을 준다. DNA 분자를 전리시켜 DNA를 손상시킨다. DNA가 손상되면 유전자 돌연변이가 일어나거나 세포가 사멸하게 된다. 돌연변이는 유전적 결함을 불러오거나 암을 발생시킨다. DNA 손상으로 세포가 죽게 되면 피부궤양이나 백내장, 장기 기능부전 등 다양한 질병이 유발된다.

이영근의 질문에 권혁은 말없이 고개를 끄덕였다.

나이가 서른다섯인 의사 권혁도 머리칼이 온통 빠지고 홍반이 가득한 피부 때문에 늙은 중증환자처럼 보였다.

이영근이 조심스럽게 말했다.

"권혁 동무, 요오드화칼륨 좀 줄 수 있는가?"

방사능 물질이 신체내부에 흡수된 것을 몸 밖으로 배출하거나 신체에 침착하는 것을 방지하는 약이었다. 이미 많이 피폭된 그 자신이 필요한 약이 아니었다. 갓 들어온 젊은 직원들이 방사능 피폭으로 고통당하는 모습을 더는 눈 뜨고 볼 수가 없었다. 절망한 그들에게 뭔가를 해주지 않으면 안 되었다.

"그 약이 떨어진 지 1년도 넘었습니다."

권혁은 죄스런 표정을 감추지 않았다.

이영근은 한숨을 내쉬었다. 그는 진료소에 입원했던 나흘 동안 어떤 약을 먹었는지 기억이 나지 않았다. 작업장에서 기절해 병원에 실려 왔을 뿐이었다.

"동무가 날 진찰하지 않았나? 내가 얼마나 살 수 있는지 솔직히 말해 주게."

그는 간절한 눈길로 권혁을 쳐다보았다.

권혁은 한참 입을 열지 않다가 기어들어가는 목소리로 말했다.

"영근 동지는 17년간 여기서 일했지만 누구보다 건강하게 사셨습니다. 내부피폭은 여기서는 화병(火病)일 뿐입니다. 좋게 생각하시고 하루하루 즐겁게 사십시오."

이영근은 빙긋 웃었다. 영변에서는 핵물리학자도, 의사도, 마을아낙도, 처녀도, 다섯 살짜리 아이도 모두 같은 화병을 가지고 있지.

이영근은 진료실에서 권혁의 손을 잡고 눈물을 흘렸다.

"동무는 정말 좋은 사람이야."

"휴가를 받으셨다고 들었어요."

"17년 만에 처음 받는 휴가지."

"어디로 가십니까?"

"삼지연 초대소."

"아주 좋은 곳이군요. 안해(아내)도 같이 가십니까?"

"나 혼자만 갈 수 있어."

"가서 실컷 쉬다 오십시오."

"겨우 나흘이야."

"저는 하루라도 그런 곳에서 쉬어 봤으면 원이 없겠습니다."

오늘 아침 퇴원수속을 하던 이영근은 상관인 우라늄폐기물 처리소장이 전화로 초대소로 휴가를 가라고 하는 말을 들었을 때 너무 놀라 입을 다물지 못했다.

"동무는 공화국의 핵개발을 위해 지대한 공헌을 했소. 공화국의 혁명전적지인 삼지연 초대소로 휴가를 보내니 돌아와 가일층 일에 매진하기 바라오."

영변 핵시설에서 휴가란 말은 존재할 수 없었다. 영변은 국제적 이목이 집중된 북조선의 핵기밀의 중심지라 어느 누구든 들어오면 죽기 전엔 나갈 수 없는 곳이다. 최근 수년간 핵시설 종사자 몇 명이 탈북해 핵기밀을 유출하는 바람에 북조선 당국의 감시가 강화되었다. 어떤 강제수용소의 완전통제구역보다도 인명이 무시되는 생지옥이었다. 자신이 영변을 빠져나가는 휴가 대상자가 된 의미를 어떻게 받아들여야 할까.

가족이 사는 연구사 아파트가 가까이 오자 아내가 생각났다.

유학을 갔던 러시아에서 돌아오자마자 평양에서 중매결혼을 해 이듬해 영변으로 들어왔다.

아내는 그 후 영변 밖을 한 번도 나가보지 못했다.

열다섯 살 딸과 열한 살 아들을 키우는 게 그녀의 유일한 즐거움이었다.

재작년 아내는 늦둥이를 보았다.

그해 날이 화창했던 4월 초순 그는 아내가 아이를 낳았다는 소식을 듣고 기쁜 마음에 병원으로 단걸음에 달려갔다.

병실에 누운 아내는 넋이 나간 채 울고 있었다. 사정을 캐물은 그는 놀라지 않을 수가 없었다.

아내는 통곡하며 말했다.

"아이를 낳자마자 의사에게 아들이냐 딸이냐고 물었어요. 그런데….."

아내는 한참동안 말을 잇지 못하다가 절규했다.

"우리 아이가 항문과 생식기가 없대요. 의사가 아이를 안고 사라졌어요."

병원에서는 아이를 보여주지 않았다.

아내는 아이를 마지막으로 한 번 안아보고 싶어 했다.

그가 달려가 의사에게 항의했다.

의사가 싸늘하게 지껄였다.

"동무네 아이는 공화국의 수치요. 잘 알지 않는가. 공화국엔 병신이란 존재할 수 없소."

이 공화국은 장애인들을 모두 죽이거나 격리하는 오랜 정책을 취해왔다.

이영근은 치미는 화를 억누르고 조용히 되물었다.

"의사 선생은 누가 우리 아이를 병신으로 만들었다고 생각하는가?"

의사는 묵묵부답이었다.

그는 자신의 아이를 한 번도 보지 못하고 발길을 돌려야 했다. 항문도, 생식기도 없이 태어난 아이는 다른 기형아들처럼 죽임을 당하고 폐기물처럼 처리되었을 것이다.

영변에서 기형아가 출산된다는 소문이 주변에서 심심치 않게 들리곤 했는데, 그 일이 자신에게서 일어날 줄은 생각조차 못했다. 집안 살림만 하던 아내가 피폭된 것은 20여 개 핵시설이 밀집한 영변이 방사능에 크게 오염되었다는 반증이었다. 영변과 인접한 태천, 박천, 구장군 일대도 방사능 물질에 오염돼 많은 기형아들이 출산되고 있다는 소문이 파다했다. 요즘 영변 처녀들은 아이가 잘못돼 나올까봐 결혼과 출산을 기피하고 있었다.

그 아이를 잃은 이후로 큰딸과 작은아들 때문에 손에 일이 잡히지 않았다. 고위층을 찾아다니며 아이들 둘만큼은 평양의 학교로 전학시켜달라고 통사정을 했다. 아이들의 피폭만큼은 어떻게든 막고 싶었던 것이다. 그의 청원은 일언지하에 거절당했다.

그날 저녁 그는 짐을 꾸리고 다음날 새벽 삼지연 초대소로 떠나는 차를 타야 하는 사정을 아내에게 어떻게 설명할까 고민했다. 사랑하는 아내와 아이들이 지금껏 한 번도 누려보지 못한 호사를 그가 누린다는 것이 곤혹스러웠다. 죽음을 앞두고 17년 만에 찾아온 그의 마지막 휴가여행을 식구들은 어떻게 받아들일까.

희끄무레한 하늘 아래 구룡강이 보였고 그 강 너머로 눈 덮인 영변 약산이 우람한 자태를 드러냈다. 갑자기 가슴이 뜨거워지고 눈물이 솟았다. 그는 김소월의 시 한 수를 읊조리기 시작했다.

    나 보기가 역겨워
    가실 때에는
    말없이 고이 보내드리우리다
    영변에 약산
    진달래꽃
    아름 따다 가실 길에 뿌리우리다…

개막 나흘째 한국 선수단은 스피드스케이팅과 쇼트트랙, 피겨스케이팅에서 금메달 7개를 수확하여 대회 초반에 상위권으로 올라섰다. 스키와 봅슬레이에서 강세를 보인 일본이 선두에 나섰다.

오수지가 백두산 천지에 갔다 오고 쓴 '백두산 폭발임박' 기사는 전 세계에 알려졌다.

대회조직위원회 관계자가 오수지를 찾아왔다.

"당신의 유언비어가 아시안게임 운영에 막대한 차질을 주고 있소. 이런 기사 한 번만 더 쓰면 추방시키겠소."

"추방? 어디 한번 해보시죠. 누가 이기는지 한번 보죠."

그녀는 CNN에 출연해 천지 물 오염에 관해 떠들어댔다.

데스크에서 전화가 왔다.

"아시안게임이 끝나도 더 체류하며 기사를 계속 써. 혹 백두산이 터지더라도 끝까지 취재해."

"특종을 위해선 내 목숨 따윈 안중에도 없다는 얘기네요."

"그게 기자야."

"약혼자가 빨리 기잔지 뭔지 집어치우라고 성화예요. 왜 날 안팎으로 못 잡아먹어 안달들인지. 원."

"백두산이 터진다니까 한국 젊은이들이 왕창 몰려가고 있어. 자넨 약혼자에게 돈방석을 깔아준 일등공신이야. 혹시 둘이 고스톱 짜고 치는 거 아냐?"

택시는 얼다오바이허로 달려갔다. 오수지는 김민수의 소개로 장백산 화산관측소 연구실장인 최향남의 아파트로 찾아갔다.

최향남은 중국의 명문 북경대에서 지진학 박사학위를 받은 조선족이었다. 평상시 같으면 그는 밤새워 화산 관측장비를 모니터하고 동이 트면 장백산 북파(北坡)나 서파(西坡)에 설치된 경사계나 여러 동굴 안에 들어가 지진계를 점검할 것이다.

하지만 그는 최근 징계처분을 받아 백두산에 입산이 금지되었다. 25평쯤 되는 낡은 아파트에서 아내와 딸이 함께 살고 있었는데, 작은 방 하나가 그의 서재였다. 그의 아내는 우롱차를 끓여왔다. 오수지가 말했다.

"저는 〈한성일보〉 기자입니다. 취재를 하려고 선생님을 찾은 게 아니고 백두산에 대해 여쭤볼 게 있어 찾아왔습니다."

40대 중반으로 보이는 온화한 얼굴의 사내는 입을 열었다.

"김민수 씨한테 연락받았소. 궁금한 게 있으면 물으세요."

그녀는 사내의 안색을 유심히 살폈다.

"백두산의 화산활동이 심상치가 않습니다. 그제는 빙상경기장에서 스케이터들이 넘어질 정도로 지진이 심했죠. 백두산이 어찌 될 것 같습니까?"

"난 함구령을 받았소. 나는 백두산에 대해 입을 다물고 살아야 합니다."

"선생님께서 말하고 싶은 건 백두산의 진실 아니겠습니까? 백두산은 정말 터질 가능성이 있습니까? 터진다면 언제, 어디서 터집니까?"

최향남의 얼굴이 조금 달아올랐고 그의 목소리는 가라앉았다.

"활화산이란 위험을 향해 치닫다가 다시 조용해질 수도 있고, 오늘 당장 터질 수도 있고, 10년 후에 터질 수도 있죠. 하지만 터질 날을 위해 늘 대비해야 합니다. 백두산이 언제 터질지는 신만이 아는 일이지."

"한국에서 위성 GPS로 관측했더니 지금 천지 주변의 산들이 2m 이상 상승했다더군요. 그 정도면 비상사태 아닌가요? 진실을 말해 주십시오."

"백두산은 작년부터 화산성 지진이 빈발하고 그 강도도 세지고 있소. 그 바람에 화산성 지진이 일어나는 진원이 위로 상승하고 있소.

지하에 있는 마그마가 많이 올라오고 있소. 마그마가 움직일 때마다 지진이 생깁니다."

 백두산 천지 아래 거대한 마그마방에 마그마가 충분히 채워지면 언제든 폭발할 수 있었다. 마그마방이 가득 채워지며 산체에 압력을 가한다. 그러면 산체가 부풀어 치솟는다. 천지 아래에 있는 마그마는 유문암질 마그마인데 매우 끈적끈적해 화산가스를 많이 담고 있었다.

 마그마방이 더 이상 팽창하는 가스를 견딜 수 없을 때는 화산분출이 일어난다. 지하암반이 갈라지며 마그마가 상승하고 그 틈새를 따라 천지에 담긴 차가운 물이 흘러내려 마그마와 만날 경우 초대형 화산폭발로 이어진다. 용광로에 차가운 물을 넣으면 뜨거운 쇳물이 폭발하듯 튀어오르는 것과 같았다.

 오수지가 물었다.

 "마그마에는 현무암질 마그마도 있지 않은가요?"

 "현무암질 마그마는 점성이 낮고 화산가스의 함량이 낮아 화산분출이 일어나더라도 분화구를 조용하게 흘러나와 주변 골짜기를 따라 흘러가지요. 전 세계 화산분화의 90%가 이런 마그마죠. 폭발성 분화가 일어나는 유문암질 마그마는 불과 2%인데, 백두산이 그렇소."

 백두산이 분화할 때 천지의 물은 뜨거운 마그마를 만나 순간적으로 기화하여 수증기로 변하고 마그마는 차가운 물을 만나는 순간 급랭해 수축되면서 산산이 조각나 화산재로 변한다. 엄청난 양의 수증기와 화산재가 폭발적으로 솟아올라 거대한 화산재 기둥을 뿜어낸다.

 "다른 전조현상은요?"

 "백두산에는 지난달에만 380회의 군발지진(群發地震)이 발생했소. 화산성 지진이오. 관측을 시작한 이래 최고기록이라고 할 수 있소. 보름 전부터는 천지 주변 곳곳에서 엄청난 양의 가스가 새나오고 온천수가 쏟아지고 있소. 우리가 온천수에 포함된 헬륨가스를 분석해 봤더니 땅속에 있는 일반적 헬륨이 아니었소. 끓고 있는 마그마에 존재하는 헬륨이 검출됐소."

"무슨 의미죠?"

"온천수까지 마그마가 올라온다는 증거요."

최향남은 찬물을 다시 들이켜더니 이어 말했다.

"지난주에는 천지 아래서 군발지진이 계속 일어났는데, 72시간째 1천 500차례나 발생했소. 금주부터 나는 백두산 현장에는 출입금지 당했고 지진계를 볼 수조차 없소. 엄청난 화산가스가 배출돼 짐승들조차 다 달아났소."

"그럼 당장이라도 터질 수 있단 얘기 아닌가요?"

"화산폭발의 전조현상이죠. 2003년부터 2006년까지 백두산은 지진이 폭증하고 헬륨농도가 급상승했소. 우리 지진국은 당연히 폭발할 것으로 예상했는데, 다행히 사태가 벌어지진 않았소."

백두산에서 처음으로 이상조짐이 관측된 건 2002년 6월께였다. 백두산 동쪽으로 200㎞ 떨어진 러시아-중국 접경지역에서 규모 7.3의 심발성 지진이 일어났다. 화산학자들은 이 지진 때문에 백두산이 천년의 깊은 잠에서 깨어났다고 판단했다. 이후 백두산에서 화산성 지진활동이 5배나 증가했다. 2003년 7월 13일에는 12시간 동안 800차례의 미진이 계속됐는데 진원이 천지수면 아래 5㎞도 채 되지 않았다. 2006년 북한이 백두산에서 불과 140㎞ 떨어진 풍계리에서 지하핵실험을 했고 2009년 2차, 2012년 3차 등 연이은 핵실험은 백두산 지하 마그마방을 강력하게 자극했다.

"난 백두산 지진활동이 13년 정도의 주기로 활발해지는 걸로 판단하고 있소. 산짐승들이 사라지고 지열이 올라가고 산정상이 팽창한 것은 위험한 전조현상이오. 유독가스인 이산화황도 하루에 1천 톤 이상 배출되고 있소. 하지만 백두산은 항상 위험수준과 안정수준을 오가곤 했소. 안정된 듯하다가 터질 수도 있고 위험한 듯하다가 안 터질 수도 있소."

"정말 헷갈리는 말이군요."

"백두산이 위험해지고는 있지만 당장 터진다고는 단정할 수 없소."

오수지는 최향남이 기자 앞에서 결정적인 말을 피하는 느낌을 받았다.

"선생님께서 생각하는 백두산 분화의 시나리오는 뭐죠?"

"백두산 밑에는 거대한 마그마방 4개가 존재하죠. 전체 용량이 3백만 ㎦가 넘소. 한반도 전체를 10m 두께로 다 덮고도 남을 양이지. 백두산이 터진다면 수증기 마그마 폭발이 일어날 거요."

백두산 아래 마그마가 천지의 엄청난 물과 만나면 수증기 마그마 폭발이 일어나는데 그것이 뿜어대는 화산재 기둥인 분연주4는 1분 이내에 해발 25㎞ 이상까지 로켓보다 빠른 속도로 솟구쳤다가 일시에 붕괴되며 지상에 떨어진다. 화산재가 어느 정도 쏟아지면 화쇄류가 발생한다.

화쇄류란 화산의 폭발로 인해 화산재와 암석파편, 뜨거운 가스가 뒤섞인 화성쇄설물(火成碎屑物)5이 잿빛 열운(熱雲)을 만들며 화산의 경사면을 고속으로 흘러내리는 현상이다. 섭씨 800도가 넘는 화쇄류는 시속 100㎞ 이상의 속력으로 백두산 봉우리를 타고 내려가며 모든 것들을 불태우고 거목조차 잔디처럼 단번에 베어버린다. 최향남의 말이

---

4 화산폭발에 의해 화구에 만들어지는 화성쇄설물과 화산가스가 솟구치는 거대한 기둥.
5 마그마가 부서져서 화구를 통해 나오는 깨어진 고체물질.

이어졌다.

"그에 앞서 백두산을 둘러싼 거대한 16개의 봉우리 일부가 붕괴돼 엄청난 산사태가 일어날 수 있소. 물과 화산재가 뒤범벅돼 천지 내부에서 쓰나미가 발생해 봉우리들을 흘러넘치게 되오. 물과 화쇄류가 뒤섞여 시속 100㎞로 산록을 질주하는 현상을 '화산 이류(泥流)'라고 하죠. 걸쭉한 레미콘 반죽 같은 뜨거운 이류는 모든 생명을 삼켜버립니다."

화산이류는 천년 전에도 거대한 해일처럼 고도 2,000m의 산악지대를 가볍게 뛰어넘어 100㎞ 이상을 달려가 일대를 황폐화시켰다. 압록강, 두만강, 송화강에 쏟아져 내린 화산이류는 숱한 마을을 매몰시키고 대홍수를 가져와 숱한 사람들을 산채로 화석으로 만들었다.

당시 백두산은 지금보다 1,000m는 높았으나 화산폭발로 3분의 1이 날아갔다. 화산이 터질 때 화구에서 방출되어 지표에 쌓이는 화성쇄설물을 '테프라'라고 하는데, 그때 방출된 테프라의 용적을 화산학자들이 계산한 결과 최소한 100㎦ 이상으로 밝혀졌다.

그것은 베이징올림픽 주경기장 5만 개를 채울 수 있고 남한 전체를 1m 높이로 뒤덮을 양으로 폼페이를 매몰시킨 베수비오 화산의 100배 이상 되는, 지구역사상 가장 큰 규모로 터진 화산폭발지수(VEI) 7급의 화산분화였다.

오수지가 물었다.

"화산폭발시기와 폭발장소를 정확히 예측할 수 있나요?"

"화산성 지진의 빈도와 마그마에서 올라온 가스분출량과 화산의 융기를 측정하는 것이 예측의 기본이오. 지하의 마그마가 어떻게 움직이고 있는가, 마그마방이 수직으로 팽창하고 거동하는 현상을 첨단기기로 지속적으로 모니터링하면 폭발 수주일 전에는 어느 정도 관측할 수 있겠죠. 하지만 뚜렷한 전조현상이 없이 폭발이 일어난 경우도 많소. 아직 화산학의 수준이 완벽한 단계까지 올라가려면 멀었소."

그가 비감한 어조로 이어 말했다.

"연구실장인 나는 직장출근도 못해요. 지난 15년간 하루도 쉬지 않고 들어간 백두산을 이젠 못 들어가오. 내가 죽은 임영민과 친하다는 게 이유죠."

"선생님과 그분은 학문 교류밖에 안 했다더군요. 화산학 연구는 순수학문인데 이 나라는 그런 것까지 통제하나요?"

"몇 년 전부터 중국 당국은 중국 화산학자의 대외교류를 금하고 있소. 또 하나는 내가 북조선 지진연구소 부소장인 이수근과 친하다는 거요. 그자가 요즘 중국에 있다가 어디론가 잠적했소. 중국 당국은 날 문제인물로 간주하죠."

백두산 같은 거대한 화산의 연구는 중국과 북한, 한국과 일본 등 국제적인 공조 모니터링이 반드시 필요하지만 2000년대 후반부터 한국에서 간도회복론이 제기되고 중국의 동북공정이 강화되면서 백두산 일대는 영토분쟁지역이 돼 중국 화산학자들은 한국에 백두산 관측자료 제공을 중단했다. 임영민이 입국을 금지당하고 요주의 인물이 된 것은 그 때문이었다.

중국은 백두산의 화산활동이 변방에서 일어나는 작은 자연현상으로 여겨 심각하게 받아들이지 않는다. 그들이 백두산에 지진계를 설치한 것이 1999년일 정도로 무관심했다. 최향남은 그 점을 잘 안다고 말했다. 백두산이 폭발해 동북 3성 인구의 3분의 1인 4천만 명이 죽는다해도 중앙정부는 눈 하나 깜짝 하지 않을 것이다. 오수지가 말했다.

"임영민 교수도 이수근 씨와 친하게 지냈다고 들었습니다. 이수근 씨가 임영민 교수와 죽을 때 같이 있었던 것 아닌가요?"

"이수근은 내가 20년 전 러시아 하리코프 공대에 유학 갔을 때 같이 공부한 친굽니다. 그가 작년부터 중국을 오가면서 다시 만나게 돼 정말 기뻤소. 이따금 그가 얼다오바이허에 오면 우리 집에서 머물며 밤새 나랑 토론을 했소. 그는 백두산 실상을 숨기는 북조선 당국을 싫어했소. 자신이 관측한 자료가 정치적 이용물이 되는 걸 견디기 어려워했소."

오수지는 상대를 찔러보기로 했다.

"제가 볼 때 선생님은 백두산 연구에 제재를 받자 이수근 씨와 임영민 박사를 도왔으리라고 짐작합니다. 선생님 발이 묶이니까, 그들의 발을 빌리고 싶었겠죠. 아닌가요?"

최향남의 얼굴이 창백해졌다.

"이수근은 오랫동안 백두산 남쪽을 관측해왔소. 나는 백두산 북쪽을 관측해왔소. 우리 둘이 힘을 합쳐야 백두산의 진실을 알 수 있소. 하지만 정치라는 더러운 괴물이 방해하고 있소. 중국과 북조선 당국은 우리 입을 차단했소. 백두산 폭발가능성만 언급해도 유언비어 유포로 처벌을 받아요. 임영민은 학문자유가 보장된 나라에 살면서 화산학이 발달한 일본학자들과 교류가 많소. 우리 셋이 힘을 합친다면 백두산 화산활동을 잘 알아내리라 생각했어요."

"그럼 셋이 의기투합한 건가요?"

"그래요, 3년 전 우리 셋은 무슨 정보든 서로 건네고 백두산 실상을 정확히 알려 재난을 예방하기로 결의했소. 임영민 박사에게 이수근과 나는 관측자료를 제공했고 임영민은 그걸 활용해 백두산의 위험성을 한국 언론에 알렸소."

놀라운 이야기였다. 오수지는 상대를 계속 압박했다.

"임 박사님이 입국금지 당한 지난 2년간은 자료제공을 못했겠죠."

"내 조카딸이 서울을 오가며 보따리 장사를 하는데, 걔가 자료를 가져가 임 박사에게 주곤 했소. 사소한 자료는 한국인 인터넷 계정을 빌려 보내기도 하고. 내가 자료를 외부에 유출했다는 것 때문에 징계를 받은 거요."

그는 임영민 박사가 숨졌다는 소식에 충격을 받았다고 했다. 그와는 10년 넘는 학문적 동지였다. 그러다 그가 중국정부의 눈 밖에 나면서 교류가 뜸해졌다. 최향남의 조카딸은 임영민과 최향남 사이에서 편지와 연구자료를 전달하는 중요한 메신저였다.

"결국 임영민 박사의 백두산 폭발경고는 세 분, 그러니까 중국과 남북한의 합작품이군요."

임영민 박사 뒤에는 최향남과 이수근이 숨어 있는 거였다. 임영민은 백두산 관측자료를 얻지 않고 떠드는 3류 학자가 아니었다. 사이비 교주와 결탁한 사기꾼 학자라고 매도되는 임영민은 백두산 남북을 날마다 관측하는 전문가들에게서 협조를 받았던 것이다. 그렇다면 그의 주장은 상당한 설득력이 있었다. 최향남은 백두산의 폭발시기를 말하지 않았으나 금년 3월 이전에 폭발할 것이라는 임영민의 주장은 최향남과 다르지 않음을 알 수 있었다.

최향님이 잘라 말했다.

"임 박사가 한 말들은 과학적 근거가 분명한 경고였소."

"혹시 임 박사님께서 무슨 연락은 없었나요?"

"전화는 한 통 받았소. 연길에서 이수근을 만난다고 했소."

"그게 언제죠?"

"지난주 2월 5일이었소."

"사고 당일이군요. 선생님은 임 박사가 왜 죽었다고 생각하죠?"

"나도 정말 알고 싶소."

"다시 한 번 묻죠. 백두산은 잠재적 재앙을 안고 있는 건가요, 실제로 터지는 건가요?"

"어제 장백산 화산관측소장은 지난주까지 빈번하게 일어나던 화산성 지진이 금주 들어 하루 100회 정도로 급격히 줄고 있고 그 진원도 상승하지 않는다고 발표했소. 일시적인 현상인지는 몰라도 참으로 다행스런 일이지요. 근데 그 발표가 ···."

최향남은 얼굴을 찌푸리더니 입을 다물었다. 그의 눈빛과 말투에서 무언가 이상한 것이 느껴졌다. 오수지가 말했다.

"발표대로면 2003년처럼 터지지 않고 지나갈 수 있다는 뜻이군요."

"하지만 추이를 지켜봐야 하오. 지금은 대단히 불확실한 상황이오."

오수지는 최 박사의 굳은 표정이 뭘 의미하는 걸까 머리를 굴려보았다. 한국에서 사기꾼으로 매도되던 임영민이 자기 주장의 원천이 이수근과 최향남이라고 밝히지 않고 수모를 당하면서 죽음에 이른 것은 불행이었다. 두 사람을 보호해 주기 위한 배려였다. 그걸 기사화하고 싶었으나 최향남을 기사화하지 않는다는 게 만남의 조건이어서 아쉬웠다.

저녁 늦게 김민수는 전화 한 통을 받았다. 최향남 딸로부터 온 전화였다.

"아빠가 조금 전 공안에게 잡혀갔어요!"

김민수는 오수지와의 대담이 도청되었음을 직감했다. 한국인 기자이다 보니 껄끄러운 이야기가 많이 나왔을 것이다. 최향남의 직선적 성격도 한몫했을 것이다. 그와의 대담을 주선해 준 자신이 한심스러웠다.

김민수는 전화를 끊었다. 자신도 까딱하다간 스파이 혐의로 중국 공안에게 체포될지도 모른다.

김민수는 심적 고통을 느꼈다. 그가 한국기자와의 대담 때문에 투옥될지 모른다는 불안감이 뇌리에서 떠나지 않았다. 인권이 취약한 중국에서 소수민족은 찬밥이었고 언제든 주류사회의 희생양이 될 수 있었다.

그는 데리고 있는 조직원 몇에게 도움을 요청하는 문자메시지를 보냈다. 오수지에게 상황을 설명해 주어야겠다고 작정했다.

흑색공작

어둠이 내리자 폭설이 다시 쏟아지기 시작했다. 오수지와 임준은 백파 룸살롱의 밀실에서 박주연을 만났다.

김민수를 통해 박주연이 찾아온 것이다. 박주연은 임준이 이수근의 자료를 넘겨준 것에 고마움을 표시했다.

"임준 씨께 묻겠습니다. 북한학자 이수근 씨가 백두산이 열흘 이내에 터질 거라고 말했다는 겁니까?"

"그렇습니다."

"벌써, 이틀이 지나갔으니 이제 일주일밖에 안 남았다는 거군요."

임준은 스마트폰으로 이수근과의 대화를 일부 녹화한 것을 보여주었다.

박주연은 이수근이 백두산 때문에 북한이 김일성 동상과 군부대를 이동했다는 말에 충격을 받은 표정이었다.

오수지가 말했다.

"중국 장백산화산관측소에서는 지난주까지 화산성 지진이 급증했으나 금주 들어서는 다시 급감하고 있다고 발표했죠. 최향남 박사도 백두산이 터질지는 불확실한 상황이래요."

박주연은 어깨를 으쓱하며 고개를 갸웃거렸다.

"그게 다 신빙성이 있는 얘깁니까?"

임준이 대꾸했다.

"이수근 씨는 북한 지진연구소의 부소장입니다. 2백 명의 연구원들을 지휘하는 사령탑이랍니다. 김정은에게 2월 중에 백두산이 폭발한다고 직접 보고한 사람이죠."

오수지가 고개를 끄덕이며 말했다.

"하지만 이수근 박사는 벌써 지진계 옆을 떠난 지 열흘이 넘었어요. 이치상으로는 중국자료가 최근 것이니 그들을 믿을 수밖에 없지요. 하지만 최 박사 표정이 심상치 않아요. 화산관측소 내에서 어떤 갈등이 있는 것 같아요. 백두산의 화산활동이 불확실하긴 해도 심각한 건 사실입니다. 재난은 미리 대비해야 합니다. 한국정부는 백두산 분화활동을 강 건너 불처럼 바라보고 있어요. 과연 우리에게 피해가 없을까요?"

박주연이 손가락으로 테이블을 톡톡 두들기며 말했다.

"한국 땅은 피해가 없겠지만, 많은 한국인이 이곳에 있습니다. 오늘 이 도시에서 숨을 쉬고 있는 한국인이 4만 명입니다. 백두산을 관광하고 겨울스포츠 경기를 즐기러온 관광객 3만 명과 종말론을 추종하는 백두선교회 신도 8천 명과 한국 선수단을 피난시켜야 합니다. 대한민국 국민이니까요."

임준이 반문했다.

"해외에 나온 한국인을 돕는 곳은 한국 영사관이 아니겠어요?"

오수지가 말받이 했다.

"중국정부는 이번 대회가 끝날 때까지 어떤 혼란도 막으려 들 겁니다. 한국공관이 나서서 자국민을 미리 대피시킨다면 대회를 망치려는 짓이라고 여겨 외교분쟁이 일어날지도 모릅니다. 한국 선수단도 마찬가집니다. 제 생각에는 박주연 선생이 비밀공작을 벌여 이곳의 한국인을 철수시키는 것이 좋겠습니다."

박주연은 난감한 표정으로 말했다.

"중국의 화산학자들이 금주 들어 백두산이 안정된 모습을 보인다고 했습니다. 틀릴 수 있는 하나의 가설을 가지고 4만 명의 인간집단을 대피시키는 건 쉬운 일이 아닙니다. 제가 동원할 수 있는 인원은 몇 명밖에 안 되고. 정말 난감합니다."

임준이 고개를 끄덕였다.

"백두선교회라는 8천 명의 광신자 조직이 큰 문젭니다. 그들은 백두산이 터질 때 재림하는 예수를 만나러 죽음을 각오하고 온 사람들입니다. 관광객들은 몰라도 그들은 철수하지 않을 겁니다. 그들은 소수의 지도자가 통솔하는 광신자 집단입니다. 그래서 비밀공작을 통해 지도자를 회유해야 합니다."

박주연이 손사래를 쳤다.

"흑색공작은 실패할 경우 엄청난 파장이 생깁니다. 한중 간의 외교분쟁은 물론 평창올림픽까지 악영향을 끼칠 겁니다. 1980년 모스크바 올림픽에 미국 등 서방이 불참하자 4년 뒤 LA올림픽엔 소련 등 동구권이 불참했지요. 아시아의 패권국을 자처하는 중국이 평창올림픽을 온갖 마타도어를 동원해 파국으로 이끌 수 있습니다."

그는 한숨을 쉬더니 이어 말했다.

"백두선교회는 생긴 지 3년 만에 전국에 수만 명의 조직을 갖고 있죠. 그들의 강박적 교리는 중독성이 있어서 전파력이 대단하죠. 꼭 2차대전 때 독일점령지역에서 유태인을 이주시키는 것 같군요. 알겠습니다. 본부와 협의해 보겠습니다. 오수지 기자가 이와 관련된 기사를 써 본국의 가족들이 귀국을 종용하도록 도울 수도 있습니다."

오수지가 고개를 가로저었다.

"저는 이미 그런 기사를 썼어요. 폭발설은 식상한 메뉴라 홍보효과가 거의 없어요."

임준이 말받이 했다.

"저희 부친이 주장한 폭발임박설은 과학적 근거가 확실한데도 대중에게 매도의 대상이 되어버렸죠. 참으로 기이한 현상이죠."

그가 굳은 표정으로 이어 말했다.

"백두개발이 여행권으로 수많은 한국인들을 초청했으나 그들을 일부러 죽음으로 몰아넣으려 한다는 정보가 있어요."

박주연이 궁금해하는 얼굴로 임준에게 물었다.

"백두개발이 창업주 회장의 유언을 받아들여 큰돈을 들여 한국인들을 불러들였다는데, 왜 그런 일을 할까요? 인터넷에 떠도는 마타도어가 아닌가요?"

"익스트림 스포츠협회라는 단체원들 2만 명이 죽음의 카니발까지 여는데, 황 회장이 상당한 후원금을 댔다죠."

"대체 누구한테서 그런 얘길 들은 겁니까?"

"황 회장에 대해 비판적인 다산그룹 고위층을 만났죠. 황우반 회장이 회사내부에서 어떤 음모를 벌인다고 하더군요."

백두개발이 염가여행권과 무료여행권을 다량으로 뿌렸으니 거금을 들인 것은 사실이었다. 오수지가 취재한 내용을 설명했다.

"무료여행권 수혜자들은 대부분 백두산 폭발을 온몸으로 체험하려는 엑스게임 마니아들이죠. 그들은 백두산이 폭발해도 달아나지는 않을 겁니다."

박주연이 잘라 말했다.

"한마디로 위험을 모르는 철부지들이란 말이군요. 임준 씨 말은 백두산이 폭발하면 큰 인명손실이 예상되는데, 황 회장이 철부지들만 초대했으니 인명손실에 책임이 있다는 말 아닌가요? 내막이 무엇이든 4만 명을 백두산에서 대피시켜야 합니다. 그런데 폭발임박설에 미친 마니아들이 대부분이라니 야단이군요."

오수지가 이어 말했다.

"이들은 백두산이 터지면 스노모빌로 죽음의 레이스를 펼치고 유튜브로 전 세계에 중계하고 불법도박까지 합니다."

박주연은 찡그린 얼굴로 고개를 가로저었다.

"종말론 광신자들만큼 미쳤군요. 정말 난감한 일이군."

임준은 굳은 얼굴로 더는 말하려 하지 않았다. 오수지는 그가 무슨 말을 더 하려다가 마는 듯한 인상을 받았다. 백두개발 내부에 어떤 음모가 있다니 무슨 소린가. 임준은 어떤 경로로 그런 정보를 얻은 것인가. 그가 다산그룹 고위층을 어떻게 만났을까.

2월 12일 오후. 눈이 그치고 하늘은 온통 잿빛이었다. 오수지는 보하이 시 남쪽 외곽에 있는 정수장 입구에 와 있었다. 규모가 크지는 않았으나 건물이나 시설물이 최근에 지은 것임을 알 수 있었다. 도착 첫날 황우반은 저녁 자리에서 자랑을 늘어놓았다.

"한국인들은 물을 가장 소중하게 생각하는 종족이야. 우리 백두개발은 천지 수심 100m에 취수관을 뚫어 태고의 신비로운 물을 취수하지. 세계 최고 수준인 서울시의 고도정수처리기술을 이전받아 최고급 수를 생산해 국내외에 판매하지. 그것만이 아니야. 그 시설은 백두산 남쪽에 있다는 김정은 별장의 지하벙커만큼 튼튼한 시설이야…."
 키가 크고 눈매가 날카로운 중국인 여자 홍보요원이 나타나 오수지를 홍보관으로 데려갔다. 홍보요원은 2만 평 부지에 건설된 이곳 정수장은 보하이 시와 얼다오바이허에 하루에 10만 톤의 물을 공급하는데, 2단계 시설 확장공사가 거의 끝나 인근 쏭지앙호어〔松江河〕와 쏭지앙쩐〔松江镇〕 등 외곽도시까지 100만 명에게 1일 25만 톤씩 공급할 예정이라고 했다.
 "이곳에서 사용하는 침지식 막(幕)여과장치와 가압식 막여과장치는 미세 섬유막을 여과재로 사용해 원수 속의 미세한 불순물질을 분리하고 있습니다. 제2차로 오존 접촉조에서 강력한 산화제인 오존가스를 이용해 무기물과 유기물을 산화시키고 냄새물질을 완전 제거합니다. 제3차로 생물활성탄 접촉조(BAC)에는 바닥에 숯가루가 2m 50㎝ 두께로 깔려 있는데, 물속에 녹은 미세한 유해물질까지 마저 제거해 세계 최고수준의 명품 물을 만들고 있습니다. 물맛이 좋다고 소문이 난 이 물은 2개의 생산라인에서 하루 25만 병씩 생산해 '천지수'(天池水)라는 이름으로 상하이와 서울의 고급백화점에서 고가로 판매되고 있습니다. …"
 엊저녁부터 각국 선수단에서 항의가 쏟아졌다. 선수단 숙소에서 나오는 수돗물에서 유황냄새가 심하다는 것이었다. 그래서 오수지는 수돗물 취수원에 대해 조사하고 있었다. 천지에서 산천어의 죽음을 목격한 뒤라 어떤 확신이 생겼다. 정수장 물은 천지의 깊은 곳에서 뽑아내는 물이기에 물의 오염이 그 수심까지 진행되었다는 확신이 들었다. 화산가스가 대거 천지 물에 용해되고 있을 것이다. 천지바닥의 오염은 화산폭발의 전조였다.
 그녀는 홍보요원에게 설명했다.

"천지 물이 유황가스에 오염됐다는 명백한 증거입니다."

홍보요원은 당황해하며 대꾸했다.

"이곳 시설에는 수질 자동 감시장치가 24시간 가동 중이고 실험실에서 수질검사를 수시로 하고 있어 수질오염은 불가능합니다."

"원수가 너무 오염돼 이곳의 최신 정수장치마저 오염물질을 제거하지 못하는 게 아닐까요?"

"엊저녁 2시간 동안 오존 접촉조에 이상이 생겨 그런 물이 잠시 공급됐으나 음용수로서는 문제가 없는 물이었어요. 기계고장으로 발생한 일시적인 문제입니다."

"3단계로 걸러내는 최신 정수장치가 유황성분도 못 잡아내요? 기가 막혀서. 그게 말이나 돼요?"

홍보요원이 눈을 부라리며 이죽거렸다.

"당신 혹시 아시안게임 취재기자를 빙자해서 정수장 기계장치를 훔쳐보러 온 한국인 스파이 기술자 아니오?"

"뭐, 이따위 인간이 다 있어? 당신은 취재를 돕는 홍보요원이 아니라 훼방 놓는 사람이네."

"당신에게 모든 시설을 보여줄 생각이었지만 이젠 취소해야겠어요. 당장 나가 주세요."

오수지는 30분도 되지 않아 쫓겨났다. 그래, 어디 두고 보자고. 오늘밤에 정수장 땅속으로 들어갈 거야.

그녀가 새로 쓰는 기사 주제는 "실종된 북한 화산학자의 행방"이었다. 그녀는 이수근의 실종이 임영민의 죽음과 관련이 있고 북한의 화산정보에 대한 자료가 실린다면 괜찮은 기사가 될 것이라 믿었다. 보하이 시에 와 있는 한국인들의 안전문제도 다룰 생각이었다.

밤이 되자 오수지는 선수촌의 맨홀을 통해 하수구로 내려갔다. 하수도관과 상수도관이 나란히 뻗은 통로바닥의 틈에서 엄청난 수증기와 유황가스가 올라왔다. 뜨거운 열기로 숨이 막혔다. 지옥의 문이 서서히 열리는 듯했다. 그녀는 준비한 방독면을 썼다.

그녀는 카메라에 플래시를 달아 사진을 찍었다. 〈한성일보〉가 그녀에게 백두산 분화에 관한 취재를 지시한 것은 황우반을 이용하기 위한 계략임을 잘 알았다.

한 시간 동안 지하통로를 걸으며 여러 현상을 관찰했다. 발해라는 관광도시 지하는 유독한 화산가스로 가득 차 있었다. 이 도시는 천년 전에 화산폭발로 사라진 발해와 똑같은 운명으로 치닫는 듯했다.

황우반은 이 사실을 알고 있을까. 그녀는 내일 그를 찾아가 그가 여행권을 제공한 3만 명의 피난대책을 따져볼 것이다.

오수지는 사다리를 타고 점프스키장으로 올라가 맨홀뚜껑을 열고 지상으로 나왔고 눈밭에 주저앉아 방독면을 벗고 숨을 몰아쉬었다.

차갑고 맑은 공기가 폐부를 씻어냈다. 이 도시 지하에는 독가스가 들끓고 있었다. 백두산은 죽음의 향기를 인간이 사는 발밑에 쏟아내고 있었다. 오늘 밤은 독주로 속을 씻어내고 싶었다. 혼자 마시긴 싫은데, 황우반이라도 부를까. 요즘 제법 술이 늘었던데.

그때 어둠 속에서 덩치 큰 사내 하나가 나타났다.

"앗!"

사내가 그녀의 입을 틀어막을 때 그녀는 짧은 비명을 질렀다. 그는 대기시킨 승용차에 그녀를 밀어 넣었다. 그녀의 입은 테이프로 봉해졌고 두 손은 결박되었다. 몸부림을 쳐봤지만 소용없었다.

2월 13일 아침 일찍 김민수는 서울에 있는 한성일보사 사회부장 정홍일로부터 위성전화를 받았다.

"친구 웬일인가? 이곳까지 전화를 다 주고."

"오수지 기자를 언제 보았나?"

"어제 새벽 보하이 시에서 잠시 만났었네."

"오 기자가 어젯밤부터 도통 연락이 안 돼."

"프레스센터는? 같이 있던 동료도 모르나?"

"오 기자 혼자 파견된 거야. 기사 마감시간이 다 돼 오는데, 머리가 돌 지경이네. 국장은 도대체 뭐하는 놈이냐며 난리야."

"갈 만한 곳이 없나?"

"어제 보하이 시 정수장과 하수구를 조사한다고 했어."

"숙소에도 연락해 봤나?"

"안 들어왔대."

"애인한테 물어봤나?"

"못 봤대."

"내가 오 기자한테 위성전화를 선물했다구."

"분명 무슨 일인가 생긴 것 같아. 자네가 좀 찾아봐."

"알겠네."

"고마워. 제발 아무 일이 생기지 말아야 할 텐데."

"너무 피곤해 술 한잔 먹고 어디 조용한 데서 깊은 잠에 빠진 모양이지, 뭐."

"하긴, 오 기자가 워낙 술고래니까. 한번 마시면 소주 일곱 병은 기본이지. 주정부리기 시작하면 아무도 못 말려."

"외모는 예쁘장한데 성깔은 여간 아니더군."

스키경기장에 들어선 박주연이 선임정보관 강호길에게 말했다.
"본부에 주성린 목사와 그의 핵심조직원들에 대한 인적정보 파일을 보내달라고 요청해. 범죄와 금융정보까지 모든 파일을 오늘 저녁까지 보내달라고 해. 그리고 공작원 다섯 명만 불러와."
강호길이 말했다.
"골치 아픈 광신도들을 잘못 다루다간 종교탄압으로 몰려 우리가 다칠 수 있어요."
"우리 존재를 드러내지 말구 비밀공작을 벌이면 돼."
"무슨 방법으로요?"
"회유와 협박. 주성린만 굴복시키면 8천 명의 광신도도 어린애처럼 다룰 수 있지."
"지금 대북 첩보수집도 할 일이 산더미 같은데, 피난공작까지 맡아야 합니까?"
"본부 명령이 떨어졌어. 공작이 성공하면 한국 영사관도 나설 거야. 북한학자 이수근의 소재를 빨리 파악해. 그리고 황우반 회장 개인 사무실을 도청해. 분명히 뭔가 있어. 냄새가 나."
함박눈이 쏟아지고 있었다. 박주연은 수많은 스키 인파가 여러 개의 슬로프를 가득 채우고 있는 대규모 스키경기장을 바라보며 갑자기 스키가 타고 싶어 안달이 났다. 오늘 같은 날은 아무 여자나 꼬셔서 함께 밤새 진탕 술을 마시고 싶군.

오수지는 창고처럼 생긴 10평쯤 되는 건물에 갇혔다. 철제의자에 앉은 그녀의 양손은 등 뒤로 돌려져 밧줄로 묶였다. 불기라고는 전혀 없는 냉골에서 열다섯 시간을 보냈다. 간밤에는 심한 매질까지 당했다. 얼굴이 험상궂은 사내가 으르렁거렸다.

"남조선 기자라면 지긋지긋해. 아주 신물이 난단 말이야."

서울말씨에 영향을 받은 동북지방 조선족 말투였다.

그녀는 그들이 북조선 국적을 가진 조교(朝橋)들이 아닐까 생각했다. 여전히 북한 독재체제에 협조하며 탈북자들을 잡아다 북한에 팔아먹는다는 그 비열한 동족 사냥꾼.

두터운 점퍼에 털모자를 쓴 사내는 가죽장갑을 끼고 있었다.

"웬 심통이야? 아시아 사람들이 축제를 벌이는 잔치판에 백두산이 터진다고 왜 떠드는 거야? 남조선 당국 지령을 받고 이 대회를 망치려는 수작이지? 하수구엔 왜 기어들어 갔어?"

"기자로서 취재했을 뿐이야."

그녀는 다시 구둣발로 복부를 걷어차이고 신음을 질렀다.

"기자 좋아하네. 쌍년. 너 남조선 특무지? 순순히 불어. 이 개 같은 년! 네년 하나 죽이는 건 일도 아니야. 바른 말 하지 않으면 넌 여기서 살아나가지 못해. 그놈 어디 갔어?"

"뭘 불라는 거야. 그놈은 또 뭐고?"

"이년이 장난하나? 리수근 말이야. 리수근. 지금 어디 있어?"

"몰라."

"림영민 아들놈과 네년이 그놈 숨긴 걸 모를 줄 알아? 어서 대."

"정말 몰라. 그 사람은 갑자기 사라졌어."

"입 닥쳐! 그런 거짓말이 통할 줄 알아?"

사내가 그녀의 목덜미를 쓰다듬으며 나직하게 말했다.

"내 특기는 철샷줄로 목을 조르는 거야. 혀를 빼며 죽어가는 모습이 내게 희열을 주지. 오수지. 정말 피부가 눈부시군. 지금 난 하얀 네 목을 조르고 싶어 미칠 지경이야."

사내는 흥분한 듯 숨을 헐떡거렸다. 그녀는 까무러칠 만큼 놀랐다. 이자가 한국인만 교살한다는 그 괴물인가. 목울대에 칼날이 스치는 듯했다. 결국 이렇게 죽고 마나.

괴물이 미소를 지으며 말했다.

"하지만 넌 특별한 상품이니까, 특별하게 심문하지. 이 추운 곳에서 하룻밤만 지새워 보라구. 그래도 버틸지 두고 보겠어."

정말이지 바닥에서 냉기가 뼛속까지 스며들어왔다. 매질보다 무서운 게 추위였다. 그가 찬물을 담은 물동이를 들고 들어왔다.

한 바가지 물을 퍼 오수지의 정수리에 천천히 부었다.

얼음장 같은 물이 머리칼과 얼굴, 목을 타고 등줄기와 뱃속까지 기어 내려갔다.

그녀는 와들와들 떨며 소리쳤다.

"이러지 마! 그만둬, 제발. 암만 그래도 이수근 씨 행방은 정말 몰라."

놈이 창고의 창문을 열자 찬바람이 몰아치며 젖은 옷에는 금방 얼음이 끼었다.

온몸이 꽁꽁 얼어왔다. 졸음이 몰려왔다. 머릿속이 혼미해지더니 온몸에 감각이 없어졌다.

여러 사람들의 얼굴이 주마등처럼 지나갔다. 서울에 홀로 계신 할머니, 돌아가신 아버지와 어머니, 신문사 동료들과 그녀의 피앙세 황우반이 나타났다가 사라져갔다. 나이 스물아홉에 이런 곳에서 삶을 끝내야 한다고 생각하니 기가 막혔다. 차라리 백두산이 터져 용암에 묻혀 죽는 게 나을 듯했다.

놈이 다그쳐 물었다.

"이대로 10분만 있으면 네년은 얼어 죽어! 그러니 그놈 거처를 빨리 불어!"

오수지는 가파른 눈길로 쨰려보며 악에 받쳐 외쳤다.

"정말 모른다니까! 너, 임마! 내 말을 왜 못 믿는 거야? 알아도 말할 것 같으냐. 치사하게 여자나 농락하는 개좆같은 새끼! 너, 불알이 나 달려 있냐?"

괴물이 고개를 흔들며 외쳤다.

"이년 말본새가 아주 고약하네. 안 되겠군. 그래. 죽는 게 소원이라면 내 방식대로 죽여주지!"

그는 기대감에 부푼 음산한 미소를 머금었다.

오수지는 발악적으로 고함을 질렀다.

사내가 양손으로 그녀의 목을 움켜쥐고 조이기 시작했다. 그녀는 숨이 막혀 몸부림치다가 정신을 잃었다.

임준은 오수지가 사라졌다는 이야기를 김민수한테 듣고 크게 놀랐다. 지난 며칠간 그녀와 동분서주했다. 그녀에게 반감을 가진 조직이 누구일까. 요즘 중국이나 북한쪽에서 보면 그녀는 공적 1호일 것이다. 김민수는 백두개발 황우반 회장에게 전화를 걸어 그녀의 실종을 알리겠다고 말했다.

임준은 지난 며칠간 그녀와 함께 하면서 그녀의 강한 개성에 마음이 끌렸다. 그녀는 꾸밈없이 활발했고 늘 확신에 차 일을 벌였다. 위험 따위는 안중에도 없는 용감한 기자였다. 그녀에게 앙심을 품은 조직이 그녀를 납치해 해코지를 하는 것 같았다. 걱정이 뇌리를 떠나지 않았다. 그녀를 찾아 나서기로 했다.

2월 13일 오후 늦게 지린성 청사 대회의실에서 지린성장 장성〔張盛〕은 장백산 재해대책회의를 주재했다. 장백산 화산관측소장 허자오쥔〔何朝军〕이 보고했다.

"저희 관측소가 지난 1999년 개소한 이래 지진관측점 6개소, GPS 관측점 8개소, 지형변형관측점 3개소, 지열 및 화산가스 관측점 5개소를 운영하며 장백산의 분화가능성을 면밀히 조사해왔습니다. 최근 장백산의 화산활동이 활발해지고 있습니다. 장백산 일대에서 크고 작은 지진이 계속되고 화산가스 분출이 많아지고 지열 역시 급증하고 있습니다. 장백산 북파와 서파에 설치된 42개의 경사계6와 신축계7로 지형변화를 측정한 결과, 천지 아래에 있는 마그마가 상승해 장백산이 크게 부풀어 오르고 있습니다."

지린성장은 관측소장에게 물었다.

"지금 장백산 일대에 지진활동이 어느 정도로 벌어지고 있소?"

"지난주까지는 화산성 지진이 하루 수백 차례씩 계속 일어났습니다. 화산성 지진의 규모가 커짐에 따라 장백산의 경사면에 무수한 균열이 발생해 매일 2천 톤 이상의 화산가스가 뿜어 나왔지요. 천지호 천문봉 아래 백암온천에서 나오는 화산가스 중에 헬륨과 수소의 함량이 20배 이상 증가하기 시작했습니다."

"그게 무슨 의미요?"

"그 헬륨은 마그마에 존재하는 헬륨인데 천지온천수까지 마그마가 올라오고 있다는 증거입니다. 마그마방 천장이 쪼개져 마그마와 천지 물이 만나면 대폭발이 일어나게 됩니다."

"장백산의 높이는 얼마나 상승했소?"

6 지면의 경사변화를 측정하는 장치.
7 지면의 늘어나고 줄어드는 정도를 측정하는 장치.

"16개의 봉우리 가운데 낮게는 1m에서 높게는 3m까지 상승했습니다. 지난 2003년에 화산활동이 활발했을 때 4.6㎝가 상승했는데, 대단한 수치라고 할 수 있습니다. 마그마가 상승하며 산체에 엄청난 압력을 가하고 있다는 증거입니다."

"장백산이 대단히 위험하다는 말이오?"

"금주 들어 화산성 지진이 다시 급감하고 있습니다."

"안정화된다는 말이군."

"우리는 '마그마의 수직 거동 시스템'으로 지난 몇 달간 장백산 지하의 마그마가 어느 방향으로, 어떤 속도로, 어느 장소로 움직이는가를 정밀하게 감시 추적해왔습니다. 전반적인 화산분화 전조현상을 종합 검토한 결과 아직은 상황을 좀더 지켜봐야 할 것 같습니다. 폭발여부를 판단하기엔 아직 이릅니다."

지린성장은 신음소리를 내더니 담배를 피워 물었다.

"아시안게임 폐막식이 내일이오. 늦어도 2~3일 후면 외국 선수단은 다 돌아갈 거요. 지난 4년 전 우리는 장백산 화산활동을 검토했을 때 문제가 없다고 해 이번 국제대회를 치르려고 엄청난 돈을 들여 보하이 시를 건설했소."

화산관측소장은 말했다.

"4년 전에는 화산활동이 지금처럼 심하지 않았습니다. 최근 급격히 심해진 겁니다. 저희 관측소는 늘 최선을 다해왔습니다."

성장이 이어 말했다.

"관측소를 탓하려는 게 아니오. 자연의 변화는 예측 불가능한 것이오. 관측소에서 화산재해가 발생할 우려가 크다고 하니까 그 대책을 논의하는 거요. 장백산이 터지면 그 재해가 어느 지역까지 미칠 것 같소?"

"장백산 반경 50㎞까지는 화성쇄설물이 덮일 겁니다."

흑색공작 179

"그럼 반경 50㎞ 이내에 있는 사람들은 다 피해야 한다는 거요?"
"그렇습니다."
"백두산 인근 거주민들을 이주시키는 데 얼마나 걸리겠소?"
재해구난국장이 말했다.
"보하이 시, 얼다오바이허 등 거주민과 군인을 포함해 100만 명을 이주시키고 중요시설물들을 옮기려면 최소 두 달은 걸릴 것 같습니다. 기름저장고와 주유소, 가스배송시설들을 비우고 군대의 폭탄들을 옮겨야 합니다."
"엄청난 비상상황이군. 장백산이 폭발하면 큰 인명피해가 나고 엄청난 경제적 피해가 생길 것이오. 사전대비만 한다면 초대형 자연재해도 얼마든지 극복이 가능할 거요. 장백산이 다시 안정화될 조짐이 보인다 해도 우선은 폭발에 대비해 미리 세워야 할 대책이 무언지 면밀하게 파악하고 다시 보고하시오. 재해구난국에서는 장백산 화산재해대책을 주말까지 당 중앙에 보고하시오."

어두운 하늘에 설한풍이 몰아쳤다. 검은색 승합차가 백두산 천문봉으로 올라가는 코스 초입에 있는 작은 벽돌집 앞에 불을 끈 채 서 있었다. 벽돌집 안의 전깃불이 꺼지더니 남자 두 명이 밖으로 걸어나왔다. 집 옆의 전나무 숲에서 다섯 명의 괴한들이 나타났다. 다섯 괴한들은 벽돌집에서 나온 남자 둘을 덮쳐 입을 막고 수갑을 채웠다. 승합차에 한 명을, 나머지 한 명은 숲 앞에 서 있던 승용차에 태웠다.
승합차가 눈길을 미끄러지듯 달리기 시작했다. 눈이 가려진 채 잡혀온 사내는 키가 작고 체구가 단단한 40대 중반이었다. 두 팔이 허리 뒤로 결박되자 갑갑한지 몸을 뒤틀다가 강호길의 팔꿈치 가격에 명치를 맞고 신음을 흘렸다. 강호길의 목소리는 탁하고 거칠었다.

"자네, 육체의 고통에 대해 잘 아는가?"

"……."

"대답하기가 싫은 모양이지?"

"……."

강호길은 팔꿈치와 당수로 피납자를 두들겨 팼다. 비명이 난무했다.

"지금부터 진실만을 얘기해."

"예!"

겁에 질린 목소리였다.

"이름과 직함을 대봐."

"주성린입니다. 백두선교회 당회장입니다."

강호길이 한 시간 전에 읽은 파일을 인용했다.

"사기 전과 5범, 폭력 전과 3범, 30대 때는 강간도 저질렀더군. 이런 새끼가 목회자야? 그러고도 천국에 보내주겠다고 신도들에게 설교해?"

조수석에 앉은 박주연이 읊조리듯 말했다.

"간판은 좋네. 미국에서 유명 신학대를 졸업했군. 얼굴 판때기는 쓸 만한지 액션영화에 조연으로 출연했어. 25년 전에 네 아비가 종말론을 주장하는 선교회에 전 재산을 날리고 자살하자 미국에 건너가 신학을 공부하며 미국의 수많은 종말론을 몸소 터득했지. 종말론에 한이 맺혀 종말론 권위자가 됐고. 귀국해 백두선교회를 만든 지 3년 만에 전국에 교회가 86개, 신도수가 3만 6천 명이야. 작년 한 해 네가 직접 걷은 돈이 247억 원이야. 전 재산을 빼앗긴 29명한테 고소를 당했고 애를 낳았다고 주장하는 여인과 친자 소송중이야. 유명한 법무법인에 전담팀까지 두었군."

"앞날이 창창한 종교 사기꾼이네. 지금 네가 데리고 온 8천 명은 전 재산을 헌납했을 테니 수백 억은 걷혔겠군. 햐, 이 새끼, 종말론 하나로 대박쳤네. 아비가 종말론 때문에 자살했는데, 그걸로 장사를 해? 지옥에 처박힐 놈!"

강호길이 주 목사의 턱을 팔꿈치로 가격하자 비명이 터졌다.

박주연이 목사에게 위협적으로 말했다.

"오늘 우리말에 따르지 않으면 네가 줄창 나불거리던 종말을 맞을 줄 알아."

강호길이 목사의 목을 철삿줄로 감아 양손으로 힘껏 잡아당겼다. 목사가 캑캑거리며 발버둥 쳤다. 철사가 풀리자 목사가 파들파들 떨며 울기 시작했다. 강호길이 팔꿈치로 주 목사의 입을 후려쳤다.

"시끄러. 지난주에 괴한이 네 목을 조르다가 도망쳤지?"

"네. 죽을 뻔했죠. 겨우 쫓아냈죠."

"성령으로 사탄을 물리쳤다고 신도들한테 떠들었지?"

"네."

"그 괴한이 바로 나야. 오늘 만나려구 일부러 안 죽였지. 내가 사탄이냐? 임마, 사탄은 신자들 피를 빠는 네 놈이야! 네 목숨은 오늘 내가 심판하겠어. 알아서 기도록. 백두산이 언제 터질 것 같아?"

"예수님께서 계시를 내리셨는데, 다음 달 중에…"

"예수님 계시? 이 자식이 나랑 농담 따먹기 하잔 거야, 뭐야."

"아, 알겠습니다. 실은 화산학자 임영민 박사가 그랬어요. 그는 우리 신도입니다."

"거짓말 마! 그자는 너한테 사기당한 피해자야. 그 사람 어떻게 포섭했어?"

"임 박사 책을 3만 권 사준다는 조건으로 사진을 같이 몇 장 찍고 종교홍보에 사용했죠."

"너, 백두산이 터지면 십자가 메고 진짜 천지 물에 뛰어들 거냐?"

"예."

"네 신도 8천 명도?"

"예수님이 천국으로 보내주니까요."

강호길이 팔꿈치로 피랍자의 턱을 후려치며 말했다.

"이 자식이 아직도 입 나발이야! 우린 너 같은 사이비 교주나 나라를 좀먹는 정치인과 관료 따위를 응징하는 애국단체 조직원이야. 다시 묻는다. 너, 백두산이 터지면 진짜 천지에 뛰어들 거야?"

"아뇨."

"근데, 왜 그런 거짓말 했어?"

"백두산이 터질 리가 없잖아요. 전 백두산 폭발설을 주장하는 임영민이 거짓말쟁이라고 판단했어요."

"근데, 왜 그가 네 편이라고 주장해?"

"임영민은 가장 그럴듯한 거짓말쟁이라서 유용한 인물이었죠. 신도들에게 종말론을 주입하기 위해서는 적임자였죠."

박주연이 말했다.

"동영상을 보여줄 테니 잘 봐. 말하는 사람은 북한 지진연구소 부소장이야."

스마트폰 영상을 20분간 보여줬다. 차는 서파 코스를 빠져나와 보하이 시 외곽도로를 타고 얼다오바이허로 향하고 있었다.

"다 보고 나니 어떠냐?" 강호길이 목사에게 물었다.

"이 사람 말대로 백두산이 진짜 당장 터집니까?"

목사의 목소리에는 당혹감이 배어 있었다.

"열흘 안에 터진다잖아."

"무시무시하군요."

"너, 죽고 싶냐?"

"아뇨."

"살고 싶지?"

"네."

"너만 살고 신도 8천 명이 백두산 용암에 깔려 죽기 바라지? 그들이 죽어야 나중에 재산반환소송 안할 테니까."

"왜 목회자가 성도들이 죽기를 바라겠습니까?"

"근데, 왜 십자가 지고 천지에 뛰어들라고 선동해?"

"그래야 돈이 생기니까요."

"솔직해서 좋군."

박주연이 말했다.

"다시 묻겠다. 네 신도들이 용암에 깔려 죽기 바라나?"

"아뇨."

"그럼, 그들을 대피시켜."

"그들은 백두산이 터질 때까지 한 발짝도 안 움직일 겁니다."

"아까 그 통나무집 기도원에서 예수님 계시를 받았다구 해."

"어떻게요?"

"예수님이 나타나는 '휴거'(携擧)가 백두산이 아닌 다른 곳에서 일어날 거라고 말해. 여기서 서쪽으로 380㎞ 가면 랴오닝성 번시(本溪)에 거대한 석회동굴이 있는데, 수동(水洞)동굴이야. 동굴 안에 거대한 호수가 있는데, 배가 수백 척이 떠다녀. 그 동굴 물속에서 예수님이 재림한다고 말해. 동굴 속의 호수라. 사기 치기 끝내주는 무대야."

"그런 거짓말을 목회자가 어떻게 해요?"

강호길이 팔꿈치로 명치를 때리며 말했다.

"넌 더한 거짓말도 했어."

"휴거라는 말은 25년 전에 다미선교회라는 사기꾼들이 이미 써먹은 겁니다. 구닥다리 용어예요. 그 동굴에 예수님이 안 나타나면 난 쫄딱 망해요."

박주연이 대꾸했다.

"어쨌든 네 그 잘 돌아가는 세치 혀로 설득해 봐. 백두산이 터지면 넌 신도들과 용암에 타 죽어. 죽는 거보단 낫잖아."

"망하는 것보다 차라리 죽는 게 나아요."

"신도들을 수동동굴 안에서 목욕시키고 철야기도 시키고 일주일 후에 예수님이 나타나면 백두산으로 모시고 간다고 해. 그 사이에 넌 도망쳐. 우리가 미얀마 여권을 만들어 놨어. 장기체류 비자도 받아두었지."

박주연은 주성린의 사진이 들어간 미얀마 위조여권을 보여주었다.

주성린이 제 사진을 심각한 얼굴로 바라보며 울상을 지었다.

"예수님을 영접할 목회자가 불교국가로 도망가 살라니! 이건 도대체 말이 안 돼!!"

박주연이 열변을 토했다.

"이 시나리오 짜내느라 내 머리에 쥐가 날 뻔했어. 넌 백두산 안 터질 줄 알았지? 근데, 진짜 터져. 너만 죽으면 괜찮은데, 순진한 신도 8천 명도 죽잖아. 너 평생 거짓말만 했는데, 살아생전 좋은 일 한번 해봐라. 신도 8천 명은 살리고 보자. 백두산이 진짜 터지고 신도들 목숨을 구하면 신도들이 널 선지자라고 동상을 세워줄 거야. 네 추종자들 데리고 위험한 백두산에 오르지 말고 만주벌판을 가로질러 수동동굴로 가는 거야. 거기서 예수님을 영접해. 철야기도하며 맘껏 울부짖어. 돈도 더 걷고 눈물바다를 만들라구."

주 목사의 눈알이 반짝거렸다.

"성도들을 설득하면 미얀마 안 가도 되는 거죠?"

강호길이 그의 뒤통수를 쓰다듬었다.

"진작 그렇게 나와야지."

"근데, 선생님들 진짜 정체가 뭐요? 애국단체 맞아요?"

"우린 매국노들을 가차 없이 처단해. 약속을 안 지키는 놈들은 모조리 목 졸라 죽여버리지. 이틀 안에 네 신도들을 데리고 떠나. 약속 안 지키면 네 범죄파일을 신도들한테 몽땅 까발릴 테니까."

2월 14일 오전, 황우반은 그의 집무실에서 백두산의 화산성 지진이 급감하고 있다는 장백산 화산관측소 소속 화산학자의 보고를 받고 초조감에 시달렸다. 백두산의 화산활동이 급증하자 그는 3만 명의 여행권을 발행했고 엄청난 생명보험금을 지불했다. 그가 소유했던 백두개발의 지분조차 숙부에게 헐값에 거의 다 팔아버렸다.

그가 겉으로는 백두산이 터질 확률을 30% 정도라고 측근들에게 말했으나 내심 화산성 지진이 여느 때보다 활발해 폭발을 의심치 않았다.

만약 백두산이 터지지 않는다면 다산그룹 내에서 그가 발붙일 곳은 없었다. 열흘 전만 해도 폭발을 확신하던 화산학자도 백두산이 갑자기 안정화되는 모습을 신기하게 생각하고 있었다.

그는 비서를 호출했다. 아무래도 화산관측소에 직접 가서 상황을 다시 살펴봐야겠다고 작심했다. 뭔가가 크게 잘못돼 가고 있었다.

장백산 보호개발구 츠쉬취〔池西區〕에 자리 잡은 장백산 국제공항은 중국이 백두산 일대를 국제관광지로 만들기 위해 군민 겸용으로 개발한 곳이다. 또한 중조국경지대인 이곳에 조기경보기와 전자정찰기를 배치해 북한 북부와 동해를 감시권역에 둘 수 있는 전략요충지였다.

김태일은 입국장에서 서성거렸다. 188㎝의 키에 건장한 신체를 자랑하는 호남형이었다. 공항에는 스키복을 입은 수많은 한국인들이 입국장을 메운 채 웅성거리고 있었다. 익스트림 스포츠협회 회원들이었다.

입국장 문이 열리면서 스노모빌 세계선수권 대회를 3연패한 러시아의 프리마코프 선수가 나오자 회원들은 플래카드를 흔들며 환호했다. 이번 데스 레이스의 우승후보인 일본의 스즈키, 독일의 아이히만, 미국의 밀로셰비치가 오늘 오후까지 입국할 예정이었다.

각국 언론사 기자들이 인터뷰를 위해 대회조직위원장인 김태일에게 몰려들었다. 영문판 신문 〈차이나 데일리〉의 여기자가 입을 열었다.

"대회가 언제 열립니까?"

"그건 백두산이 언제 터지느냐에 달려 있습니다."

"백두산이 폭발한다고 확신하십니까?"

"그렇습니다."

"장백산과학원의 관측결과는 안정적이던데요?"

"우리 협회에도 화산학자가 있습니다."

"중국 측의 발표를 믿지 못한다는 말입니까?"

"그쪽 얘기엔 신경 쓰지 않습니다."

"대회가 열릴 가능성을 얼마로 보십니까?"

"100%입니다. 저희 회원들은 다들 그렇게 믿고 있습니다."

"당신들은 재난을 바라는 악마주의자인가요?"

"순수한 스포츠맨들입니다."

"만약 백두산이 터지지 않으면 어쩔 거죠?"

김태일은 잘라 말했다.

"스릴러의 일상화를 몸소 실천하는 우리 회원들 2만 명이 백두산에 왔습니다. 대회는 세계 모험사의 새 장을 열면서 성황리에 치러질 겁니다. 대회가 끝나면 이 도시의 경기장들은 잿더미가 되겠지만 백두산은 새롭게 창조된 위대한 모습을 보일 겁니다. 2026년도에 이곳에서 동계올림픽이 열리길 기원합니다. 하얀 화산재 위에서 각종 경기가 벌어질 겁니다. …"

세계의 언론들은 불확실한 화산폭발을 예정하고 치러지는 신기한 국제대회라며 가십성의 기사를 쏟아냈다.

중국 언론들은 1만 명이 넘는 대회참가자들이 현실과 가상을 구별 못하는 사회 부적응자라고 비하하며 백두산 폭발설의 허구성을 조명했다. 이에 곁들여 이번 아시안게임은 CG WORLD의 3D영화 같은 죽음의 레이스까지 수용하는 최첨단의 겨울스포츠 대회라고 극찬했다.

김태일은 백두산의 안정성을 과시하려는 동계 아시안게임과 불안정성을 전제로 한 데스 카니발이 한 장소에서 열리는 게 아이러니라고 생각했다. 아름다운 풍광을 자랑하는 하늘의 호수 천지와 그 아래서 터져나오는 거대한 마그마가 대결을 벌이는 현장이 되고 말았다. 죽음의 레이스는 화산폭발로 시작되는 게임이었고 거대한 경기장들을 파괴하고 수많은 관중들을 죽음으로 몰아가면서 클라이맥스를 이룰 것이다.

이번 대회의 다른 이벤트는 백두산이 폭발할 때 천지의 물과 마그마가 만나 쏟아지는 엄청난 화산이류를 타고 압록강 상류에서 벌어지는 카누경기였다. 섭씨 800도의 뜨거운 진탕이 폭포처럼 흐르는 강 위에서 죽음의 레이스를 펼치려면 특수 제작한 카누가 필요했다.

한 시간 후 김태일은 한국의 조선소에서 주문제작한 카누 18척이 특별화물기를 타고 도착하면 그것을 인수할 작정이었다. 보통의 카누가 FRP나 폴리에스테르로 만들어져 열에 약하므로 티타늄 합금으로 겉면을 만들고 속은 특수재료로 방열 처리한 고기능성 카누가 제작됐다.

백두산 천지를 발원지로 하는 압록강의 상류의 협곡지대에서 펼쳐지는 카누레이스는 경기당일 유튜브로 공개하는데, 특별 이벤트인 만큼 초고가의 베팅이 예상되었다. 이로써 이번 대회는 산과 강에서 차가운 눈과 뜨거운 물을 타고 벌어지는 사상초유의 엑스게임이었다. 김태일은 생각만 해도 온몸에 전율이 일었다.

차에 올라탄 그는 황우반의 전화를 받고 표정이 심각해졌다.

"다 틀린 것 같아. 백두산이 갑자기 안정화되는 건 예상치 못했어."

"제기랄, 최악의 소식이네요. 백두산이 잘나가다 왜 주책을 부리는 겁니까?"

그는 한숨을 내쉬었다. 백두산에 걸었던 희망이 산산조각이 나자 실망감이 파도처럼 밀려왔다. 숱한 돈을 들이고 숱한 사람들을 한 자리에 불러 모아 새로운 스포츠 역사를 세우려던 노력이 몽땅 물거품이 되어 버렸단 말인가.

인류최초의 화산스포츠

오후 늦게 오수지가 눈을 떴다. 높다랗고 거대한 천장이 눈에 들어왔다. 원목으로 된 벽에는 거대한 백두산 천지 사진과 호랑이 가죽이 걸려 있었다. 자신은 넓은 침대 복판에 혼자 누워 있었고 실내공기는 따뜻했다.

여기가 어디지. 내가 살아 있긴 한 거야?

온몸이 욱신거렸다. 겨우 몸을 일으켜 창문의 커튼을 젖혀 보았다. 왼편 창문으로는 스키점프대가 한눈에 들어왔다. 점프도약대가 밑에서부터 위로 올려다 보였는데, 스키점프를 하는 선수들이 창문방향으로 날아오고 있었다. 숱한 관람객들이 선수들의 묘기를 보며 환호하고 있었다.

그제야 자신은 스키점프장 옆에 들어선 백두호텔에 있음을 깨달았다.

도대체 어찌 된 거야. 분명 차디찬 창고 안에서 고문을 당하고 있었는데, 내가 악몽을 꿨나? 그녀는 침대머리에 있는 주전자에서 물을 한 컵 따라 들이켰다. 머리가 깨어질 듯 아팠고 온몸이 쑤셨다.

그때 침실의 문이 열리고 황우반이 미소를 흘리며 들어왔다.

"이제 정신 좀 들어? 오전에 의사가 다녀갔어. 타박상이 좀 있지만 며칠 쉬면 괜찮을 거라고 했어."

산뜻한 정장차림의 그는 다정스런 눈길로 그녀를 바라보았다.

그녀가 일어나 앉으며 쉰 목소리로 말했다.

"어떻게 된 거야. 내가 왜 여기 누워 있는 거야?"

황우반은 침대 옆 의자에 앉더니 나직하게 말했다.

"이제 당장 일 그만둬. 백두산 폭발이니 뭐니 떠들지 마. 꼭 내 사업 망치려고 작정한 양 말이야. 그러니까 그런 일을 당하지. 내가 얼마나 걱정한 줄 알아? 납치되고 나서 난 잠 한숨 제대로 못 잤어. 당신 찾느라고 얼마나 고생한 줄 알기나 해?"

그는 시가를 깊게 빨아들이더니 그 연기를 허공에 퍼부었다.

오수지는 그의 입에 물린 시가를 빼앗아 한 모금 깊이 빨아들였고 그 연기를 황우반의 얼굴에 퍼부으며 말했다.

"과연 나의 피앙세답네. 대단하셔. 어쨌든 구해 줘서 고마워."

황우반의 말이 이어졌다.

"내게는 첩보망이 있어. 여기는 외국이라서 날 위해 일하는 그런 조직이 필요해. 어제 오전에 당신이 납치돼 고문당하고 있다는 소식을 받았어. 분청애국단(憤靑愛國團)이라는 중국인 단체인데 말 그대로 분노한 애국청년단이란 뜻이지. 최근 중국 전역에서 급부상한 민간조직이야. 일본의 우익단체들처럼 중국의 골수 민족주의자들이 미국과 일본의 타도를 외치며 각종 정치활동에 참여하지. 이들은 북한에 호의적이고 남한에 적대적이야. 그들의 활동을 중국 당국도 도와주고 있어."

"당신은 그들과 친분이 있다는 말이군."

"그래. 분청애국단 길림성 책임자를 잘 알지. 외국에서 사업을 하려면 지하세계나 관료사회와 연줄이 없을 수 없지. 분청애국단은 당신의 기사가 아시안게임을 망친다고 대단히 분노했던 모양이야. 그들에게 당한 자들이 헤아릴 수 없게 많아. 중국의 부패한 고위관료나 친미 지식인, 노동자를 착취하는 기업인들이 이들의 테러대상이지. 어제 낮에 길림성 단장을 만나 담판을 지었고 당신은 엊저녁에 풀려나 이곳으로 왔어."

오수지는 황우반의 말을 한 마디씩 씹으며 그의 표정을 살폈다.

황우반의 말이 이어졌다.

"선택의 여지가 없었어. 정신 나간 중국폭력단체에게 약혼자를 희생당할 수는 없잖아. 돈 몇 푼 주고 해결했어. 아주 운이 좋은 줄 알어. 분청애국단과 나의 인연이 없었다면 지금쯤 당신은 이 세상 사람이 아닐 거야."

오수지가 물었다.

"정말 고마워. 당신은 내가 쓴 기사에 대해 어떻게 생각해?"

그녀는 대답을 듣지 않고 이어 말했다.

"폭발이니 뭐니 떠들어대니까 사업에 타격받았다고 불만스럽겠지. 하지만 이건 사업이 문제가 아니야. 백두산은 조만간 터지고 말 거야. 그런데도 중국과 북한, 한국과 일본의 기묘한 정치적 상황과 맞물려 진실이 은폐되고 있어. 이건 죄악이야. 당신도 사실을 알리려는 나를 오해하고 있어. 진실을 보지 못하는 당신이 이상해. 당신만큼은 날 이해해 줘."

황우반은 시가연기를 동그랗게 피워 올리며 싸늘한 어조로 말했다.

"나를 사랑하는 사람이 내 입장을 어렵게 하나? 나는 백두산이 터지면 식은 용암이라도 팔아먹을 사람이야. 백두산 폭발이 무서워 오지 못하는 관광객도 있고 그것 때문에 일부러 오는 관광객도 있어. 나는 장백산과학원에 매년 50만 달러씩 기부하는데, 과학원 박사 하나가 매일 내게 관측결과를 보고해 주고 있어. 백두산 활동에 관한 한 한국이나 일본, 미국의 정보당국보다 내가 더 정확한 자료를 가지고 있어."

"지금 그 얘기는 백두산이 안 터진다는 거야?"

"백두산은 지금 활화산성 운동을 하고 있는데, 언젠가는 폭발할 가능성이 크지만 그 시기는 아무도 몰라. 100년 주기설이니 13년 주기설이니 하는 말은 신빙성이 없어. 백두산 폭발설은 몇 단계 이상의 논리적 비약과 과장이 낳은 엉터리 이론이야."

"그 과학자는 엉터리 보고를 하고 있어. 지금 이 도시 지하가 펄펄 끓고 백두산이 크게 부풀어 오르고 화산가스가 터져 나오는데 위험하지 않다고?"

"발해시는 그 정도의 지하 열기쯤은 미리 계산하고 건설됐어. 도시의 안전장치가 충분히 갖춰진 최첨단 도시야. 또 백두산 지하의 마그마는 아직 위험한 위치까지 상승하지는 않았어. 현재 백두산의 지질학적 상황은 화산성 지진이 급증했던 2003년과 아주 흡사해."

"당신이 가진 자료를 언론에 공개할 의향은 있나?"

"그게 그렇게 단순하지가 않아. 백두산 문제는 정치적 이해관계가 복잡 미묘하게 얽혀 있어. 전 세계 어느 산도 백두산만큼 정치색이 강한 산은 없어. 백두산은 한민족의 영혼이 담긴 으뜸산이고 중국 동북인들에게도 같은 의미야. 이들의 머리인 백두산이 터진다는 것은 지붕이 사라지는 것과 같아. 재난의 차원이 아니라 정신적인 차원이야."

"만약 백두산이 터진다면 어느 나라가 타격을 받을 것 같아?"

황우반이 시가를 깊이 빨더니 천천히 입을 열었다.

"물론 북한이 가장 큰 타격을 받겠지. 하지만 일본도 만만찮아. 이미 일본경제는 추락하고 있는데 화산재가 그들을 망하게 할 거야. 망한 거나 다름없는 북한에겐 새로운 길이 열릴지 모르지. 한국에게도 위기와 기회가 동시에 올 거야. 지도자의 현명한 선택이 필요하겠지. 경제공룡 중국은 동북일대가 조금 날아가겠지만 그걸 기화로 동북아의 패권장악을 기도할 거야. …"

황우반은 줄줄이 말을 이어갔다.

"백두산은 위험해 보이기는 하나 그렇게 쉽게 터지진 않아. 문제는 당신이야. 이틀 후면 나와 약혼하고 이곳에서 함께 살 여자가 내가 하는 일에 대해 도통 이해를 못해. 내 앞을 가로막는 기사나 쓰고 말이지."

오수지는 씨익 웃으며 황우반의 가슴을 손가락으로 튕겼다.

"당신에겐 당신 일이 중요한 것처럼 나 역시 내 일에 최선을 다할 뿐이야. 당신 사업을 망칠 생각은 추호도 없어. 진실을 똑바로 보도록 하는 게 당신을 돕는 거야. 백두산은 위험해. 당신이 돈을 뿌려 데려온 한국인 3만 명은 어떡할 거야? 왜 애꿎은 사람들을 이 먼 외국까지 데려와 죽음 속으로 내모는 거야?"

황우반은 눈을 부라리며 외쳐 말했다.

"말도 안 되는 소리 그만! 그건 단지 노이즈 마케팅일 뿐이야. 백두산 홍보를 위한 비즈니스라고!"

오수지는 황우반을 가파른 눈길로 올려다보며 비웃음을 지었다.

"오호, 비즈니스라! 폭발설을 믿지 않으면서 죽음의 레이스까지 후원은 다 뭐야? 앞뒤가 안 맞잖아. 당신, 진짜 속셈이 뭐야? 다산그룹 상속자 맞아?"

"됐고. 어제 같은 일 안 당하려면 당장이라도 그 너절한 기자짓 때려치워."

"몇 번이나 얘기해야 해? 폐막식까지만 참아 달라고 했잖아."
"정말 꽉 막혔군. 당신 정말 고집덩어리야. 내 말이 말 같지 않아?"
오수지는 침대에서 벌떡 일어나 곁에 걸려 있는 파커를 입었다.
황우반이 성난 얼굴로 그녀 앞을 가로막으며 말했다.
"가지 마! 제발 예비신부답게 얌전히 좀 있어!"
오수지는 그의 팔을 뿌리쳤다.
"송고할 기사를 마저 써야 해."
신부? 웃기고 앉았네.
황우반은 문을 열고 나가는 그녀를 보고 피우던 시가를 내팽개쳤다.
"오수지, 정말 이럴 거야? 납치돼서 죽을 걸 겨우 살려놨더니 또 불장난을 하겠다는 거야?"
오수지는 성난 얼굴로 그를 노려보았다.
"단 하루라도 내게 가면 좀 벗고 말해 봐. 당신이 쓴 탈에 신물이 나!"
그녀는 황우반의 거친 숨소리를 들으며 복도를 뚜벅뚜벅 걸어 나갔다. 거짓말쟁이와 결혼은 생각할 수 없는 것이었다.

임준은 정복을 입은 보하이 시 공안국장 리티엔밍과 테이블 하나를 사이에 두고 마주앉았다.
"조용히 앉아 우리의 수사결과를 기다릴 것이지 왜 돌아다니며 소란을 피우는 거요?"
임준은 유창한 영어로 말했다.
"뭐 새로 밝혀진 게 있나요?"
"수사를 시작한 지 불과 5일이오. 오늘 저녁 부검을 할 예정이오."
"한국인 의사가 참여하지 않으면 부검을 허락하지 않을 겁니다."

"부검을 결정하는 건 수사기관 몫이오."

"제 아버지 주검이니 결정은 제가 해요."

"당신은 부친을 조용히 추모했어야 했소. 하지만 북한인의 탈북을 도왔어."

"내가 누굴 만나든 당신들이 규제할 순 없어요. 그나 나나 합법적으로 중국에 입국했잖아요. 우리가 만나는 게 무슨 죕니까?"

"장백산 화산관측소에서는 달문과 터널계단, 장백폭포에 화산감시용 카메라를 달아두었어. 5일 전 당신과 그 여기자가 출입금지구역을 침범했어. 당장 당신들을 구속시키거나 추방해도 될 사안이야."

"그럼, 장백폭포 위에서 떨어진 아버지 동영상도 갖고 있겠군요."

"물론 확인했지. 하지만 그날 밤 폭설이 때문에 동영상이 제대로 찍히지 않았어. 우리는 수사에 총력을 기울이고 있어. 그런데도 당신은 우리 수사당국을 조롱하고 중국의 사법체제를 모독했어."

"유족한테 겁이나 주지 말고 수사나 제대로 해요."

임준의 싸늘한 말투에 공안의 얼굴이 붉게 달아올랐다.

"자네 부친은 유언비어로 아시안게임을 망치려고 왔는데도 우리는 자유롭게 풀어줬어. 당신이 다시 한 번 북한인을 돕는다면 간첩죄로 구속할 거야."

"또 협박입니까? 얼마든지 해보세요."

공안책임자는 책상을 후려치며 말했다.

"말로는 도저히 안 될 사람이군. 당신은 내일 오후 5시까지 이 나라를 떠나야 해. 한 시간만 늦어도 구속시킬 거야."

임준은 자리에서 벌떡 일어나 문을 닫고 걸어나왔다.

보하이 시의 화려한 야경이 까마득한 발아래에서 춤을 추고 있었다. 하늘에 반달이 뜨자 눈을 하얗게 뒤집어쓴 백두산은 한층 장엄하게 보였다.

"세상에, 지금 꼭 비행기를 탄 기분이야."

오수지는 전망대의 전경을 바라보며 탄성을 질렀다. 그녀는 '백두산 호랑이'가 설계하고 건설했다는 보하이 시의 명물 스키점프대 전망대의 위세에 놀랐다. 임준이 대꾸했다.

"우리는 지금 허공 210m 위에 앉아 있는 거야. 발해시 해발고도가 1,500m니까 1,700m 고도에 있는 의자에 앉아 백두산 밤풍경을 감상하는 거야."

거대한 비행접시 모양의 전망대는 사방이 유리창이었는데, 천천히 회전하며 사방천지를 둘러볼 수 있었다. 전망대 면적은 500평이 넘을 듯했고 음식과 술을 파는 넓은 카페는 한국인들과 외국인들로 붐볐다. 홀 벽면의 거대한 벽걸이 TV에서 한국 아이돌가수의 뮤직비디오가 화면을 채우고 있었다. 오수지는 황우반과 다툰 뒤 가슴이 답답했다.

백두산이 폭발하면 황우반의 회사는 파산할 것이고 그는 알거지가 된다. 그녀는 내심 갈등하고 있었다. 재벌 2세가 알거지가 된 상황을 받아들일 수 있을까. 황우반은 극도로 예민해 있다. 백두산 때문일 것이다. 그리고 왜 진실을 모르겠는가. 다만 진실을 받아들이기가 힘들 것이다. 많이 가진 걸 잃는다는 게 힘든 것이다.

가슴 어디에선가 그녀의 인생을 바꾸지 말라는 아쉬움 같은 것이 몰려왔다. 황우반을 이런 자리로 불러내 화해의 술을 마시면 그가 얼마나 감격할까. 황우반은 다정다감하고 능수능란한 사람이다. 임준은 굼뜬 듯 몽환적인 모습을 드러내지만 우직하고 심성이 착하다.

오수지는 웨이터가 가져온 포도주를 잔에 따르며 임준에게 말했다.

"실은 조직위원회로부터 선수촌에서 내일 낮 12시까지 나가달라는 통보를 받았어. 내가 유언비어를 유포해 대회운영에 차질을 주었대. 폐막식이 내일 오후 4시 30분인데, 폐막식 취재를 방해할 속셈이지."

"그랬군. 사실은 나도 내일까지 출국하라는 통보를 받았어."

"같이 쫓겨나게 됐으니 축하 건배하자."

임준이 잔을 부딪치며 말했다.

"백두산은 펄펄 끓어오르며 터지기 직전인데, 세상은 너무나 태평성대야. 우리나라가 북한 때문에 전쟁 불감증에 걸렸듯이 백두산을 둘러싼 주변국 사람들도 폭발설 불감증에 걸린 것 같아."

"작년 말에 우리 신문사가 백두산 폭발에 대한 여론조사를 했는데, 응답자 중에서 백두산이 터지길 원하는 사람은 27%밖에 되지 않았어."

"대체 그들이 원하는 게 뭐야?"

"터지길 바라는 사람 중에 76%가 '북한이 망해 통일이 앞당겨진다'였어. 터지길 바라지 않는 사람의 대다수는 '북한이 망하는 게 싫다'였는데, 북한을 흡수하면 한국이 어려워진다는 게 그 이유였어."

"김정일이 죽으면서 북한의 불확실성이 커졌지. 한국인들은 북한이 불안정한 게 싫은 거야."

"그래, 백두산이 터지면 동북아 전체가 요동치고 세계정세에도 아주 나쁜 영향을 미칠 거야."

그들이 앉은 창가 자리에 하얀 털외투를 입은 젊은 여인이 선글라스를 쓴 채 다가왔다.

"잠시 합석 좀 해도 될까요?"

두 사람은 낯선 그녀를 올려다보았고 고개를 끄덕였다.

"이수근의 행방을 알고 싶지 않아요?"

"뭐라고요?"

오수지가 눈을 동그랗게 떴다.

"당신들은 그를 찾고 있지 않나요?"

여자는 핸드백에서 한국산 담배를 꺼내 피워 물면서 하얀 봉투를 꺼내 테이블 위에 놓았다. 4×6인치 사이즈의 컬러사진 여러 장이 펼쳐졌다.

사진들은 한밤중에 찍힌 듯했다. 조명등이 희미하게 비치는 어느 집 현관문 앞에 밧줄로 결박된 사내의 뒷모습이 보였고 두 명의 사내가 양옆에서 그의 팔을 잡아끌고 있었다. 동일한 지점에서의 연속동작 여섯 컷이었다. 마지막 사진은 문을 열고 들어가는 장면이었는데 결박된 사내의 옆모습이 보였다. 깡마른 얼굴이었다.

오수지는 낯익은 그가 이수근임을 단박에 알아보았다.

"이수근 씨군요. 이 사진은 누가 어떻게 찍은 겁니까?"

오수지는 사진이 찍힌 장소가 어딘지 눈에 익었다.

여자는 단호한 어조로 말했다.

"그제 새벽에 망원렌즈가 달린 카메라로 찍은 겁니다."

"누가요?"

"내가 데리고 있는 사람이 찍었어요."

"당신은 누구시죠"

"나중에 말하지요."

"이수근 씨가 끌려간 곳이 어딥니까?"

"당신이 잘 아는 곳입니다."

사진을 자세히 들여다보던 오수지는 소스라치게 놀랐다.

"세상에, 이럴 수가!"

"왜?"

임준의 물음에 오수지가 답했다.

"여기는 우반 씨 집이잖아."

개막식 다음날 황우반이 기자회견을 한 저택이었다.

여자가 빙그레 웃었다.

"맞아요."

"이 사람이 왜 이 집으로 잡혀갑니까?"

여자가 담배를 길게 빨더니 말했다.

"누구겠어요? 이 집 주인이 잡아간 거지요. 이 사진 한 장으로 이 집 주인의 심보가 다 드러난 거지요. 황우반은 이중인격자이고 김정은의 발을 빨아주는 뱀 같은 놈이에요."

여자는 이어 말했다.

"왜? 이 사진이 조작된 것 같습니까? 당신 목숨을 구해 준 황우반이 이런 짓을 할 줄은 몰랐을 거예요."

오수지는 가파른 눈길로 여자를 쏘아보았다.

"당신은 내가 납치된 것도 알고 있어요?"

여자는 대답 대신 고개를 끄덕였다. 오수지가 다시 물었다.

"황 회장이 이수근 씨를 납치해서 뭘 하려는 겁니까?"

"이수근이 백두산 폭발에 대해 떠벌리면 황우반이 북한에 30억 달러를 투자하는 계획이 무산되는 거지요. 어느 은행이나 펀드가 위험한 지역에 돈을 대주겠습니까? 황우반은 북한의 배반자를 잡아다가 갖다 바침으로써 자기사업도 보호하고 김정은에게 점수도 따려는 거지요."

임준이 물었다.

"그 많은 중국 공안이나 북한 보위부원들도 잡지 못한 이수근을 어떻게 일개 사업가가 잡을 수가 있었지요?"

여자가 잘라 말했다.

"이유가 있지요."

여자는 임준 잔에 담긴 포도주를 제 입에 털어 넣더니 이어 말했다.

"사진 왼쪽에서 이수근 팔을 잡아당기는 사람이 낯익지 않습니까?"

임준과 오수지는 사진을 꼼꼼히 들여다보았다.

황우반 저택 조명등에 드러난 한 사내.

회색 방한복, 검정 등산바지, 고동색 털모자.

임준은 모자가 눈에 익어 당혹한 목소리로 말했다.

"이 사람은 김 … "

"그래요. 바로 김민수랍니다."

"뭐라고요?"

여자가 비웃듯 말했다.

"당신들을 도와준 김민수요, 김민수. 북한민주화연대라는 극우단체가 파견한 인물, 전직 국가정보원 요원이자 탈북자의 구세주로 알려져 있지요. 실상은 탈북자를 잡아다가 팔아먹는 악질인데 말입니다."

임준이 놀란 얼굴로 두 팔을 벌리며 외쳐 말했다.

"도저히 믿을 수가 없어요. 그 사람은 우리 아버지를 오래 도왔고 나나 오 기자에게도 많은 도움을 준 사람인데, 탈북자를 잡아간다니 말이 됩니까?"

여자는 미소 지으며 말했다.

"김민수가 황우반의 사냥개라면 믿겠습니까? 황우반의 아버지 황백호를 중국에서 만나 친분을 맺었고 그에게 필요한 정보를 물어다주는 일을 해왔습니다. 라임화장품은 다산그룹 계열사인데, 선양지사장도 황백호가 만들어준 겁니다. 김민수는 탈북자들을 10여 명 데리고 온갖 정보를 물어다 줍니다. 일부 탈북자를 한국에 보내 정부나 우익단체의 점수도 땁니다. 그는 황우반의 발바닥을 핥아주는 사냥개입니다. 그가 한 번도 중국 공안이나 북한 보위부 특무에게 붙잡히지 않는 건 그들이 그를 일부러 방치하기 때문입니다."

임준이 고개를 흔들며 말했다.

"어이가 없군요. 이런 말도 안 되는 상황이."

오수지가 여자를 째려보며 말했다.

"대체 당신은 누굽니까? 어떻게 그런 사실까지 알고 있는 거예요?"

"차차 알게 될 겁니다. 다만 내가 당신들 편이란 것만 아세요. 이수근이 갇힌 장소를 알려드릴 테니 빨리 손을 쓰세요."

"어딥니까?"

임준이 물었다.

"오수지, 당신이 갇혔던 장소."

"뭐라고요?"

"황우반 별장의 별채 건물 지하실이에요. 황우반은 김민수를 시켜 오수지 양을 납치하고 자신이 구한 척 연기한 겁니다."

오수지는 경악했다.

"황우반은 분청애국단이라는 중국 민족주의자 단체가 날 납치했고 애국단 길림성 책임자와 만나 담판을 해서 날 구했다고 말했어요. 나를 납치한 범인은 철삿줄로 교살하기를 즐긴다고 했어요."

"새빨간 거짓말입니다. 납치범은 정찰총국 살인마를 흉내낸 겁니다. 당신을 납치한 사람은 김민수가 이끄는 탈북자들이에요."

"도대체 왜? 그렇게까지 해서 황 회장이 내게 얻으려는 게 뭐죠?"

"그쯤 되면 당신이 백두산 폭발 취재를 멈출 거라 믿었겠죠. 또한 약혼녀를 죽음의 수렁에서 구해 줘 사랑을 받는 거죠. 임영민 박사도 황우반이 사냥개를 풀어 죽였을 가능성이 있어요."

"뭐라구요?"

임준이 날카롭게 소리쳤다.

여자는 이어 말했다.

"그가 보기엔 임 박사가 백두산 폭발설을 퍼트려 자신의 사업을 망친 장본인 아닙니까? 그의 아버지 황백호 역시 임 박사에 대한 감정이 극에 달했었지요."

임준은 선글라스 뒤에 숨겨진 여자의 차가운 눈빛을 보았다.

오랜 훈련을 거친 프로페셔널이라는 느낌이 묻어났다. 이런 고급 정보는 개인이 구할 수 있는 것이 아니었다. 이 여자가 불쑥 나타나 이런 정보를 주는 이유는 뭘까. 이 여자의 정체는 무엇이고 왜 우리를 도우려 할까.

박주연은 정보관 강호길과 카페 한구석에 앉아 임준, 오수지, 린리치의 얘기를 엿들었다.

강호길이 말했다.

"린리치, 저 여자는 중국의 정보기관에서 다년간 훈련받은 비밀요원입니다. 총명하고 순발력이 좋아 홍콩재벌 궈자오칭이 데려다 쓰다가 그의 애인이 됐습니다. 영어, 한국어, 일본어까지 유창하게 구사합니다."

박주연은 고개를 끄덕였다.

"저 여자는 미모가 너무 출중해 공작원 자격이 없어. 공작원은 남의 눈에 띄지 않아야 하는데, 남의 시선을 몰고 다니잖아. 정말 섹시한 매력 덩어리로군. 그녀가 두 남녀에게 김민수의 공작을 설명하는군. 황우반, 김민수. 그 두 놈. 어쩐지 수상한 냄새가 물씬 나더라니."

박주연은 황우반이 김정은의 환심을 사기 위해 김민수를 시켜 은밀

한 공작을 벌였을 것이라고 짐작했다.

강호길이 말했다.

"저 여자는 벌써 1주일째 발해시에 머물며 무언가를 진행하고 있습니다. 귀자오청은 지난 연말에 린리치를 대동하고 북한을 방문해 압록강 황금평에 대규모 공장을 짓겠다고 투자계약을 하고 돌아왔지요."

"모종의 밀약이 있었겠군. 참, 주 목사 건은 어떻게 됐어?"

"오늘 오전 그가 백두산 야영장 설교에서 휴거현상을 설명하고 신도들에게 내일 오후까지 수동동굴로 집결하라고 교시를 내렸어요. 벌써 신도들이 그리로 향하고 있어요."

"다행이군. 나머지 3만 명의 한국인 관광객들이 문제로군. 뭐 뾰족한 아이디어 없어?"

강호길은 커피를 한 모금 마신 후 그의 귀에 대고 한참 소곤거렸다.

박주연이 밝은 표정으로 무릎을 쳤다.

"그거 멋진 흑색선전이군. 자넨 역시 상상력이 풍부해. 그렇게 하면 3만 명뿐만 아니라 외국관광객과 중국시민들도 다 도망치겠어. 오늘 밤에 당장 준비해서 내일 오전 추진하도록 해."

"준비작업이 만만치 않습니다. 우선 당장 유인물부터 찍어야 하구요."

"이번 흑색공작에 동원되는 우리 공작원들 중국 공안에 잡히지 않도록 조심해. 잡히면 한중관계가 최악으로 벌어질 거야. 평창올림픽에도 상당한 지장이 올 거고. 그 전에 나와 자넨 끝장일세."

"극비리에 비밀공작을 추진하죠. 저들이 함께 자리를 뜨는군요. 저는 준비하러 가겠습니다."

"알겠네."

강호길은 자리에서 일어났다. 박주연은 위스키 한 잔을 주문하고 피곤한 눈을 비볐다.

밤 11시가 넘었다. 린리치는 자신의 승용차인 배기량 5,500cc 벤츠 S600에 임준과 오수지를 태우고 보하이 시 교외로 나섰다. 외곽도로에서 검문이 있자 그녀는 공안에게 신분증을 내밀고 유창한 중국어로 몇 마디하자 공안은 차 안도 들여다보지 않고 통과시켰다.

오수지는 린리치가 보여준 신분증이 북한 외교관 신분증임을 알고 질겁했다.

오수지는 북한공관으로 납치되는 것은 아닐까 하는 불안감에 사로잡혔다. 린리치가 눈치 챈 듯 말했다.

"맞아요. 난 북조선 외교관 신분증을 갖고 있어요. 이 차로 당장 북조선 땅에 들어갈 수도 있어요. 그렇지만 걱정 마세요. 난 북조선 외교관은 아니니까."

오수지가 따져 물었다.

"북한 외교관도 아니면서 그 신분증을 갖고 다니는 당신은 대체 누구죠?"

"난 홍콩재벌 궈자오칭의 비서 린리치예요. 작년 말에 우리는 압록강 황금평에 대규모 투자계약을 했는데, 북조선을 자유롭게 들락거리라고 외교관 신분증을 만들어 주더군요."

차는 남쪽으로 한참 달렸다. 보하이 시 외곽에서 다시 검문을 받았고 백두산으로 가는 2차선 도로를 따라가다 북파산문 못 미친 곳에서 섰다. 황우반의 저택 근방이었다.

린리치는 내리는 두 사람에게 말했다.

"가서 이수근 씨를 구하세요. 난 여기서 기다릴 게요. 도움이 필요하면 전화해요."
　찬바람이 매섭게 몰아쳤다.
　임준은 오수지와 함께 황우반의 저택 낮은 담장을 넘어갔다. 눈이 가득 덮인 정원은 조용했다. 2층 건물인 저택 반대편에 작은 별채가 하나 보였다. 아마도 저택이 세워지기 전에 있던 집 같았다.
　붉은 벽돌로 쌓은 단층 건물이었다. 불이 꺼진 건물에는 인기척이 느껴지지 않았다. 건물 뒤편에 지하실로 내려가는 계단이 보였다. 임준은 계단을 밟고 철제문 앞까지 내려가 문틈으로 들여다보았다. 불빛이 어른거릴 뿐 쥐 죽은 듯 고요했다.
　임준은 뒤따라온 오수지에게 말했다.
　"문이 안에서 잠겼어."
　"다른 문을 찾아보자."
　다행히 현관 바로 옆 작은 창문 하나가 잠겨 있지 않았.
　작은 싱크대가 있는 부엌창문이었다.
　임준은 살그머니 넘어 들어가 부엌과 이어진 캄캄한 거실의 동태를 살폈다. 아무도 없는 듯했다. 그는 방문을 하나씩 열어보았다. 거실과 부엌 사이에 지하로 내려가는 계단이 있었다. 계단을 내려서니 문이 나타났다. 임준은 손잡이를 돌려 문을 열었다.
　환한 불빛 아래 침대 하나가 보였고 누군가가 이불을 쓰고 누워 있었다.
　그는 침대 옆으로 다가가 이불을 들춰보았다.
　누워 있는 사람은 이수근이었다. 링거액이 그의 혈관에 꽂힌 채 그는 잠들어 있었다.
　임준은 안도의 한숨을 쉬었다. 그가 살아 있는 것은 천만다행이었다. 공기가 훈훈했다.

그는 오수지를 데리러 올라갔다. 그녀는 창문을 통해 들어와 지하실로 내려갔다. 오수지는 기억을 더듬었으나 그곳이 자신이 고문을 당했던 공간 같지는 않았다. 그녀는 이수근을 살펴보더니 조용히 말했다.
"다행이야. 의사의 치료를 받고 있는 것 같아."
"난 이분이 고문이라도 당하고 계신 줄 알았어. 이분을 데려온 게 정말 황우반이 맞을까?"
"집은 분명히 그의 집이야."
오수지는 홍콩 여인의 말이 사실로 드러나자 충격에 휩싸였다. 황우반의 새로운 진면목을 보는 것 같았다. 정말 그 사람이 김민수를 시켜 자신을 납치했던 것일까. 왜 그래야 했을까. 그가 이수근을 잡아다가 북한에 넘기려 했던 것도 사실일까.
현장을 직접 눈으로 확인하자 황우반의 가면은 벗겨졌다. 감쪽같이 속은 자신이 한심스러웠다. 음모와 배반은 역겨웠다. 그녀는 낙담과 좌절로 가슴이 미어졌다.

황우반 저택의 거실에 앉은 김민수. 황우반은 잔에 양주를 부어 김민수에게 권하며 통장 하나를 건네주었다.
"그간 고생 많았습니다. 약속드렸던 액수에 한 장 더 보탰습니다."
"뭘 그렇게까지. 암튼 고맙게 받겠습니다."
"이제 돌아가시면 뭐 할 건가요?"
"당분간은 여행을 하면서 쉴까 합니다."
2년 전 김민수는 다산그룹 계열사의 하나인 라임화장품 선양지사장을 맡았다. 중국에 있는 동안 '백두산 호랑이' 황백호 회장과 친분을 맺자 그를 돕기로 약속했다.
 황백호는 간곡한 어조로 말했었다.
 "중국에서 사업하려면 자네 같은 정보통이 필요해. 자넨 국가에서 훈련시킨 고급 정보요원이야. 내가 필요한 정보를 가져다주고 내가 판단할 의견을 제시해 주게. 화장품 회사원은 직함뿐이네. 철저하게 신분을 위장해 내 그림자가 되어 주게."
 지난 2년간 김민수는 열과 성을 다해 황씨 부자(父子)를 위해 일했다. 그가 마지막으로 한 일은 탈북자 이수근을 잡아다 바친 것이었다. 김민수는 황우반의 얼굴을 빤히 바라보았다. 황우반의 얼굴에서 그의 부친 황백호와 닮은 곳이 별로 보이지 않았다.
 "회장님께서는 언제 떠나십니까?"
 "모레 오전에 북한에서 이곳으로 헬기가 날아올 겁니다. 그걸 타고 갔다가 그날 저녁에 돌아올 겁니다."
 황우반은 모레 오수지를 데리고 삼지연 별장으로 북한 지도자 김정은을 만나러 간다.
 둘은 그날 저녁 백두호텔에서 수백 명의 고위인사들을 초청한 가운데 성대한 약혼식을 올린다. 이수근은 내일 북한으로 압송될 것이다. 살아 있는 수배자를 김정은을 위한 특별선물로 가져가는 것이다.
 김민수는 이미 북한자료를 박주연에게 보냈다. 한국에서 자신의 위상을 높였고 황우반에게도 인정을 받았다. 철저하게 양다리를 걸쳤고 계략은 성공했다. 그것은 황우반의 계략이기도 했다. 그간 북한에다 돈을 퍼준다고 비판적이었던 대통령에게서 후한 점수를 딴 것이었다.
 김민수가 물었다.
 "김정은을 얼마 만에 만나는 겁니까?"
 "거의 1년 다 돼갑니다."

"건강히 잘 다녀오십시오. 저는 이만 물러가겠습니다."

김민수는 자리에서 일어나 공손하게 허리 숙여 인사했다.

황우반은 일어나 악수를 청했다.

"한국에 가면 다시 한 번 만납시다. 정말 수고 많았어요."

김민수는 황우반의 부드러운 말씨와 매너가 맘에 들었다. 카리스마가 강한 그의 아비와는 전혀 다른 스타일이었다.

하지만 그의 부드러움 뒤에는 보이지 않는 가시 같은 것이 있었다. 김민수는 그에게서 늘 감시를 받는다는 느낌을 받았다.

임준은 잠든 이수근을 깨우고 주사바늘을 뽑았다.

이수근은 눈을 뜨더니 크게 놀라워했다.

"어떻게 여기까지 왔나? 난 이틀간 여기에 갇혀 있었네."

"나중에 얘기하시고 일단은 어서 여길 빠져나가야 합니다. 걸을 수 있겠습니까?"

이수근은 일어나 앉아 주위를 두리번거렸다.

"항생제와 영양제 주사를 많이 맞아서인지 몸이 좋아졌어."

임준이 미간을 찌푸리며 물었다.

"누가 선생님을 잡아간 겁니까?"

"탈북자들인 것 같아. 김민수라는 한국인이 시킨 모양이야."

"그 여자 말이 맞군요. 김민수가 황우반의 졸개라는 말이."

"백두개발 회장이라는 그 새파란 젊은이 말인가? 그자는 날 보더니 북한으로 돌아가야 한다고 말했어."

분에 받친 오수지가 말했다.

"그 사람이 선생님을 북한에 팔아먹으려는 거예요. 자, 빨리 여길 뜨죠."

임준은 거실에서 플래시를 곳곳에 비춰 보았다.

거실 한쪽 벽에 낯익은 검정가죽 점퍼가 걸려 있었다.

임준이 오수지에게 말했다.

"이 옷 어디서 보지 않았어?"

"그래, 맞아. 김민수 그 작자 거야."

"이곳이 바로 그의 비밀거처였군."

임준은 책상에서 작은 수첩을 발견하더니 오수지에게 말했다.

"이건 아버지 수첩이야. 왜 부친의 유품을 이자가 가지고 있지? 왜 나한테 넘기지 않았을까?"

오수지가 임준에게 말했다.

"홍콩 여자의 말대로 김민수가 네 아버지의 죽음에 관련 있는 게 틀림없어."

임준은 울분을 터뜨렸다.

"이런 나쁜… 아버지는 저를 친동생처럼 대해 줬는데, 배은망덕도 유분수지."

그들은 서둘러 벽돌건물에서 빠져나와 서쪽 정원을 통해 담장을 넘었다.

홍콩 여인의 차가 불을 끈 채 기다리고 있었다.

"어서 타세요. 제가 여러분을 안전한 데까지 모시겠어요."

남자 둘이 뒷좌석에, 오수지가 조수석에 탔다. 차가 시동을 걸자 사내 하나가 차 앞을 막았다. 김민수였다.

그는 총을 운전자에게 겨누며 소리쳤다.

"다들 차에서 내리지 않으면 총을 쏘겠다."

차안의 사람들은 얼어붙은 듯이 앉아 있었다.

린리치가 문을 열고 나갔다. 김민수가 소리쳤다.

"넌 린리치 아닌가?"

"비켜. 이들은 내 손님들이야."

김민수의 표정이 살벌했다.

"무슨 소리! 넌 내 손님을 납치했어."

"네놈은 이수근 씨를 김정은한테 팔아먹으려고 했잖아."

"린리치, 허튼 수작 마라. 네년이야말로 중국 국가안전부 비밀공작원 아닌가? 북한 김정은과도 절친하지. 이 순진한 사람들을 북한에 팔아먹을 작정인가?"

"난 이들이 원하는 곳으로 데려다줄 뿐이야. 너처럼 팔아먹진 않아."

김민수가 차에서 내린 임준에게 말했다.

"임준 씨, 속지 마. 저 여자는 중국 공작원이야. 이 여자를 따라가면 당신들은 수용소에 갇힐 거야."

린리치가 침착한 어조로 말했다.

"저 사람 말 믿지 말아요. 저자는 당신 아버지를 죽이고 이수근 씨를 북송시켜 죽게 할 거예요."

김민수가 임준에게 간곡한 어조로 말했다.

"임준 씨, 속으면 안 돼. 중국 여자 말을 믿겠나? 나는 자네 부친의 활동을 줄곧 도와줬어. 이수근 씨를 치료해서 한국으로 데려갈 작정이었어. 만약 납치했다면 감시도 안 붙이고 그렇게 허술하게 방치했겠나?"

임준은 난처했다. 대체 누구 말을 믿어야 할지 몰랐다.

오수지가 김민수에게 따져 물었다.

"그렇다면 우리가 그토록 이수근 씨 행방을 찾았을 때 왜 밝히지 않았지요? 당신 말은 설득력이 없어요."

임준이 말을 받았다.

"아버지 수첩은 왜 또 당신이 가지고 있지요?"

김민수가 난처한 표정으로 말했다.

"일주일 전 자네 부친의 시신을 확인하러 병원에 갔는데, 장백산 관리인 하나가 시체를 운반하다가 주웠다며 그 수첩을 내게 주었네. 자네한테 준다는 걸 요즘 경황이 없는지라 깜박 잊었어."

"깜박 잊다니, 지금 그 말을 믿으라는 겁니까?"

정체가 탄로 난 김민수가 린리치에게 총을 겨눴다.

"네년 때문에 일을 망쳤어."

김민수가 방아쇠를 당겼다. 퍽 소리와 함께 린리치가 고꾸라졌다. 소음총이었다. 그녀의 종아리에서 피가 흘러나왔다. 린리치의 표정이 고통으로 일그러졌다.

"어때. 아직은 견딜 만하지. 이번에는 네 심장을 터뜨려주겠어!"

그가 쓰러진 여자를 향해 천천히 다가갔다.

오수지는 저택의 열린 대문 틈으로 현관 앞에 나와 서 있는 키 큰 사내를 보았다. 황우반이었다.

그가 시가를 입에 물고 양팔을 낀 채 대문 앞의 소동을 주시하고 있었다. 그를 보자 오수지는 온몸에 소름이 끼쳤다.

갑자기 땅이 격렬하게 뒤흔들렸다.

큰 지진이었다. 백두산이 꿈틀거렸다. 순간 김민수가 균형을 잃은 듯 비틀댔다.

탕!

총성이 울리며 김민수가 쓰러졌다.

린리치가 외투 주머니에서 작은 권총을 빼내 쏘았다. 그녀가 간신히 일어나 쓰러진 김민수의 이마에 다시 총을 쏘았다. 그녀는 다리를 절뚝이며 차를 타곤 소리쳤다.

"어서 타세요! 달아나야 해요! 총소리가 났으니 중국 공안이 달려올 거예요. 여긴 황우반 소굴이니 무슨 일을 당할지 몰라요."

오수지는 이 광경을 지켜보는 황우반이 이제 그의 남자가 분명히 아니라고 깨달았다. 그는 이중인격의 범죄자였다. 그녀는 달리는 차 안에서 황우반을 자신의 마음속에서 떠나보냈다.

그들은 산길을 달리다 검문소를 통과한 후 보하이 시내로 들어갔다. 이수근이 말했다.

"이 차는 번호판을 보니 베이징 북한대사관 차량 같소."

린리치가 쾌활하게 말했다.

"제가 북조선 대사관 차를 하나 훔쳤어요. 오늘 운이 좋았어요. 하마터면 죽을 뻔했는데, 하늘이 지진을 일으켜 날 구해 주는군요."

임준이 말했다.

"다리에 총 맞았는데, 괜찮아요? 운전할 수 있겠어요?"

"이 정도는 참을 만해요."

그들은 안전한 곳에 숨겨 주겠다는 린리치의 말을 거절하고 시내 중심가에서 차를 내렸다. 오수지는 선양에 있는 한국 영사관에 전화를 걸어 이수근의 망명의사를 전했다. 영사관 관계자는 내일 낮 12시경 있는 곳으로 찾아가겠노라고 알려왔다. 그들이 올 동안 쉴 곳이 필요했다.

임준이 말했다.

"얼다오바이허에 있는 김민수의 아파트를 이용할까요? 그 집 열쇠가 내게 있어요."

이수근이 말했다.

"거긴 위험해요. 차라리 노래방에 가서 쉽시다. 내일 점심쯤이면 영사관 차량이 온다고 하지 않았소?"

오수지는 뭔가 나쁜 일이 벌어질 것 같은 예감에 사로잡혔다.

킬러는 스노스쿠터에서 내려 길가에 쓰러진 김민수의 시신을 발로 툭 차보았다. 영민하지만 불행한 사나이였다. 무수하게 그를 마주쳤지만 상대는 자신을 알아보지 못했다. 그를 추적하면서 많은 것을 알게 되었다.

그의 보스인 황우반은 자기 부하가 죽어가는 걸 보고도 관심 없다는 듯 집안으로 사라지고 말았다. 킬러는 스노스쿠터를 타고 린리치의 차를 뒤쫓았다. 서두르지 않으면 그들을 놓친다. 더는 지체할 수 없었다. 셋 다 죽여야 한다.

국제익스트림스포츠협회장인 김태일은 백두호텔 세미나실에서 이번 죽음의 레이스에 참가하는 세계적인 선수들과 경기 관계자들과 함께 설명회를 갖고 있었다. 그는 온화한 미소를 지으며 유창한 영어로 말했다.

"저희 협회 연구분과에서는 이번 대회처럼 화산활동을 이용한 스포츠를 '화산스포츠'(*Volcanic Sports*)라고 명명하기로 결정했습니다. 이번 대회가 열릴 가능성은 20%도 안 됩니다. 만약 열린다면 인류역사상 최초로 벌이는 화산스포츠입니다. 하지만 위험성이 그만큼 높기 때문에 선수들과 경기 관계자들이 화산활동의 특성을 잘 파악할 필요가 있습니다."

연구분과위원장이 이미 화산활동에 관한 상세한 정보를 한 시간에 걸쳐 설명했다. 김태일의 말이 이어졌다.

"지구상에서 겨울에 터질 가능성이 있는 화산은 이곳 백두산과 아이슬란드 카틀라 화산밖에 없습니다. 겨울스포츠 중에서 산록으로 쏟아지는 화쇄류와 이류의 속도에 맞출 수 있는 경기종목은 스노모빌밖에 없습니다. 스키나 스노보드는 속력이 늦어 선수들이 화쇄류에 휩쓸려 죽고 맙니다. 저희 연구분과에서 겨울이 아닐 때 터지는 화산에서 산악자전거 경기를 검토했으나 포기한 것도 자전거 속도가 느리기 때문입니다.

잘 아시다시피 화쇄류는 산사태처럼 산 아래를 향해 쇄도하는데 속도가 시속 100㎞ 이상입니다. 백두산이 정상부에서 1,800m까지는 급경사이고 그 아래는 완만한 경사인데, 선수들은 해발 1,620m 스타트 라인에서 출발해 경사도가 8도에서 12도 정도인 내리막길을 달려 해발 1,000m 결승점에 도달하게 됩니다. 여러분이 달릴 45㎞ 거리의 주행코스는 눈이 충분히 쌓여 있고 저희가 눈을 알맞게 다져놓아 스노모빌은 시속 130㎞ 이상의 속도를 충분히 낼 수 있습니다. 여러분 모두가 최고의 기량을 발휘해 멋진 묘기를 선보이기 바랍니다. …"

세계선수권을 3연패한 러시아 선수 프리마코프가 질문을 했다.

"유럽이나 미국선수들은 초강력 엔진을 장착한 최신형 스노모빌을 가지고 참가합니다. 스노모빌 장비에 대한 제한은 없습니까?"

"워낙 위험한 경기이다 보니 장비에 대한 제한은 두지 않습니다. 다만 바퀴에 무한궤도를 달아야 한다는 것뿐입니다. 선수를 보호하는 장비는 최대한 권하는 편입니다."

고온의 화쇄류에 휩쓸려도 선수를 보호할 수 있는 덮개 달린 스노모빌을 타는 선수들도 있으나 고난도의 묘기를 자유롭게 보이기 위해 특급선수들은 덮개가 안 달린 스노모빌을 선호했다.

유력한 우승후보인 미국의 밀로셰비치 선수가 질문했다.

"공중회전은 가산점이 얼마입니까?"

그는 이번 대회 우승을 위해 자신의 스노모빌에 티타늄 합금으로 만든 무한궤도와 초강력 로켓엔진을 장착했다.

"1회전은 9점이 가산되지만 2회전일 경우 27점이 가산됩니다. 위험도가 그만큼 높기 때문입니다. 이번 대회에서 사상최초로 2회전 점프가 나오기를 고대합니다."

참가선수들은 환성을 지르거나 한숨을 토해냈다.

일본의 스즈키 선수가 질문했다.

"강하하는 화쇄류나 이류와 근접할수록 점수가 높다고 하는데, 채점방법을 알려주십시오."

"쏟아지는 화쇄류와 가까이서 달리고 달리는 시간이 길면 가산점이 높습니다. 그것은 사람의 눈으로 측정하기 힘들기 때문에 경주코스에 깔린 전자식 장비와 스노모빌에 달린 GPS, 상공에서 따라가는 고해상도 카메라로 측정해 가산점을 실시간으로 부여할 겁니다. 8명의 심사위원들은 모니터와 전자장비가 제공하는 수치를 보면서 채점을 하게 됩니다. …"

알래스카에서 참가한 카누 선수 와이티가 물었다.

"압록강에서 벌어지는 카누대회는 섭씨 800도의 뜨거운 화산이류를 타고 벌어집니다. 카누가 전복되면 선수들은 바로 사망하고 마는데, 특수제작된 카누의 성능은 어떻습니까?"

"화산이류는 산에 쌓인 눈을 녹이며 강하할수록 온도가 내려갑니다. 우리가 준비한 카누는 티타늄 합금으로 겉면을 만들었고 속은 특수재료로 방열처리 됐죠. 배가 일반 카누보다 깊고 밑바닥을 무겁게 했기 때문에 전복 염려는 없습니다. 선수들은 특수제작된 방열복과

장갑, 특수유리로 된 고글과 방독면을 쓰게 돼 화상을 입지는 않을 겁니다. 참가선수들은 내일 아침에 압록강 상류에서 새로운 카누를 타볼 기회를 제공받을 겁니다."

김태일은 환하게 웃으며 이어 말했다.

"이번 대회에 참가하는 선수들에게는 목숨을 잃을 수 있는 위험이 따릅니다. 그래서 여러분은 죽음을 각오한다는 서약서를 썼습니다. 경기중 사망자에 대해선 충분한 보상금이 주어집니다. 우승자에게는 천문학적인 상금이 수여되고 엄청난 명예가 주어집니다. 이번 대회는 극한스포츠의 백미입니다. 인류역사상 가장 위험하고 스릴 있는 스포츠를 최고의 기량으로 감행하는 여러분은 위대한 도전자입니다. 강렬한 열정과 숭고한 사명감을 가지고 목숨을 걸고 도전하십시오. 죽음을 두려워 마십시오. 스포츠 역사는 당신들을 영웅으로 영원히 기억할 겁니다. …"

김태일의 연설은 큰 박수로 마무리되었다.

그의 얼굴은 희망의 빛이 가득했다.

실내는 열기로 가득했다. 화산이 터지는 곳에서 도박경기가 벌어진다는 긴박감이 전 세계 시청자들을 흥분시킬 것이다. 기자들이 그들의 발언과 표정을 전 세계로 송출하고 있었다. 많은 스포츠 전문가와 언론이 죽음의 레이스에 대한 상세한 정보를 제공해 승률에 반영되고 있었다. 각국의 사설도박장에서는 엄청난 판돈이 걸렸다. 김태일은 만족한 얼굴로 연단을 내려갔다.

남북대결

선임정보관 강호길은 보하이 시 유흥가 뒷골목에 세워진 승합차에 앉아 정보관 차원식의 컴퓨터 작업을 지켜보고 있었다. 승합차에는 위성송수신장치와 여러 개의 모니터, 도청장비와 팩시밀리, 고속프린터가 설치됐다.

강호길이 말했다.

"내일 아침에 우리가 해야 할 흑색공작은 백두산 북동쪽 100㎞ 지점에 중국이 완공한 징위원전[靖宇原電]에 관한 거야. 이 원전이 지금 시험가동중인데, 그게 시설불량으로 터져 방사능이 대거 유출되고 있다고 소문을 퍼뜨리는 거야. 그렇게 해서 이 도시에 와 있는 한국인 관광객들을 달아나게 하는 거야."

"재미있는 공작이군요."

차원식의 모니터 화면에는 완공된 징위원전의 컬러사진들이 떠올랐다.

"징위는 2011년에 착공하고 금년 3월 준공식을 앞둔 원자력발전소입니다. 1,250MW급 초대형 원자로 4기는 중국이 자체설계하고 건설했는데, 부정부패로 부실시공 되었을 가능성이 크답니다."

강호길이 말받이 했다.

"지금 북동풍이 불고 있으니까, 보하이 시는 직통으로 방사능에 오염된다고 소문을 퍼뜨려야 해. 그렇게 하려면 원자력발전소가 망가진 그럴 듯한 사진이 필요해."

차원식이 고개를 끄덕이면서 사진 몇 장을 모니터 화면에 띄웠다.

"이게 후쿠시마 원전이 망가진 사진들입니다. 이것들과 징위원전의 사진을 교묘히 합성하겠습니다."

"작업하는 데 얼마나 걸리나?"

"족히 서너 시간은 걸리겠네요. 오늘은 이 차 안에서 날밤 새워야겠어요."

"고생스럽겠지만 수고 좀 해. 내일 아침 일찍 블랙공작원들을 동원할 테니 그때까지 준비해 주게. 우리 공작원들이 합성사진을 호텔과 프레스센터에 쫙 뿌릴 거야."

"한바탕 소동이 벌어지겠군요. 너도나도 탈출한다고 아수라장이 될 겁니다. 이 도시는 금방 공동화될 겁니다."

"그래, 한국인들이 많이 거주하는 호텔에 집중 배포해야 하네."

"정말 기가 막힌 소개(疏開) 작전입니다. 내일 동계 아시안게임 폐막식이 열리는데, 메인스타디움이 텅 비겠군요."

"한국인들을 피신시키는 공작이야. 중국인들까지 도망치는 건 원치 않아."

"근데 기자들이 사실 여부를 곧 밝혀낼 텐데요."

"그땐 이미 엎질러진 물이야. 방사능 공포 때문에 차를 타고 멀리들 달아날 텐데, 그 소란통에 다시 돌아오겠어?"

"중국정부가 속 터지겠군요. 흑색선전임이 밝혀지면 범인들을 잡으려고 혈안이 될 겁니다."

"그러니까 일사불란하게 얼른 뿌리고 사라져야 해. 난 숙소로 가보 겠네. 수고 좀 하게."

강호길은 차문을 열고 나왔다. 바깥은 맹추위였다.

몸매가 날렵한 강호길은 나이 38세에 주름살 하나 없는 동안이었고 축구선수 출신인 그는 동작이 기민했다. 순발력이 좋고 상상력 또한 풍부했다. 아까 그는 린리치가 임준과 오수지를 데리고 밖으로 나갈 때 같이 따라 나갈 걸 그랬나, 후회가 일었다. 린리치가 뭔가 공작을 꾸미는 것 같았다. 소개 작전이 아니라면 당연히 그들을 미행했을 것이다. 그는 뭔가 좋지 않은 예감이 들어 기분이 찝찝했다. 대체 그들은 어디로 간 것일까.

자정 무렵인데도 보하이 시 중심가는 불야성이었다. 아시안게임 폐막이 다가오자 경기를 마친 수많은 외국 선수단과 관광객들이 유흥가로 몰려와 흥청거리며 겨울밤을 즐기고 있었다.

보하이 시 중앙광장에는 얼음축제가 열렸는데, 갖은 모양의 얼음 조각품들이 불빛에 반사돼 휘황찬란한 색채를 발산했다.

임준 일행은 중국인이 운영하는 노래방에 들어가 특실을 요청했다. 15평쯤 되는 노래방은 호화스러웠다. 그들은 야식을 시켜 먹었다.

식사를 마치고 차를 마시면서 임준이 이수근에게 말했다.

"내일이면 이수근 선생님은 한국공관으로 가시고 저는 한국으로 추방당하고 오 기자는 선수촌에서 쫓겨납니다. 오늘이 백두산에서는 마지막 밤입니다."

이수근은 편안한 표정으로 입을 열었다.

"난 동무들 때문에 백두산에서 겨우 살아났어. 은혜는 두고두고 잊지 못할 거야. 오랫동안 계속되었던 고난의 행군은 이제야 끝이 난 것 같아."

그는 20여 일간 자신이 쫓기며 겪은 악몽 같은 순간들을 털어놓았다. 몇 차례 죽을 뻔한 위기에서 살아남은 것이 꿈만 같았다. 그는 우울한 표정으로 말했다.

"자네 아버지 림영민 박사를 생각하면 너무나 마음이 아프네. 그분은 나 때문에 돌아가신 거야."

임준이 과학자의 손을 꼭 쥐고 말했다.

"아버지 죽음이 헛되지 않았으면 좋겠어요. 이 선생님께서 한국에 들어가셔서 아버지가 하시려던 일을 대신 해 주셨으면 합니다."

과학자는 말없이 고개를 끄덕였다.

오수지가 물었다.

"선생님께서 말씀하신 민족의 생사가 걸린 일이 대체 뭡니까?"

이수근은 잠시 상념에 잠기더니 입을 열었다.

"며칠 전 림준 동무에게 북조선 국가보위부 부부장의 얘기를 하려다가 말았지. 내일 또 무슨 일이 생길 줄 모르니, 북조선 최고위층으로부터 직접 들은 얘기를 해 주겠네."

과학자는 지쳐 보였으나 표정은 해맑았다. 비밀정보기관의 2인자와 가까워지게 된 일들을 한층 밝아진 음성으로 이야기하기 시작했다.

"지난 1월 27일, 나는 지진연구소에서 그간 고생한 대가로 삼지연에서 며칠 휴가를 보내게 되었지. 그곳은 고급간부나 외국관광객들이 머무는 특별난 곳이야. 그날 오후 초대소에 들어가 방을 잡자, 난 이틀간 내리 잠만 잤지. 휴가 마지막날 저녁을 먹으러 식당에 들어갔는데, 거기서 8년 전에 헤어진 동생을 만난 거야."

"……."

"손아래 동생이야. 내가 마흔 여덟 살, 걔가 마흔 다섯 살이지. 평양에서 학교 다닐 때 우리 형제는 수재 소리를 들었지. 우리는 즉시 동생 방으로 들어가 부둥켜안고 한참 울었지. 동생의 변한 모습에 큰 충격을 받았네. 우리 형제는 비슷한 시기에 로씨야(러시아) 유학을 갔지만 공부하는 도시가 달라 한 번도 만나지 못했지."

"그분은 어떤 직업을 갖고 계세요?"

오수지가 물었다.

"핵시설에 근무하는 핵물리학자야."

"굉장하군요."

"평안북도 영변에는 거대한 핵단지가 있는데, 동생은 그곳에서 우라늄 농축에 깊이 간여한다네. 하지만 동생은 방사능에 오래 피폭돼 시한부 인생을 살고 있었어. 조금만 말해도 헐떡거리더군."

함박눈이 하늘 가득 쏟아지고 있었다. 형제는 초대소 베란다에 있는 탁자에 앉아 창밖의 가로등을 바라보았다. 이수근은 머리칼이 온통 빠지고 피부가 하얗게 변한 동생의 얼굴을 똑바로 바라보기가 싫었다.

이수근은 자신이 하는 일과 백두산의 위험성에 대해 동생에게 자세하게 설명했다.

이영근은 한참 이야기를 듣더니 입을 열었다.

"그러니까, 형님 말씀은 백두산이 조만간 폭발할 가능성이 크다는 뜻이군요."

"그래, 난 백두산이 폭발하고 대지진이 발생하면 멀리 떨어진 영변에도 영향을 미치리라고 본다."

"그렇다면 영변 핵시설에 큰 재앙이 생깁니다."

동생 이영근은 핵에 대해 설명했다.

핵무기원료를 만드는 데는 크게 두 가지 방법이 있다. 핵분열을 일으키기 쉬운 물질인 우라늄(U235)의 함유량을 99% 가까이 높이는 농축우라늄 제조방법이 그 하나다. 이와 달리 원자로 안에서 중성자에 쪼인 우라늄 핵연료를 꺼내 새로 생겨난 물질인 플루토늄(Pu 239)을 화학적으로 분리하여 만드는 이른바 재처리에 의한 방법이 있다. 영변에서는 농축우라늄을 제조하는 시설과 재처리에 의한 플루토늄 제조시설을 함께 가동하고 있다.

형제는 심각한 표정을 지으며 대화했다.

"영변 핵시설, 내진설계가 잘돼 있나? 지진에 견디도록 지어졌다면 큰 문제는 없을 거야."

"1994년 조미 기본합의에 따라 2003년까지 미국이 2기의 경수로를 북조선에 건설해 주기로 했으나 북조선이 고농축우라늄 핵개발을 했다는 리유(이유)로 건설이 중단되었지요. 그 후 우리 과학자들은 우리 힘으로 경수로를 만들어 건설역량을 립증(입증)하기로 했어요."

"알고 있어."

"설계는 과학자들이 맡았지만 건설은 군부대가 맡았어요. 영변 핵단지는 제 43여단에서 건설했는데, 100MW급 가압형 경수로를 만들 때 자체설계능력이 부족한데도 국제사회의 안전설계 표준을 따르지 않았지요. 건설비 부족으로 웬만한 부품은 직접 만들어 썼고 중요부품도 중국산 복제품을 많이 쓰는 바람에 과학자들은 안전문제를 크게 우려했지요."

"그래?"

"하지만 누구도 그걸 문제 삼을 수 없었어요. 하루빨리 원자폭탄을 만들어 미국과 남조선의 기를 꺾어놔야 했기 때문이죠. 로씨야(러시아) 지원으로 건설한 2기의 흑연 원자로만 안전기준에 맞춰 건설했지요. 새로 건설한 경수로와 플루토늄 재처리공장, 우라늄 농축공장, 핵폐기물 처리공장 모두가 내진설계를 제대로 하지 않았어요."

이수근은 놀란 얼굴로 외쳤다.

"내진설계를 안 하다니 그게 무슨 소린가? 핵시설을 장난감으로 아는가?"

"건축가와 과학자들은 안전운영이 가능하도록 내진설계를 했으나 핵시설 건설부대장이 내진설계대로 공사를 하면 건설비가 많이 든다고 보고하자 김정일 장군님은 북조선에서는 지진이 별로 없으니 하지 말라고 했습니다."

"그럴 수가…."

"영변 핵시설은 오로지 핵무기 제조를 위한 한시적인 시설이니까 수년 안에 필요한 만큼 핵무기를 빨리 만들면 가동을 중단해도 된다는 생각이었죠. 누가 장군님의 말씀을 부정하겠습니까. 김정일 교시는 살아 있는 신의 말씀이니까요.…"

"허허!"

"그래도 핵시설인 만큼 일반건물보단 튼튼히 지었죠. 가압형 원자로의 격납용기 두께도 70㎝는 되니까요. 핵무기를 개발해 미국과 남조선에 맞서야겠지만 돈이 크게 부족한 거죠. 그래서 영변 핵시설은 부실건물이 된 겁니다. 그 많은 핵시설에 전기와 물이 하루에 몇 시간 밖에 공급되지 못하고 거의 모든 기계들의 부품은 녹슬었고 교체는 엄두도 못 냅니다."

"사고는 없었나?"

"지난 몇 년간 여러 핵시설에서 방사능이 류출(유출)돼 가동을 수없이 중단했지요. 최근 3년간 200명 이상의 과학자들과 기술자들이 쓰러져 평양시 봉화진료소로 후송됐지만 모두 식물인간이 되었지요. 연구사들은 방사선 방호복도 입지 않고 핵물질을 만졌으니까요. 영변에 있는 수천 명의 과학자와 군인들은 공화국의 적을 위협할 핵무기를 만들기 위해 핵물질에 오염돼 죽어가고 있습니다."

"이럴 수가!"

"1994년과 2007년에 국제원자력기구(IAEA) 사무차장이 영변에 와서 핵사찰을 주도했지요. 핵사찰이 끝나던 날 그는 영변의 중요일꾼들을 모아놓고 안전시설이 열악한 영변 핵단지의 환경에 대해 개탄했지요. 우리가 새로 짓는 가압형 경수로와 고농축우라늄시설의 부실문제를 비난했어요."

"대체 그 시설 규모가 어느 정도인가?"

"만약 영변의 우라늄 농축시설은 제2세대 원심분리기를 2천 개 갖고 있는데, 매년 1개 정도의 핵폭탄을 제조할 수 있는 고농축우라늄을 생산하지요. 고농축우라늄은 95% 이상으로 만들어야 하는데, 만약 우라늄 농축시설이 지진으로 무너지면 엄청난 방사능이 유출될 겁니다."

"영변 핵단지에 대지진의 충격이 전해진다면 원폭이 떨어진 만큼 초대형 방사능이 유출돼 편서풍을 타고 동진하면서 백두산에서 터져나오는 화산재와 결합하는 사태가 벌어지겠지. 평안도부터 함경도까지 조선 상반부는 방사능으로 심하게 오염될 거야."

"방사능 낙진이 바람을 타고 일본과 남조선까지 엄청난 피해를 줄 겁니다. 소련의 체르노빌 원자력발전소 폭발은 히로시마 원폭보다 400배의 방사능을 유출해 전 유럽을 오염시켰는데, 백두산의 화산재가 성층권까지 분출된다면 화산재와 낙진이 결합해 엄청난 상승작용을 일으켜 전 지구적인 재앙을 초래할 겁니다. 결국 백두산과 영변은 지옥의 중심이 되겠군요."

이영근은 잠시 숨을 돌리더니 이어 말했다.

"결국 많은 땅과 물은 오염될 거고 수많은 사람들이 죽고 후세들은 기형아로 태어날 겁니다."

그는 형에게 아내가 기형아를 낳은 비극을 털어놓았다. 이수근은 동생의 어깨를 부여잡고 눈물을 흘렸다. 그는 동생에게 자신의 상전인 국가안전보위부 부부장과의 대화를 들려주었다.

국가안전보위부 부부장의 집무실은 호화로운 장식품으로 가득하였다.

이수근은 부부장 김인식에게 술잔을 올리며 조심스레 물었다.

"백두산이 터지면 우리 공화국에 엄청난 피해가 생길 텐데 우리는 어떻게 해야 합니까?"

거대한 덩치의 오만한 사내는 소파에 앉아 위스키 한잔을 단숨에 들이키며 단호한 어조로 말했다.

"가만히 있으면 다 망하는데 우리도 살아야겠지."

이수근은 김인식을 똑바로 쳐다보며 물었다.

"어떻게요?"

김인식은 벌겋게 단 얼굴로 시가에 불을 붙였다.

"나는 김정은 동지께 자네를 중국에 보내 백두산 폭발정보를 흘리고 6자 회담 당사국들한테서 거금을 뜯어내야 한다고 건의했지."

시가의 독한 향이 이수근의 코를 자극했다.

"우리 핵폭탄을 비싼 값에 넘기자고 말이야. 6자 회담을 10년 이상

열었지만 아무 성과가 없는데, 우리가 핵을 판다고 하면 당사국들은 좋아할 거니까. 백두산이 터지면 그 돈을 구난자금으로 쓰자고 말야."

이수근은 그의 말을 한 마디 놓치지 않으려고 귀를 쫑긋 세웠다.

김인식은 위스키를 다시 들이켜더니 꿈을 꾸는 듯한 음성으로 말을 이었다.

"김정은 동지께서는 그건 핵무기 제조를 불능화시키는 근본책이 아니어서 당사국들이 응하지 않을 거라고 말씀하셨네. 백두산이 터지면 북조선 절반이 없어지는데, 더욱 견고한 대책이 필요하다고 말씀하셨네."

더욱 견고한 대책? 이수근은 머릿속에 왠지 섬뜩한 느낌이 스쳐갔다.

취기가 오른 김인식의 얼굴은 환해졌고 목소리가 높아졌다.

"최고사령관 동지께서는 최측근들과 며칠을 고민한 끝에 교시를 내리셨네. 이제 길은 정해졌어."

김인식은 잔을 다시 비우며 느닷없이 너털웃음을 터뜨렸다.

"전쟁만이 살 길이야. 우리 공화국은 남조선과 전면전을 치를 수밖에 없네. 한겨울에 우리 집이 불타 버리면 이웃집이라도 빼앗아야 살 수 있는 거야. 아! 얼마나 기다려왔던 전쟁인가!"

"······."

이수근의 시야가 갑자기 맑아지며 정신이 번쩍 들었다. 너무 엄청난 소식이라 입을 뗄 수 없었다.

김인식은 탐욕스런 얼굴로 이어 말했다.

"동무가 올린 보고서가 결정적이었어. 백두산 폭발로 함경도 전체와 량강도가 쑥대밭이 되고 대지진까지 터지면 우리 공화국은 그야말로 껍데기만 남아. 사람 수백만 명이 죽고 수많은 도시와 공장들이 파괴되면 조선에 무슨 미래가 있나? 그러니 선택의 여지가 없는 거지."

이수근은 얼빠진 표정으로 그를 쳐다보았다.

김인식은 다시 지껄였다.

"다행히 백두산 화산정보는 우리가 꽉 쥐고 있으니 그걸 철저히 감추고 불시에 남조선을 선제공격한다면 며칠 만에 서울을 점령할 수 있어. 최근 남북관계가 좋아져 남조선은 우리에 대한 경계가 허술해. 서울만 점령하면 남조선은 항복할 수밖에 없네. 서울시민 전체를 인질로 잡고 있다면 미군도 어쩌지 못해. 그놈들은 남조선을 포기하고 떠날 거야!"

김인식은 호탕하게 웃더니 술 한잔을 권하며 이수근의 어깨를 두들겼다.

"리 동무, 보고서 쓰느라 수고했어. 전쟁이 끝나면 서울대학교 총장으로 내가 자네를 김정은 동지께 추천하겠네. 남조선 최고의 대학 서울대학교를 자네 품에 안겨주지. 빠른 시간 안에 그 학교 학생들의 머리통에 든 썩어빠진 자본주의 사상을 싹 바꿔놓아야 해. 어때, 맘에 들지 않나?"

"미치광이 같은 짓입니다. 공화국에 화산이 터진다고 전쟁을 일으킨단 말입니까? 이게 말이나 됩니까?"

이영근은 형의 말을 듣자 몹시 흥분했다.

그들은 장시간 대화를 나눴다.

이튿날 새벽 동이 틀 무렵 형제는 배갈 한잔을 나누며 민족을 위해 서로를 희생하자고 약속했다.

이영근은 영변의 주요 핵시설에 대한 구체적인 설명자료를 누런 갱지에 두 시간에 걸쳐 작성해 이수근에게 주었다. 그리고 이어 말했다.

"제가 영변을 고발하는 건 영변에 갇혀 죽기 전에는 빠져나가지 못하는 제 안해(아내)와 제 자식, 매일 죽어가는 동료들 때문입니다. 제가 작성한 영변에 관한 자료를 남조선과 서방에 알리십시오."

이수근은 8년 만에 만난 동생과 불과 열한 시간 동안 형제애를 나누었을 뿐이지만 모처럼 보람 있는 일을 한다는 생각에 가슴에 희열이 터질 듯 차올랐다.

노래방 소파에 앉은 이수근의 목소리에는 비장감이 서려 있었다.

"우리 형제는 수십 년간 충성을 바친 조국을 배신해야 조국의 재앙을 막을 수 있다는 현실에 절망했지. 동생도 내 결단에 공감했지. 내가 휴가를 마치고 백두산 지진연구소에 도착했는데, 보위부에서 연락이 왔더군. 당장 백두산 관측자료를 가지고 선양으로 가래. 그날 오후 늦게 압록강을 건넜지. 하지만 며칠 후 내가 둔화시 한 호텔에서 일본인 고노를 만났는데, 호텔 화장실에서 고노가 다가와 내게 알려주더군. 보위부 고위층이 고노한테 직접 전화를 했대. 초대소에서 동생과 내가 나눈 얘기가 보위부에 의해 모조리 도청돼 동생은 체포되고 내게는 수배령이 내려졌다고."

오수지가 말했다.

"선생님을 중국까지 데려온 자도 보위부이고 선생님에게 위험을 알려준 자도 보위부이고 선생님에게 체포령을 내린 자도 보위부란 말입니까?"

"그렇소. 그날부터 도망자가 되었소."

조용히 듣고만 있던 임준이 눈을 휘둥그레 뜬 채 외쳐 말했다.

"백두산이 터진다고 전쟁을 일으킨다니, 놀랍군요. 그런 말도 안 되는…."

이수근이 대꾸했다.

"말도 안 되지만 틀림없는 사실일세. 남조선을 점령해 그들이 갖고 있는 막대한 자금을 빼앗아 백두산 폭발로 망한 공화국을 다시 일으킨다는 것이지. 막다른 길에 몰리자 광기가 발동한 거지. 어차피 죽을 판에 무슨 짓인들 못 벌이겠나."

"또 한 번의 동족상잔이 일어나는 거군요."

"김정은은 인민군 고위급 장령(장성)들을 다 한 자리에 모아놓고 전쟁만이 살 길이라고 교시를 내렸고 장령들은 반드시 전쟁을 속전속결로 승리하겠다고 결의했다고 하네. 그동안 후계체제 문제로 갈등이 있었던 군부는 전쟁선언으로 강철처럼 견고하게 단합했지. 노동당 핵심세력과 군 고위층들은 전쟁이 하루라도 일찍 일어나기만 고대하고 있어."

"큰일이군요. 전쟁을 피할 방법이 없겠습니까?"

"전면전은 아닐 거야. 경보부대(특수부대) 병력으로 서울을 점령해 미국과 협상하지 않을까."

임준이 상기된 얼굴로 말했다.

"무슨 수를 쓰든 전쟁만은 막아야 해요. 화산이 폭발한다고 전쟁을 도발하다니!"

이수근은 미간을 잔뜩 찌푸렸다.

"내가 쓴 백두산 보고서가 전쟁의 빌미가 됐기에 량심(양심)의 가책을 받고 있어. 마치 내가 전쟁을 일으키라고 쓴 것 같아. 씻지 못할 죄를 지은 것 같아 미칠 정도로 괴로워."

임준이 말받이 했다.

"재난을 당하면 남북이 손을 잡고 도와야 하지, 싸운다는 건 말이 안 돼요."

"하지만 북조선의 전쟁의지는 확고하다네."

"이 사실을 당장 한국정부에 알려야겠어요."

"내일까진 기다리세. 피곤하군. 동무들도 피곤할 테니 일단은 눈을 붙이세."

새벽 1시가 넘었다. 일행은 소파를 하나씩 차지한 채 누워 눈을 붙였다.

노래방 문이 열리며 누군가가 들어왔다.

우람한 덩치의 사내가 문을 닫고 들어와 주머니에서 권총을 꺼내들었다.

시체처럼 창백한 사내의 표정은 살벌했다.

임준과 오수지, 이수근은 하얗게 질렸다.

괴한이 쉰 목소리로 말했다.

"오랫동안 너희들을 추적해왔지. 리수근 네놈이 공화국의 기밀을 빼내고 일본에 팔아먹더니 이젠 남조선에 망명을 하겠다고? 그렇게 되도록 놔둘 줄 알았어? 이제 조국을 배반한 대가를 깨닫게 해주지."

이수근이 괴한을 쳐다보며 말했다.

"네놈은 정찰총국 소속인가?"

괴한은 주머니 속에서 철삿줄을 꺼냈다.

"잘 아는군. 너희들 모두 소리 없이 죽여주지."

괴한이 오수지를 보더니 낄낄거리며 말했다.

"린리치가 김민수를 죽이는 걸 봤지. 난 기자 년까지 북조선에 데려갈 필요가 없다고 생각해. 계집애를 목 졸라 죽일 때 표정을 보면 정말 짜릿하다니까. 쾌감이 하루 온종일 가지."

저놈이 바로 그 살인마? 오수지는 한국인만 교살시키고 이마에 붉은 별을 그린다는 살인마의 출현에 하얗게 질렸다. 이미 한차례 유사한 일을 당한 터라 혼이 나갈 지경이었다. 괴한은 임준에게로 고개를 돌리더니 비웃음을 던졌다.

"네 애비가 장백폭포 위에서 떨어져 죽었다고 믿나? 네놈이 정말 림영민 친아들이긴 한 게야? 자식놈이 애비 얼굴도 못 알아보다니, 쯧쯧."

괴한은 소파에 앉아 담배를 피워 물더니 씽긋 웃었다.

"얼다오바이허 병원에 있는 시체는 네 애비가 아니야."

"뭐라구?"

임준이 날카롭게 외쳤다.

괴한이 말했다.

"열흘 전 네 애비 림영민은 백두산 장백폭포 위에서 린리치 일당한테 체포됐지."

"도대체 무슨 말이오?"

"림영민이 중국에 들어왔을 때부터 우리가 납치하려고 했어. 우리는 리수근 네놈의 손전화기를 도청해 네놈이 림영민과 장백폭포 위에서 만난다는 정보를 알고 덫을 치고 기다렸지. 그런데 린리치가 선수를 쳤어."

이수근이 물었다.

"너희들이 림 박사를 폭포로 밀어 던진 게 아닌가?"

"아니다."

"그럼 누가 그랬나?"

"폭포 아래로 떨어진 시신은 림영민이 아니야."

"그럼 그 시체는 어떻게 된 거야?"

"그 시신은 임영민이 아니야. 린리치가 덫을 놓고 기다리던 내 부하

둘을 처치했지. 그 중 림영민과 덩치가 비슷한 내 부하를 형체도 분간 못할 만큼 망가뜨린 후 림영민 옷을 입혀 폭포 아래로 던져버린 거야. 내가 얼다오바이허 병원에서 시체를 직접 확인했어. 네 아비를 죽은 것처럼 만든 건 린리치 농간이야."

임준이 떨리는 목소리로 말했다.

"아버지 연세가 쉰여덟이야. 내가 본 시체는 얼굴이 엉망이었지만 젊은 사람은 아니었어."

"한심한 놈. 네가 얼마나 애비를 멀리했으면 애비 얼굴도 모르는가."

오수지가 물었다.

"그럼 임영민 교수는 어디 있어요?"

괴한이 끌끌 혀를 찼다.

"지금까지 무슨 소리를 들은 거야? 림영민은 지금 린리치 일당에게 납치됐다니까."

그의 폭탄발언에 일행은 놀랐다.

"린리치?"

임준이 날카롭게 외쳤다.

"믿을 수 없어. 우린 방금 전까지 그 여자랑 있었어. 그 여자가 왜 아버지를 납치해?"

"린리치가 그를 납치해 자신의 애인인 홍콩재벌 귀자오청에게 데려 갔어. 귀자오청은 베이징에 작은 공화국을 가지고 있지. 중국 태자당이 그의 후원세력 아닌가?"

"왜 그가 내 아버지를 원하는가?"

"귀자오청은 중국 학자나 북조선 학자는 믿지 않아. 언론에 많이 나오는 남조선 학자 림영민 말을 직접 듣고 싶었을 거야. 그는 북조선에 엄청난 투자를 했는데, 언론기사만으로는 부족하다고 생각했을 거야. 그래서 당사자를 데려갔겠지."
"그럼, 아버지가 지금 베이징에?"
"이제 좀 머리가 돌아가는군. 근데 어쩌지? 넌 다시는 애비 얼굴을 볼 수 없을 테니 말이야."
오수지가 임준에게 말했다.
"아버지 시신을 보지 않았어?"
"봤지만 시신이 너무 훼손됐고 끔찍해서 도저히 오래 쳐다볼 수가 없었어. 입던 옷은 그대로였고 손가락에 낀 반지도 같은 것이었어."
임준이 다시 물었다.
"왜 린리치가 나타나 우리를 도우려고 했는가?"
보위부원의 태도는 거만했다. 곧 죽을 놈에게 마지막 아량이라도 베풀 듯이 말했다.
"린리치가 진짜로 너희를 돕는 걸로 생각하나? 순진하긴. 귀자오청은 오래전부터 백두산 리조트 개발에 투자하려고 했는데, 황우반이 가로채갔지. 그냥 앉아서 당할 그가 아니야. 그래서 황우반의 약혼녀인 오수지 너를 끌어들인 거야. 린리치는 림영민 납치를 은폐하려고 오수지가 엉터리 특종기사를 쓰게 유도했지. 린리치는 뱀같이 교활한 여자야. 위장잠입과 흑색공작에는 천부적 재능이 있어. 이제 좀 가닥이 잡히나?"
임준은 북한 공작원의 말이 믿기지 않았다. 이제 중국에서 할 일은 다 끝났다고 생각했는데, 추방까지 하루도 안 남은 상황에서 북한 공작원에게 살해될 신세가 되었다. 죽었다는 아버지가 살아 있다니…. 불현듯 정신이 번쩍 들었다. 저 악독한 놈에게 그냥 당할 수는 없었다.
그는 노래방 탁자 다리 하나를 받치고 있는 붉은 벽돌 한 장을 보았다. 그것밖엔 무기가 될 만한 것이 보이지 않았다.

이수근은 모든 걸 포기한 표정이었다.

북한 공작원은 탁자에 있는 캔맥주를 따 마시더니 이수근에게 말하였다.

"황우반은 너를 잡아다가 북조선에 압송하려구 했지만 나는 그런 수고는 안 해. 죽이기 전에 물어보자. 너는 매달 한 번씩 일본놈한테 자료를 넘겨주고 돈을 받아갔다. 그걸 시킨 놈이 대체 누구야?"

이수근은 한쪽 입술로 빙긋 웃으며 말했다.

"알고 싶다면 말해 주지. 담배나 한 대 피게 해다오."

그는 괴한이 건넨 담배를 피워 물더니 이어 말했다.

"바로 국가보위부 부부장이야. 김정은은 중앙당 작전부, 보위부, 정찰총국이라는 정보기관들을 직접 지휘하지. 김인식은 김정은이 권력일선에 나와 직접 발탁한 핵심인물이야. 만경대혁명학원과 김일성대학을 나온 혁명가문의 자손이지. 가서 김정은에게 일러바쳐라. 김정은 수족이 몰래 백두산 정보를 팔아먹는다고 말이야."

"예상대로군. 우리 정찰총국은 보위부 놈들 반역행위를 진작에 눈치챘어. 그래서 나는 그걸 분쇄하려고 파견된 거고."

"백두산 지진연구소는 백두가문의 성지에 관한 비밀을 아는 특수기관이라서 보위부의 관리를 받지. 백두산은 멀지 않아 터진다는 걸 공화국 최고위층은 잘 알아. 내가 보고했기 때문이지. 그래서 김정은은 백두산이 터지기 전에 전쟁을 일으켜 남조선을 점령하기로 결정했어. 하긴 너 같은 졸개는 북조선이 왜 나를 잡으려 안달인지 리유를 모를 거야. 알 턱이 없지."

이수근은 신랄하게 이죽거렸다.

"네놈이 날 뒤쫓고 남조선 사람들을 죽이는 건 전쟁이 터지기 전까지 전쟁 도발정보나 백두산 폭발정보를 차단하기 위해서지. 아닌가?"

괴한은 주머니에서 철삿줄을 꺼내며 말했다.

"그래, 난 우리가 남침할 때까지 백두산 폭발에 대해 나발 불고 다니는 놈들만 골라 죽였지. 백두산에 대한 특집기사를 연재하는 여행작가 놈 하나와 남조선 방송국 놈을 말이야. 그 엉터리 목사 놈만 운좋게 살았지. 그래야 우리가 남침에 성공할 수 있거든. 자, 이제 세상 하직할 준비를 하지. 슬슬 시작해 볼까."

이수근이 이죽거렸다.

"이런 백정 같은 놈. 살인한 게 자랑거리냐? 공화국이 너 같은 쓰레기를 특무로 쓴다는 게 한심하구나."

괴한이 용수철처럼 튀어 올라 이수근의 얼굴을 주먹으로 후려쳤다. 이수근은 방바닥에 내동댕이쳐지며 비명을 질렀다.

"조국과 인민을 배신한 반역자 새끼가 주둥이를 함부로 나불대! 그래, 소원이라면 네놈부터 죽여주지!"

그가 두 손으로 철삿줄을 두 손으로 꼰 다음 이수근 앞으로 다가갔다.

임준은 당황했다.

북한이 백두산이 폭발되기 전에 남침전쟁을 일으킨다는 정보를 당장 한국이 알아야 했는데, 북한 공작원에게 살해될 위기에 처하고 말았다. 무기가 될 만한 것은 벽돌뿐이었다. 그는 허리를 숙였다.

북한 공작원은 이수근의 목에 철삿줄을 감더니 이를 악물며 엄청난 힘으로 조르기 시작했다. 눈이 뒤집어지고 얼굴이 시뻘겋게 달아오른 이수근이 혓바닥을 내밀며 격렬하게 몸부림쳤다.

상대는 특수교육을 받은 살인전문가였다. 다급해진 임준은 이판사판이라고 생각했다. 아까부터 눈여겨보았던 탁자의 붉은 벽돌을 빼내 손에 쥐었다. 손이 떨렸다.

이수근이 축 늘어지자 살인마는 희열을 느낀 듯 눈을 감고 만족한 미소를 흘렸다.

기회는 이때였다. 다리가 후들거렸다.

임준은 몸을 날려 벽돌로 공작원의 뒤통수를 힘껏 후려갈겼다.

퍽! 뼈가 으스러지는 듯한 느낌이 손아귀에 전해졌다.

공작원은 비틀거리며 신음을 지르더니 나무기둥처럼 바닥에 꼬꾸라졌다.

임준이 소리쳤다.

"어서 달아나자!"

임준은 반쯤 혼이 나간 오수지의 손을 잡고 방을 빠져나왔다. 그 와중에도 임준은 숨진 이수근의 옷 주머니를 뒤져 소지품들을 들고 나왔다.

그들은 건물계단을 내려와 건물 밖으로 달려갔다.

2월 15일 새벽 1시 20분. 노동당 행정부장 장성택은 평양의 집무실에서 인민무력부가 작성한 전쟁계획서를 읽다 말고 서랍에서 로열살루트 병을 꺼내 한 잔을 마시더니 말보로 담배를 피워 물었다. 홍분감과 독주가 상승작용을 일으켜 가슴에 희열이 솟구쳤다.

D데이는 동계 아시안게임이 끝나고 김정일 장군 생일인 2월 16일로 정했다. 12만 명의 특수전 부대들이 총동원되는 기습전이 전쟁의 골간이었다. 1948년 소련이 게릴라 침투용으로 개발한 소형수송기 AN-2기 300대가 폭탄을 가득 싣고 남한 레이더를 피해 저공비행으로 날아가 가미가제식으로 남조선 내 미사일 기지와 군비행장을 폭파시킨다.

또 다른 AN-2기 50대가 경보부대원(특수부대원)들을 투하해 청와대와 총리공관, 국방부, 정부종합청사, 한국은행, 주요 방송국과 신문사를 점령하고 요인들을 체포하고 살해한다. 경기도 동두천과 파주까지 뻗어 있는 비밀땅굴로 한국군 복장을 한 경보부대원 8만 명이 침투한다. 70척의 잠수함과 수백 척의 고속상륙정, 공기부양정들이 인천항과 국제공항을 점령하고 남조선의 서대함대를 공격한다. 생화학무기를 광화문, 강남 일대, 과천 종합청사에 살포해 수십만 명을 죽이고 핵탄두 미사일 한 발을 제주도에 떨어뜨려 공포감을 극대화시킨다.

최근의 남북화해가 정점에 오르고 남북정상회담이 다시 거론되는 이때가 침공의 적기였다. 인민무력부에서는 사흘이면 서울점령이 가능하므로 남한은 곧 항복하리라고 판단했다. 서울시민 1천만을 인질로 잡으면 버텨낼 재간이 없을 것이다. 정규군 30만이 휴전선을 넘어 수도권에 잠입해 남조선 인민 속에 섞여 버리면 적도 두 손을 들지 않을 수 없으리라.

지난달 중순, 그는 백두산 폭발로 조선땅 3분의 1이 쑥대밭이 된다는 지진연구소의 최종보고서를 읽고 우리 조선은 끝나고 말았다는 생각에 울음이 절로 터졌다. 보고서를 읽은 핵심 고위층들은 최고지도자 앞에서 절망감에 통곡했다.

미국과 중국의 가운데에 끼어 70년간 살얼음판에서 살아야 했고 핵개발로 가까스로 강성대국의 기반을 놓았는데, 자연마저 조선에 등을 돌리고 우리의 살 자리를 빼앗고 있었다. 그는 혁명성지인 백두산이 정말 야속했다.

그는 최고지도자 동지에게 조선이 살아날 대안을 제시해야 할 입장이었다. 젊은 지도자는 현실적인 대안을 제시하지 못하는 부하를 한순간도 용납하지 않는 성마른 인물이었다.

그는 대남공작 총책임자인 김영철 정찰총국장이 건의한 남조선 침략을 대안으로 제시했다. 최측근들과 토론한 결과, 조선의 멸망을 막을 길은 이웃나라의 침공뿐이라는 결론이 나왔다. 그렇다고 중국을 침공할 수도 없었고 일본은 바다 때문에 곤란했다.

어쩔 수 없이 한 민족인 남조선을 칠 수밖에 없었다. 그의 보고에 김정은 동지는 제안자인 심복 김영철을 크게 칭찬했다.

백두산 폭발이 임박하자 비탄에 빠졌던 핵심세력들은 전쟁 결정으로 돌변했다. 비장한 분위기가 승리감을 고취시켰다. 승리가능성을 따지는 것이 아니었다. 갈 길은 그것밖에 없다는 벼랑끝 심리가 승리를 확신하게 했다.

김정은은 교시를 내렸다. 집권 5년차인 30대 지도자는 언제나 위풍당당했다.

"남조선 공업단지와 서울은 우리를 먹여 살릴 알짜배기 잔칫상인데 절대 파괴해서는 안 돼. 우리 거니까, 점령해서 꽉 움켜줘라. 30대 대그룹 재벌 회장놈들을 다 잡아들여 딸라를 다 내놓지 않으면 목을 따겠다고 협박하라."

장성택은 남조선 침공을 주장한 그의 보고서가 올라간 지난달 중순에 김정은에게 건의했다.

"피해 예상지역이 량강도와 함경북도와 함경남도 북부지역이니까, 우선은 김일성 수령님 동상과 삼지연의 혁명유물을 남쪽으로 옮겨야 합니다."

"그래야지요."

"군부대와 미사일들도 옮겨야 합니다."

"그렇게 해요."

"그곳 인민들도 이주시켜야 합니다."

"인민들까지 이주시키면 류언비어나 불안감이 전국에 번져나갈 겁니다. 그럼 엄청난 소동이 벌어질 겁니다. 이주비용도 수십억 달러가 들어요. 우리 공화국 인민들은 남의 도움을 받지 않고 스스로 판단해서 피난해야 해요. 그게 바로 주체피난입니다. 그냥 놔둬도 운이 좋으면 절반은 살아날 거요."

"핵심당원들에게라도 미리 알려야 하지 않겠습니까?"

김정은은 손사래 쳤다.

"그들도 주체피난 하도록 놔두시라요."

장성택은 김정은이 주체사상 창시자의 손자답다고 생각했다. 김정은 동지에게 인민을 먼저 배려하라고 주문하라는 것 자체가 무리였다. 그는 추앙을 받는 존재이지 베푸는 존재가 아니었고 추종자들도 그걸 용납하지 않았다.

그래서 장성택은 서울 점령 직후 백두산의 피해예상지역인 량강도와 함경도인 590만 명을 남조선으로 이주시키고 그들이 남조선 인민들을 통제하는 주인으로 만들겠다고 생각했다. 조선민주주의 인민공화국 주도하에 한반도가 통일되는 것이다.

백두산의 폭발이 북조선의 위기를 기회로 만든다고 믿었다. 오늘은 전쟁의 전야제였다. 내일이면 모든 게 이루어진다. 그는 흡족한 기분으로 두 번째 잔을 따라 마셨다.

새벽 1시 반. 국정원 대북팀장 박주연은 백파 룸살롱에서 오수지와 임준을 만나 그들이 겪은 일들을 청취하고 자세히 기록했다. 그는 김민수가 린리치의 총에 맞고 죽었다는 소식을 접하고 충격을 받았다.

정보관 하나와 많은 민간인들을 죽인 북한 공작원이 중상을 입고 잡혔다는 소식에 안도감과 함께 직접 보복하지 못한 아쉬움이 일었다. 김정은이 전쟁결정을 내렸다는 극비정보는 확인이 필요한 중차대한 첩보였다.

박주연은 임준이 숨진 이수근의 주머니에서 꺼내 온 종이뭉치를 들여다보았다. 누런 갱지에 만년필로 써내려간 문서에는 그림과 숫자와 한글 설명이 적혀 있었다. 영변에 있는 주요 핵시설에 대한 설명자료였다.

"참으로 중요한 정보군요. 정말 큰 도움이 되겠습니다."

그는 오수지에게 부탁했다.

"이건 대한민국의 사활이 달린 중대정보입니다. 기사화해서는 안 되고 절대로 발설해서도 안 됩니다. 앞으로의 일은 우리한테 맡기세요. 북한 공작원이 죽지 않았다면 그자를 통해 중국 공안도 첩보를 입수할 겁니다. 두 분은 신변보호를 위해 당장 중국을 떠나는 게 좋아요."

임준이 말했다.

"그러잖아도 우린 내일이면 쫓겨날 판입니다."

오수지가 말했다.

"난 아시안게임 기사를 마저 송고하기까지는 떠날 수 없어요."

박주연은 두 남녀를 내보낸 후 강호길을 불러 함께 논의했다.

박주연은 북한의 P대좌를 통해 이 첩보의 진위 여부를 확인해 보기로 작정했다. 자욱했던 안개가 이제야 걷히는 기분이었다.

문제는 북한이 백두산이 폭발하기도 전에 전쟁을 일으키려 한다는 점이었다. 현재 백두산은 화산성 지진이 감소하며 점차 안정화되어가고 있었다. 북한 지도부의 잘못된 결정이 한민족을 파멸의 길로 내몰고 있다. 하루빨리 그 정보를 확인해 남북 고위급 간에 담판이 필요하다. 그는 입수한 정보를 서울본부에 즉각 알렸다.

그는 상념에 잠겼다. 김일성 집안은 호전적인 족속이었다. 그는 대남도발을 즐겨하는 김일성 집안의 유전인자를 확보한 적이 있었다. 5

년 전 중국에서 비밀공작을 벌일 때 마카오에 가서 그곳에 뿌리를 내린 김정일의 장남 김정남을 몰래 따라다녔다.

김정남이 단골로 출입하는 룸살롱과 애인으로 삼은 화려한 외모의 중국여인을 찾아냈다. 그 여인과 룸살롱 주인을 포섭했다.

"그가 쓴 콘돔을 가져오면 1만 달러를 주겠소."

그는 선불로 5천 달러를 꺼내 주었다. 그리고 룸살롱 주인에게 말했다.

"룸살롱 특실 화장실 배관공사를 허락해 주면 1만 달러를 주겠소."

룸살롱 주인의 입이 귀에 걸렸다.

"그러시다면야."

배관공사는 일사천리로 진행돼 반나절 만에 끝났다.

김정남이 룸살롱을 빠져나간 새벽녘, 옆방에서 초조하게 기다리던 박주연은 그의 정액이 담긴 콘돔과 화장실의 소변을 담은 비닐봉지를 들고 환호작약했다. 서울의 의학자들은 김정일 집안의 유전자 정보를 확보할 수 있었다. 정보전쟁의 개가였다. 능동적인 기획공작이 성공한 것이다.

박주연의 머릿속에 전등불이 번쩍 켜졌다.

"그 노래방으로 전화해 봐. 그 킬러가 어떻게 됐는지."

강호길이 전화를 걸더니 유창한 중국어로 킬러의 행방을 물었다.

"노래방 주인이 공안에 신고를 했대요. 공안이 시체를 실어가고 부상자는 앰뷸런스에 실어갔답니다. 부상자는 머리를 다쳐 실신상태랍니다."

"어느 병원이래?"

"보하이 종합병원〔綜合医院〕이랍니다."

"우리가 그놈의 신병을 확보해 볼까?"

박주연은 왠지 그자를 다른 곳에 넘겨주고 싶지 않았다.

"왜요?"

"우리 요원과 한국인들을 죽인 연쇄살인범이잖아. 북한 공작원이라는 그놈은 중국 공안의 심문을 받을 거야. 놈은 전쟁정보를 알고 있어. 그게 중국정부에 전해지면 한반도 상황이 묘하게 틀어질 수도 있고. 중국은 북한이 도발할 때마다 북한 편이잖은가. 이수근마저 죽었으니 그놈이 현재로선 대남도발의 유일한 증인인 셈이지."

"아하, 한국이 대북담판을 벌일 때 그놈이 증인이 된단 말이군요."

"맞아. 놈은 한 장의 패가 될 수 있어."

강호길은 한쪽 눈썹을 찌푸렸다.

"흠, 구미가 당기는군요. 하지만 병원에는 중국 공안들이 그놈을 지키고 있을 텐데요."

박주연은 고개를 가로저었다.

"그들은 그자를 피해자라고 여길 거야. 살인범은 달아났다고 생각할 것이고."

"물론, 달아난 임준과 오수지를 범인으로 찍었겠죠."

"노래방 카메라에 찍혔을 테니까. 중국 공안이 취조하기 전에 놈을 빼돌려 우리가 놈을 심문하는 거야. 정찰총국 소속이니 새로운 정보도 많을 거야. 그리고 한국으로 비밀리에 이송시키는 거야."

강호길은 한숨을 푹 내쉬었다.

"아무래도 위험할 것 같은데요."

"병원에 가서 동정을 먼저 살펴보고 결정하지. 우리 공작원 세 명과 승합차 하나 불러."

박주연은 위스키 한 잔을 입안에 털어 넣었다. 날밤을 새워야 할 것 같았다.

우정과 배반

 임준은 아버지가 살아 있다는 말에 충격을 받았다. 그는 백두산에 들어간 날 아버지로부터 백두산을 개발한 황백호 회장과의 오랜 우정에 대한 이야기를 들었다.
 1971년 성탄절 아침, 13세의 임영민은 무교동에 있는 대연각 호텔의 화재를 구경하고 있었다. 당시 20층의 고급호텔인 그곳에는 외국 관광객들이 숙박하고 있었다. 화마(火魔)는 많은 투숙객들을 죽음으로 몰아넣고 있었다. 창문마다 시뻘건 불길이 너울거렸고 시커먼 연기가 건물을 덮고 중천까지 치솟아 올랐다.
 임영민은 무교동 한 룸살롱에 소속된 삐끼였다. 밤에 지나가는 술꾼들을 끌어들이고 룸살롱의 잔심부름을 맡아했다. 그는 속이 탔다. 그가 좋아하는 숙희 누나가 15층에 투숙했기 때문이었다.
 어젯밤 그녀는 일본인 늙은이와 살롱에서 밤새 술을 마셨다. 임영민은 새벽 3시쯤 술에 잔뜩 취한 늙은이를 부축해 호텔 객실로 데려다가 침대에 뉘고 나왔다.
 21세의 누나는 3년 전에 찢어지게 가난한 시골에서 상경해 룸살롱의 식구가 되었다. 중학교 1학년인 영민이 학교 수업을 마치고 오후 6시부터 새벽녘까지 오만가지 잔심부름과 호객행위를 하면서 알게 되었다.

언제나 그를 친동생처럼 살갑게 대해 줬고 그가 어린 동생들과 어렵게 생활을 끌어가는 이야기를 들어줬고 때때로 용돈을 주기도 했다.

아래층에서 시작된 화마는 벌써 13층을 태우고 있었다. 한국의 소방대에는 고가 사다리차가 없어 살려 달라 아우성치는 투숙객들을 속수무책으로 지켜만 보고 있었다.

12층 난간에 매달린 투숙객이 떨어져 콘크리트 바닥에서 짓뭉개졌다. 객실 커튼을 찢어 밧줄을 만들어 건물 벽을 타고 내려오던 투숙객은 밧줄이 끊어지는 바람에 땅바닥에 곤두박질치는 참사를 당했다.

임영민은 15층 한 창문에서 손을 흔들며 구조를 요청하던 숙희 누나를 보았다.

"숙희 누나!! 숙희 누나!!"

그는 고래고래 소리를 지르며 그녀의 이름을 불렀다.

뒤늦게 미 8군에서 투입한 고가 사다리차는 겨우 11층까지밖에는 다다르지 못했다. TV들은 화재현장을 권투경기 생중계하듯 요란을 떨고 있었다. 어떤 투숙객은 화장실에 물을 틀어놓고 수조에 들어가 있었고 젖은 담요를 온몸에 뒤집어쓰고 창가에 서서 구조를 기다리기도 했다.

새까만 연기와 불길이 너울거리며 15층까지 점령했다.

방안에서 치솟는 검은 연기에 숨이 막힌 숙희 누나가 참지 못하고 창문틀에 매달렸다. 영민은 당장이라도 그곳으로 뛰어오르고 싶었다.

"누나, 매달리면 안 돼!! 밧줄을 잡아!!"

헬리콥터가 날아와 밧줄을 늘어뜨렸지만 그걸 잡고 탈출하는 사람은 젊은 청년들뿐이었다. 헬기 밧줄이 누나에게 다가갔으나 안타깝게도 그녀는 잡지 못했다. 밧줄이 다시 다가갔으나 마찬가지였다.

영민은 발만 동동 굴렀다.

마침내 기운이 빠진 숙희 누나는 손을 놓았고 그녀는 인형처럼 낙하했다. 그날 죽은 사람은 무려 165명이었다.

영민은 짓뭉개진 그녀의 시체 앞에서 통곡했다. 마치 친누나가 죽은 심정이었다. 자신의 직업을 증오하며 늘 우울하게 지내던 착한 누나가 창문에 매달려 울부짖다가 떨어져 숨졌다.

3년 전 미아리 대지극장 옆 주유소가 폭발하는 바람에 그 옆에 있던 봉제공장 미싱공인 영민의 엄마는 불에 타 숨졌다. 집안의 가장이던 엄마의 죽음과 누나의 죽음은 닮아 있어 설움이 더했다. 두 죽음은 어린 영민에게 너무도 가혹하고 충격적이었다.

"울지 마. 영민아. 누나는 천국에 갔어."

그의 어깨를 잡고 위로해 준 것은 옆 술집의 삐끼인 황백호였다. 백호도 자신처럼 소년가장이었지만 주눅 들지 않고 성격이 쾌활했다. 의협심도 강한 소년이었다.

둘은 금호동 무허가 판자촌의 좁은 사글세방 하나를 얻어 동생들을 몰아넣고 공동생활을 했다. 그날 밤 둘은 함박눈이 쏟아지는 뒷골목에 앉아 난생 처음 술을 마셨다.

"난 지질학자가 될 거야."

황백호가 외쳐 말했다.

"왜?"

"난 땅 위에서 생기는 일들에 진력이 났어. 세상일은 도무지 나와 운이 닿지 않아."

2년 전 홀아비였던 백호의 아버지는 막노동을 하다가 고층 공사장에서 떨어져 죽고 말았다.

"그래서 땅속을 연구하는 학자가 되고 싶어."

"땅속을 좋아하는 것은 두더지뿐이야."

"영민아, 너도 지질학자가 돼야 해."

"왜?"

"넌 내가 젤 좋아하는 친구니까. 땅속에 있는 황금을 찾아내고 함께 캐내 세상에서 젤 가는 부자가 되는 거야. 다이아몬드도 캐내고 철광석도 캐내는 거야. 세상을 먹여 살리는 것은 다 땅속에 숨어 있잖아. 석유나 가스도 그래. 너랑 나랑 손을 잡고 세계 각국을 돌아다니며 땅속의 보물을 찾아내는 거야. 우리는 멋진 탐험가가 될 수 있어…"

"그거 정말 멋진 꿈이구나!"

그 후 둘은 같은 고등학교에 입학했고 지질학자의 꿈을 꾸기 시작했다. 지학 선생은 그들의 꿈을 깊이 이해해 줬고 여러 가지 책들을 빌려주곤 했다. 외국에서 발간된 숱한 전문서적들의 컬러사진들은 그들의 꿈을 구체적으로 그려주었다.

새벽 2시 반. 보하이 종합병원 응급실. 중국어가 유창한 강호길은 응급실에 들어가 북한 공작원을 발견하고는 근방에서 그를 살폈다. 사복을 입은 중년의 공안 한 명이 응급실 의사와 대화를 나누고 있었다. 제복을 입은 젊은 공안 한 명이 그 곁에 서 있었다.

젊은 응급실 의사는 환자에게 몇 가지 검사를 했으나 가벼운 뇌진탕 증세일 뿐 생명에는 지장이 없다고 말했다. 곧 일반병실로 옮긴다고 했다.

강호길은 병실 밖으로 나와 병원 로비에서 기다리는 공작원에게 문자메시지를 보냈다.

　　병원 안에서 의사가운이나 수술복을 훔칠 것. 승합차에 시동을 걸어둘 것. 비살상 무기를 준비할 것. 내가 부를 때까지 대기할 것 ….

　병원 직원 한 명이 침대에 실린 채 링거액을 맞고 있는 환자를 엘리베이터로 끌고 갔다. 공안 두 명이 뒤를 따라갔다. 엘리베이터가 내려왔다. 강호길은 뒤늦게 올라갈까 망설이다가 그들과 함께 탔다.
　그는 눈을 감고 있는 환자의 얼굴을 내려다보았다. 창백한 얼굴. 한쪽 눈썹이 살짝 씰룩거렸다. 녀석은 깨어 있는 게 확실했다. 정신을 잃은 척하며 달아날 기회를 엿보고 있는 것 같았다. 키가 190㎝ 정도는 될 것 같았고 온몸이 근육질이었다. 멀쩡하다면 순식간에 몇 명쯤은 거뜬히 해치울 것 같았다. 중늙은이 공안은 피곤한 얼굴로 하품을 해댔다.
　그들은 7층에서 내렸다. 강호길도 따라 내렸다. 그들은 713호실 방문을 열고 들어갔다. 안을 들여다보니 1인실이었다. 병원 직원이 나왔다.
　그는 복도 중간에 있는 의자에 앉아 병실 앞을 지켜보았다. 불안했다. 환자는 공안 두 명쯤은 간단히 제압하고 달아날 것이다. 언제쯤 사태가 벌어질까. 초조함이 엄습해왔다.
　몸무게가 62kg에 불과한 강호길이 거구의 북한 특수공작원과 맞선다는 건 불가항력일 듯했다. 혹독한 훈련을 받은 그자는 거의 초능력을 가진 살인기계였다. 그나마 믿을 건 그의 주머니에 든 22구경 권총뿐이었다. 하지만 놈이 달아난다 해도 병원에서 총을 쓸 수는 없는 노릇이었다. 그는 공작원들에게 7층으로 얼른 오라는 메시지를 다시 보냈다.

당초 그의 계획은 병실을 지키는 공안들을 습격해 침대에 누워 있는 환자를 데려가는 것이었다. 중국 공안은 그가 아직 의식을 회복 못하고 있다고 방심하고 있었다. 킬러는 사람이 많은 응급실보다는 병실이 달아나기가 좋다고 판단할 것이다. 상황이 급반전될 판이었다.

소음이 일어났다. 병실에서 치고받는 소리가 났다. 우려했던 일이 벌어진 것이다. 그는 병실 앞으로 달려갔다. 가슴이 쿵쾅거렸다.

갑자기 조용해졌다. 그는 권총을 빼든 채 병실 문 쪽을 주시했다. 누가 문을 열고 나올까.

병원 문이 열렸다. 제복을 입은 공안이 천천히 모습을 드러냈다. 거구의 사내였다. 그는 젊은 공안이 아니라 북한 공작원이었다.

그가 총을 든 강호길을 매서운 눈으로 바라보았다. 짙은 눈썹, 쌍꺼풀진 큰 눈. 두터운 입술. 사내는 격투기 선수만큼 장대했다. 강호길은 권총의 안전장치를 풀었다. 킬러가 한쪽 입술로 빙그레 웃었다.

"날 쏠 건가?"

"……."

"넌 공안이 아니야. 엘리베이터에서 봤던 놈이야."

"……."

"남조선 특무인가?"

"……."

킬러는 허리춤에 매달린 권총집에 손을 가져갔다.

강호길이 상대를 쏘아보며 말했다.

"움직이지 마. 죽고 싶지 않으면 손을 떼."

공작원이 두 손을 내리며 말했다.

"쏘겠다구? 어디 한번 쏴 보시지. 총소리가 나면 넌 무사할 것 같은가?"

놈이 그를 향해 천천히 걸어왔다.

강호길은 머리가 복잡해졌다. 어떡하지. 놈을 쏘고 엘리베이터를 타고 내려간다면 2분 안에 병원을 빠져나갈 수 있다. 그러면 저자를 체포하려던 당초 목적이 수포로 돌아간다. 그는 망설였다.

갑자기 놈이 맹수처럼 달려들었다. 순식간에 그의 오른손이 강호길의 손목을 잡아채자 총은 왼편 복도로 날아가 바닥에 굴러갔다. 그의 왼손이 강호길의 멱살을 잡았다. 엄청난 힘이었다. 강호길은 옴짝달싹 할 수 없었다.

킬러는 차가운 미소를 지으며 귓전에 속삭였다.

"소리 없이 죽여주지. 오래 걸리지 않을 거야. 아프지도 않을 거야."

교살을 좋아하는 킬러는 양손으로 그의 목을 조르기 시작했다.

강호길은 숨이 막혀왔다. 그의 목은 압축기에 끼인 것 같았다. 눈앞이 노래지더니 머리가 어지러웠다.

2월 15일 새벽 2시 45분. 강원도 철원 휴전선 북편 평강의 오리산 골짜기에는 폭설이 쏟아지고 있었다. 휘몰아치는 눈보라를 뚫고 완전 무장한 병력들이 나무숲을 통해 땅굴입구로 들어가고 있었다. 3열 종대로 걸어 들어가는 병사들은 한국군 전투복을 입고 있었다. 그들은 조선 인민군 특수부대인 경보병(輕步兵) 군단 소속이었다.

그들은 20kg 이상의 전투장구류들을 지고 날마다 200~300리 행군, 1천리 행군, 3천리 행군을 강행해왔고 실탄사격, 단도조법, 벽돌까기, 격술, 밧줄타기, 매복, 습격, 지형학 훈련 등 혹심한 게릴라 훈련을 해왔다. 한국군의 군가와 제식동작까지 습득했고 남한의 자연지리, 주민들의 언어와 풍습도 교육받았다. 오로지 남한침공을 위한 군사훈련이었다.

군관들이 빨리 들어가라고 소리치고 있었다. 땅굴은 높이가 4m, 넓이가 5m였는데, 차량이 들어갈 정도로 넓었다. 경기도 동두천시까지 뚫려 있는 땅굴은 길이가 72㎞였고 4만 명의 병력이 다 들어가는데 2시간이 걸렸다. 같은 시간대 파주 땅굴로 들어가는 병력도 같은 수였다. 지프와 물자와 무기를 실은 트럭들이 뒤따라 들어갔다.

땅굴 입구에서 별 3개를 단 군단장이 담배를 피우며 중좌계급장을 단 부관에게 말했다.

"내일 새벽 2시에 작전을 개시한다. 병력들을 땅굴 안에서 충분히 재우게."

"동두천에 도착하는 즉시 바로 먹이고 재울 겁니다."

"내일이면 서울이 우리 수중에 들어오는군."

"경보부대가 내일 새벽 2시에 낙하산 타고 청와대와 국무총리 공관을 덮쳐 대통령과 총리를 체포할 겁니다. 30대 재벌 총수들도 마찬가집니다."

"청와대에 들어가 대통령을 내 앞에 꿇어앉히고 점심을 먹을 거네. 보수여당 의원들과 보수언론 기자놈들도 내 손으로 목을 따겠네."

"그 생각만 하면 피가 펄펄 끓습니다. 김정은 최고사령관님께서는 통일조선의 위대한 지도자가 되실 겁니다."

"이제야 살맛이 나네. 지난 60년간 오늘만 기다려왔네. 내가 시 한 수를 읊어 주지."

군단장은 땅속으로 들어가는 휘하 병력들을 흐뭇한 눈으로 바라보며 굵은 목소리로 시를 읊었다.

내 단숨에 날아 넘어야 할
태백의 준령은 그 어디냐!
헤엄쳐 건너야 할 한강의
도하지점은 그 어디 나루냐!
내 기어이 가야 할
남녘 해방의 그날을 눈앞에
그려보며 나는 서있다.
조국의 지도 앞에 …

엘리베이터 문이 열리면서 공작원 3명이 나타났다. 그들은 상황을 파악하고 순식간에 킬러에게 달려들었다. 킬러는 목을 조르던 강호길을 복도 벽에 던져버렸다.

격투가 벌어졌다. 킬러는 자신만만한 표정이었다. 공작원 한 명이 킬러의 발길질에 무르팍을 꿇었고 다른 한 명도 그의 주먹 한 방에 나자빠졌다. 순식간에 두 명을 해치웠다. 몸매가 다부진 키 작은 공작원만이 남았다. 도저히 싸움 상대가 되지 않을 것 같았다. 강호길은 겨우 일어났다.

키가 165㎝에 불과한 공작원 심동일은 아웃복서처럼 킬러 주변을 이리저리 맴돌았다. 상대를 유인하려는 것이다. 그의 오른 손에 무언가가 쥐어져 있었다.

킬러가 웃으면서 이죽거렸다.

"꼬마야. 까불지 마라. 넌 죽었어."

킬러가 상대에게 달려들었다. 심동일은 다람쥐처럼 이리저리 빠져나갔다. 킬러는 조금씩 흥분하고 있었다. 강호길은 심동일이 특공무술 유단자임을 알고 있었다. 킬러는 심동일을 복도 구석으로 몰고 갔다.

빠져나갈 곳이 없는 심동일은 잔뜩 움츠러들었다. 킬러는 야수처럼 달려들었다. 심동일은 살짝 옆으로 피하며 무언가를 그의 옆구리에 쑤셔 박았다. 갑자기 킬러는 얼굴을 일그러뜨리며 온몸을 바들바들 떨다가 풀썩 주저앉았다. 10만 볼트짜리 전기충격기였다. 놈은 길게 드러누웠다.

강호길은 안도의 한숨을 쉬었다.

충격기가 없었다면 모두 놈에게 교살당했을 것이다.

강호길이 심동일에게 말했다.

"아주 잘했어. 빨리 놈의 옷을 벗기고 환자복으로 갈아입혀. 침대에 묶고 이불을 덮어."

그들은 병실 안에 다시 들어갔다.

중국 공안 두 명은 바닥에 쓰러져 있었다.

그들을 살피던 심동일이 말했다.

"두 사람 다 목이 부러져 죽었습니다. 이놈 정말 괴물입니다."

"이놈 옷이 있을 텐데."

"여기 있네요."

침대 옆 의자에 옷이 개어져 있었다.

"이걸 가져가야 해. 놈의 신발도. 흔적을 남기지 마."

공작원 한 명이 하얀 의사복을 입으며 말했다.

"휴게실에서 의사 가운 두 벌을 훔쳐왔어요."

"차량 대기시켰나?"

"병원로비 정문 앞에 있습니다."

"빨리 내려가자구."

복도에서 소란이 일어나자 환자 한 명이 나와 그들을 훔쳐보고 있었다.

침대에 결박된 킬러는 아직 정신을 차리지 못했다.

그들은 엘리베이터를 타고 1층으로 내려와 킬러를 로비정문에 대기 중이던 승합차에 옮겨 실었다. 차가 출발하자 강호길은 한숨을 몰아쉬었다.

"수고들 했어. 우선 이놈 소지품을 살펴봐."

공작원 한 명이 킬러의 소지품을 뒤졌다. 담뱃갑, 지갑, 호텔 카드키가 나왔다. 지갑에는 위안화밖에 들어 있지 않았다.

강호길이 말했다.

"카드 키를 갖고 다니는 걸 보니 체크아웃을 안 했군. 호텔에 소지품이 있을 거야. 놈의 신분증이나 여권 말이야. 이놈이 머무는 호텔을 알아내야 해."

"10분 안에 중국 공안이 병원에 들이닥칠 겁니다."

"우리 얼굴은 병원 카메라에 이미 찍혔을 거야. 금방 수배대상이 될 테니 서둘러야 해. 아침이 오기 전에 놈의 모든 소지품을 수거해."

심동일이 작은 종이를 흔들었다.

"올림픽 호텔 커피숍 영수증입니다."

강호길이 공작원들을 둘러보며 말했다.

"셋 중 누가 가장 중국어 잘하나?"

두 명의 공작원이 심동일을 가리켰다.

"이 친구는 중국어과를 나왔어요. 중국에서 3년 근무해 원어민 수준입니다."

"자네가 중국 공안 제복을 입고 카드키를 갖고 호텔로 가. 범인이 중상을 입었는데, 그의 소지품을 압수하러 왔으니 방을 열어달라고 해."

심동일은 난처한 표정이었다.

"옷이 너무 큰데요. 들통 나기 십상이에요. 호텔에는 경비원들도 많고 전화하면 순식간에 공안들이 득달같이 달려올 겁니다."

"왜 자신이 없는가? 자네 대북 공작원 맞아? 어쨌든 선택의 여지가 없어."

강호길은 상대의 자존심을 건드렸다. 용감한 공작원 심동일은 한숨을 길게 내쉬더니 고개를 끄덕였다. 강호길이 그의 어깨를 두드렸다.

"부탁하네. 자넨 잘해낼 거야."

심동일이 물었다.

"어디에 가 계실 생각이십니까?"

"백파 룸살롱이 어떨까 싶네."

"거긴 사람이 너무 많습니다. 저희가 쏭지앙쩐에 있는 조선족 민가 하나를 구해 뒀어요. 주로 마작꾼들에게 방을 빌려주고 음식도 해줍니다. 주인이 입이 무거운 늙은 과붑니다."

"좋아. 그리로 가 있겠네."

낡은 승합차는 눈 덮인 도로를 뒤뚱거리며 달려갔다.

새벽 3시쯤 임준은 오수지와 보하이 시 먹자골목에서 간단한 요기를 한 후 택시를 타고 그녀를 숙소인 백두호텔에 내려줬다. 그는 가까운 모텔에서 잘 작정이었다. 어차피 오늘 보하이를 떠나려면 오전에 김민수 아파트로 가서 짐을 정리해야 했다. 간밤에 일어난 살인사건이 그의 가슴을 무겁게 짓누르고 있었다. 큰 사건에 휘말린 듯한 느낌이었다. 아버지가 살아 있다니 대체 무슨 말인가. 네온사인이 번쩍거리는 모텔이 보였다. 그는 운전사에게 내려 달라고 말했다.

새벽 4시. 박주연은 강호길 일행과 보하이 시에서 60㎞ 북쪽에 있는 쏭지앙쩐의 조선족 민가에서 합류했다. 작은방 한구석에 밧줄로 결박된 덩치 큰 사내가 앉아 있었다. 거대한 불곰 한 마리를 사로잡은 것 같았다.

"네놈이냐? 한국인만 골라 목 졸라 죽인 살인마가?"

재갈이 풀린 사내는 무표정한 얼굴로 대꾸하지 않았다.

방문이 열리고 호텔에 갔던 심동일이 돌아왔다.

"저자 소지품을 가져왔습니다."

강호길이 말했다.

"수고했어. 호텔에서 방문을 순순히 열어 주던가?"

"한국 같으면 수색영장 요구하겠죠? 중국에서는 공안 끗발이 대단하더군요. 이 옷 입고 갔더니 알아서 기더군요. 아주 좋은 나라입니다."

"자네는 중국 공안을 사칭했으니 1급 수배대상이 될 거야. 뭘 가져왔나?"

"팀장님과 선임정보관님, 잠깐 옆방으로 가시죠."

장소를 옮기자 심동일이 가방을 열고 물건들을 쏟아냈다.

옷 몇 벌과 속옷과 양말, 태블릿 PC, 여권.

심동일은 여권을 줍더니 박주연에게 건넸다.

박주연은 놀란 얼굴로 외쳤다.

"이건 한국여권 아닌가?"

강호길이 대꾸했다.

"남의 여권에 저자의 사진을 붙인 위조여권일 겁니다."

"그럼, 북한 공작원이 위조여권을 가지고 한국인 행세하는 건가? 저자가 한국에도 들락거리는 모양이군."

"그럴 수도 있죠. 정보관 한 명을 한국 영사관에 보내 확인하겠습니다."

"이자의 진짜 신원을 빨리 확인해 봐."

강호길이 심동일에게 말했다.

"저자의 PC를 철저히 뒤져봐."

박주연이 말했다.

"오늘 아침에 소개 공작을 벌여야 하는데, 시간이 없으니 저자를 당장 심문해."

강호길이 대꾸했다.

"소개 공작은 자료가 거의 완성됐으니 여기 공작관들에게 맡기고, 정보관들이 저놈 심문을 맡는 게 어떻습니까? PC를 조사하는 건 정보관 차원식이 제일 뛰어납니다."

박주연이 고개를 끄덕이며 말했다.

"자네가 알아서 해. 난 서울본부에 보고부터 해야겠어. 수고들 했어. 오늘 아침부터 더 힘든 일이 시작될 거야."

너무 피곤했다. 위스키 한 잔이 절실했다.

이른 아침부터 라순옥은 삼수천변에 있는 공개처형장에 나와 줄지어 앉아 있었다. 중국에서 잡혀온 탈북자 하나가 배가 고파 농장창고에서 씨감자 한 자루를 훔쳐 먹었다는 죄목으로 숱한 매질을 당한 끝에 처형장에 끌려왔다. 지도원 하나가 그의 죄과를 큰소리로 고발했으나 재소자들은 허공만 올려다볼 뿐 듣지 않았다.

매일 산나물에 강냉이 한 줌 삶은 것만 먹고 사는 이들은 생쥐라도 잡으면 서로 먹겠다고 악다구니로 싸웠다. 심지어 잡은 생쥐를 산 채로 찢어 아작아작 씹어 먹었다. 아귀가 따로 없었다. 그거라도 먹지 않으면 온몸이 퉁퉁 부어 죽는 펠라그라 병에 걸리기 때문이었다. 배가 고파 아무거나 주워 먹다보니 툭하면 설사를 했고, 영양실조 상태에서 설사가 사흘 이상 지속되면 죽을 도리밖에 없었다. 치료약이 주어지지 않는 수용소에서 설사병은 죄수들의 흑사병이었다.

라순옥은 처형자를 물끄러미 쳐다보았다. 40대 중반의 사내였다. 나무기둥에 밧줄을 매단 다음 죄수 목에 걸고 수형자 셋이 끌어당기자 죄수는 요동 한 번 치더니 축 늘어졌다. 수형자들은 침묵에 잠겨 있었다. 식구들 먹여 살리겠다고 중국에 간 게 무슨 죄인가. 사람 목숨이 씨감자 몇 알보다 못한가.

량강도 삼수군에 있는 31호 강제수용소는 최근 량강도와 자강도 일대에서 급증하는 정치범과 한국행을 기도하다가 잡혀온 탈북자들을 수용하는 곳이다. 험준한 산골짜기에 이중의 전기철조망과 지뢰밭이 설치돼 탈출이 불가능했다. 이곳은 '완전통제구역'이다. 한 번 수감되면 출소할 수 없는 종신 수용소를 말한다. 수용소는 일반 농촌마을과 유사하다. 농업·공업 등 주어진 직장에서 강제노동을 한다.

정치범 수용소에서는 탈북했다가 붙잡힌 강제송환자에 대해 고문, 구금, 공개처형, 사형, 감옥 내 영아살해가 공공연히 이뤄지고 있었다. 수형자들 대부분은 영장 제시나 체포 사유 설명 없이 임의로 체포돼 재판도 거치지 않고 수용되고 있었다.

처형식이 끝나자 라순옥은 자신의 숙소를 향해 휘청거리며 걸어갔다. 그녀는 밤 8시가 되면 강제노동장의 탄광에 들어가 밤새 채탄작업에 시달려야 했다. 처형식에 참관하느라 아까운 오전만 날려버렸다. 몇 시간이라도 자 두지 않으면 고단한 야간작업은 엄두도 내지 못한다.

6개월 전 그녀는 중국 단둥에서 한국으로 가려다가 중국 공안에 체포돼 혜산시 안전부에서 취조를 당하고 강제수용소로 끌려왔다. 7년 전부터 시작해 세 번째 탈북이었고 번번이 실패했다.

7년 전까지 그녀는 삼지연 읍내에 있는 소학교 교사였다. 혁명성지에 산다는 자부심 하나로 살아가던 그녀에게 남편이 굶어 죽고 아이 둘이 굶어 죽어가자 더는 참을 수 없었다. 압록강을 건너 장백현으로 잠입해 조선족 농가에서 일하며 아이들을 먹여 살렸다. 이웃의 고발로 중국 공안에 붙잡힌 그녀는 삼지연 안전부로 끌려가 모진 고문을 받고 노동교양소에서 1년형을 받았다.

형을 마치고 나오자마자 다시 탈북한 그녀는 인신매매꾼에 걸려 60대 한족에게 팔려가 1년간 성노예가 되었다. 그러다 야반도주한 그녀는 식당일을 하며 아이들에게 송금하고 악착같이 저축했다.

하지만 그녀의 불운은 이어졌다. 우연히 식당에서 다시 마주친 60대 한족은 그녀가 동거를 거절하자 공안에게 밀고했다. 강제 북송길에 오른 그녀는 3년간 모은 중국돈 9천 위안을 자궁에 숨겼으나 안전부 검사에서 들켜 빼앗기고 말았다.

교화소에 갇힌 동안 아이들은 굶어 죽었다. 북조선이 혐오스러웠다. 작년 봄 교화소에서 석방된 그녀는 다시 압록강을 건너 지린시로 도망갔다. 위조여권을 만들거나 한국행이 보장되는 태국까지 가려면 많은 돈이 필요했다. 낮에는 식당에서, 밤에는 노래방에서 일해 악착같이 돈을 모았다.

탈북자를 돕는다는 한국인 선교사가 나타나 배를 타고 서해를 건너 한국으로 가자고 했다. 1년간 7천 위안밖에 모으지 못한 그녀에겐 솔깃한 말이었다. 모은 돈을 다 털어 건넸고 압록강 하구 단둥항에서 야밤에 고깃배에 탔다. 탈북자 15명이 배 기관실에 웅크리고 앉았다. 희망이 용솟음쳤다.

배는 떠나지도 못하고 모두 중국 공안에 체포되었다. 북송되는 동안 한국인 선교사가 밀고자임을 알았다. 가짜 선교사에게 사기를 당한 것이다. 세상이 무너져 내렸다. 이전 두 번의 체포는 생존을 위한 탈북이라 형벌이 낮았으나 한국행을 기도한 탓에 심한 고문을 당하고 정치범수용소로 직행했다.

그녀는 하루하루를 힘겹게 버텨내고 있었다. 야간의 채탄작업에서 하루작업량을 채우지 못하면 탄광 지도원에게 매질을 당하거나 채울 때까지 작업시간이 연장됐다. 탄광사고로 하루에도 몇 명씩 죽어나갔다. 체력은 이미 소진되었고 살아갈 희망조차 없다. 하루에도 몇 번씩 자살을 꿈꾸었다.

지난가을 같은 학교 동료였던 리갑용은 영양실조에 걸려 걸음조차 걷지 못했다. 그는 화장실에 들어가 한 시간을 몰래 쉬고 나왔다는 이유로 지도원에게 죽도록 맞았다. 리갑용은 삽자루로 머리를 맞고 탄광바닥에 누워서도 집에 두고 온 아들 걱정만 했다. 어미 없이 혼자 사는 여덟 살배기 아들이 굶어 죽을 거라고 통곡했다.

"나야 차라리 죽는 게 낫지. 하지만 몇 달째 굶고 있을 어린 아들놈이 눈에 밟혀 이대로 떠날 수가 없네. 라 동무, 나 대신 우리 아들한테 강냉이 한 자루만 갖다 줘. 내 마지막 소원이오."

그는 오른손 엄지와 검지로 자신의 어금니에 덮인 금니를 뽑아 그녀에게 주었다. 그녀는 울면서 약속했다.

"며칠 후면 삼지연 사람 하나가 출소하는데, 그 사람 편에 꼭 갖다 주겠어요."

"고맙소. 정말 고맙소."

리갑용은 편안한 미소를 지으며 눈을 감았다.

라순옥은 너무나 슬퍼 리갑용의 시신을 탄광 구덩이에 던져 넣는 권리를 옆 사람에게 넘겼다. 죽은 자가 몸에 걸친 옷가지를 혼자 독점할 수 있는 시체처리는 한마디로 땡잡는 날이었다. 아무리 더러운 옷도 다른 물건과 거래가 가능한 화폐였다. 리갑용의 낡은 윗도리와 다

해어진 신발을 판 갱부는 강냉이 1kg를 얻고 희희낙락했다.

사람에겐 희망이 필요해. 라순옥은 재소자 2만 명이 사는 거대한 수용소를 바라보며 나직하게 지껄였다. 내겐 어떤 희망이 남았을까.

세 번째 탈북이 실패하고 완전통제구역인 이곳에 들어왔을 때는 날마다 자살을 생각했다. 자신의 자살을 막은 것은 너무나 많은 이웃들이 자살하기 때문이었다.

그녀는 자살을 기도하려는 이웃들에게 늘 희망을 가지라고 설득했다. 아이 둘을 굶어 죽인 이웃 점순이 엄마에게도, 김책공업대학 교수 박민우에게도, 인민군 대좌 최현에게도 그랬다. 이웃에 사는 50대 중늙은이 최현은 자포자기 상태가 두드러졌다. 원래 우람한 덩치였으나 뼈만 남은 그는 영양실조가 심각했다.

"라 동무, 난 도저히 못 버텨. 이 몸에 중노동은 감당이 안 돼. 당장 자살하고 싶어."

"그래도 버텨야 해요."

"작년에 안해(아내)가 죽고 올해 아이들까지 굶어 죽었어, 이젠 살아갈 리유가 남아 있지 않아."

"하고 싶은 게 뭐예요?"

"당장 이곳을 탈출해 나에게 누명을 씌운 정치지도원 녀석을 죽이고 싶어."

"그럼, 당장 탈출할 계획을 세우세요."

"그래, 탈출이 실패해 봤자 죽기밖에 더 하겠어?"

"앉아서 죽을 바에는 나가다 죽는 게 나아요."

"맞아, 라 동무 충고를 들으니 희망이 생기는군."

"이곳에서는 희망 없이는 단 하루도 살 수 없어요."

1주일 전 갱도가 무너지며 채탄공 7명이 죽었을 때 그녀는 다 떨어진 자신의 신발을 벗어던지고 사고현장으로 달려가 사망자의 신발을 신었을 때 기분이 날아갈 듯했다. 그녀의 낡은 신발은 옷을 꿰맬 수 있는 바늘 1개와 맞바꿨다. 바늘이 있으면 넝마라도 주워 옷에 덧대 꿰매 입을 수 있었다.

죽어가던 리갑용은 어린 아들이 배불리 먹는 희망을 보았고, 오늘 처형된 자는 씨감자를 훔쳐 먹고 살아날 희망을 보았겠지. 난 해진 신발 때문에 동상에 걸릴까봐 늘 걱정했는데, 죽은 자의 신발을 훔쳐 내 발을 살렸어. 내 발이 든든하게 살아 있다면, 내일 아침 8시 교대시간까지 버텨낼 것이고 언젠가 이 수용소를 당당히 걸어 나갈 날을 희망할 수 있어.

오전 9시 17분. 평양의 호위총국에 근무하는 암호명 P대좌는 휴대전화 벨이 울리자 천천히 휴대전화를 들어 귀에 댔다. 귀에 익은 목소리가 들려왔다.

"우리 손주가 중국산 장난감은 싫대. 남조선 장난감 좀 구해 줘…."

노동당 행정부장 장성택이 부하에게 명령을 내리고 있었다.

하루 24시간 내내 그가 휴대폰을 들면 거의 동시에 장 씨의 목소리를 들을 수 있었다. 그는 지난 3년간 장성택의 휴대폰을 복제한 휴대폰으로 그의 모든 통화를 도청해왔다. 북한의 이동통신을 전담하는 이집트 오라클 텔레폰의 도움으로 복제폰을 만들었다. 모든 인간을 의심하는 김정은을 위한 그의 공식임무였다. 장성택이 쓰는 유선전화까지 도청해 보고서에 매일 옮긴다.

P대좌는 남조선의 전쟁정보 확인요청을 받고 갈등했다. 그가 수집한 극비정보를 팔아 단단히 한몫 챙겨야겠다는 욕심이 솟았다.

위험한 정보장사는 이번이 마지막이었다. 그는 남조선에 제공할 전술정보를 정리해 음어로 중국 유인 포스트에 보냈고 중국에서는 아프리카인의 계정에 인터넷 메일을 보냈다.

오전 9시 55분. 선임 정보관 강호길은 아프리카인의 계정을 해킹해 통째로 이메일을 복사했다. P대좌의 해외계좌에 매달 5만 달러의 사례금을 보내는데, 이번에 그는 대남 공격계획을 알려주며 별도로 대가를 요구했다.
강호길이 박주연에게 말했다.
"이 빨갱이 새끼가 대남 공격계획을 알려주는 대가로 3백만 달러를 입금시키라고 요구하는데요."
"욕심이 끝도 없는 놈이군. 서울본부에 보고하고 지침 받아."
서울본부와의 암호통신이 숨 가쁘게 이어졌다.
박주연이 말했다.
"구체적인 공격계획을 먼저 달라고 해. 사실임이 확인되면 사후에 입금시키겠다고 전해."
P 같은 놈을 인간으로 생각하면 안 된다. 그놈은 언제든 써먹고 버리는 소모품일 뿐이었다. 여차하면 적에게 놈의 존재를 알려 놈을 제거할 수도 있었다. 놈도 그 점을 잘 알기에 거금을 요구하는 것이다.
강호길이 말했다.
"아시안게임 프레스센터와 보하이 시 각 호텔과 콘도에 징위원전이 붕괴되었다는 입소문이 떠돌고 조작된 사진이 뿌려지고 있습니다."
"수고했어."
박주연이 고개를 끄덕였다.

"우리 정보관 하나가 데스 카니발 추진위원회라는 단체를 조사했는데, 추진위원장이라는 자가 백두개발 황우반의 사촌동생입니다."

"그래서 1만 2천 명에게 무료여행권을 던져준 건가?"

"이상한 것은 황우반이 그들에게 그룹 내 보험회사인 '다산생명'의 생명보험을 들어준 겁니다. 한 달에 10만 원씩 보험료가 들어가니까, 한 달에 12억 원이나 되지요. 1년이면 144억 원을 물어주는 겁니다. 뭔가 냄새가 나지 않습니까?"

박주연은 임준의 말을 곱씹었다.

'백두개발이 초청한 수많은 한국인들을 일부러 죽음으로 몰아넣으려 한다는 정보가 있어요. 황 회장에 대해 비판적인 다산그룹 고위층을 만났죠. 황우반 회장이 회사내부에서 어떤 음모를 벌인다고 하더군요.'

"황우반이 정말로 뭔가 음모를 꾸미는가 보군. 그게 뭘까?"

황우반은 위험한 자였다. 목적을 위해서라면 수단과 방법을 가리지 않는 냉혈한이었다.

"참, 잡아온 놈 심문 어떻게 됐어? 뭐 좀 얻어낸 게 있나?"

"말 한마디 하지 않습니다."

"순순히 불 놈이 아니지. 잠 안 재우고 며칠 괴롭히면 입을 열 테지."

박주연은 서울본부 부하직원의 전화를 받았다.

"팀장님, 오늘 아침 청와대 대변인이 남북정상회담이 금년 9월에 서울에서 열린다고 발표했습니다. 모든 신문과 방송들이 난리법석입니다."

"백선규 외교안보수석이 한 건 했군."

그는 백두호텔에서 장성택과 비밀회담을 하고 나오던 백선규의 사진을 떠올렸다.

"야당은 총선을 뒤엎으려는 야비한 술책이라고 선거 보이콧을 주장하며 거리시위를 벌이겠답니다."

"또 한바탕 시끄럽겠군. 총선 예상이 뒤집히겠어."

박주연은 부아가 치밀었다. 이 시대의 정치인들은 국민을 자신만을 위한 이용대상으로 여기고 있었다. 평상시에는 제집 골목길 청소 한 번 안 하다가 4년마다 나타나 온갖 거짓말로 국민을 우롱한다.

오후 11시 35분. 박주연은 북한의 대남 공격계획을 입수해 한국으로 보냈다.

오수지는 창바이 스키리조트 앞에서 가까운 곳에 있는 도시 고속도로가 자동차의 물결로 가득 찬 것을 보았다. 리조트에 머물던 숱한 한국인들이 전쟁이라도 만난 듯 짐을 싸서 허겁지겁 달아나고 있었다. 오수지는 국정원 공작원들이 한국인들을 대피시키기 위해 참으로 대단한 쇼를 벌인다고 생각하면서 빙그레 웃었다.

그때 스키복을 입고 걸어 나오는 고다마 기자를 만났다.

"오늘이 폐막식인데, 스키 한 번 타고 왔죠. 대단해요, 오 기자. 연일 특종 터뜨리고."

"고마워요. 어쩌다 운이 좋았지요."

"오 기자는 추방된다는 소문이 있는데 사실인가요?"

"날 취재하는 건가요?"

"그래요."

"예. 맞아요. 대회조직위가 선수촌에서 나가 달래요. 내가 대회진행을 방해했대요."

"대회조직위원회에서 경기장 출입증도 회수했다던데?"

"예, 잘됐죠. 느긋하게 텔레비전을 보며 폐막식을 취재할 작정이에요."

"지금 이 도시와 가까운 중국의 원전에서 방사능 누출사고가 일어났다는 소문이 파다해요. 수많은 관광객들과 시민들이 차를 타고 도망치고 있어요. 이것 좀 봐요."

고다마는 사진 한 장을 보여줬다.

"후쿠시마 원전사태 사진과 흡사하지요. 대회조직위와 지린성 당국이 긴급기자회견을 하고 징위원전은 아직 준공식도 안했고 그 사진은 후쿠시마 원전 사진을 조작한 것이라고 발표했어요. 오늘 열릴 아시안게임 폐막식을 망치려는 불온세력의 소행이라고요."

"결국 이번 동계 아시안게임 우승은 한국이 차지했어요. 쇼트트랙을 석권했고 스피드스케이팅과 피겨에서 강세를 보였어요. 김연아라는 영웅 때문이죠. 올림픽을 두 번 제패한 그녀가 대표팀 코치로 나서 남녀 피겨 금메달을 따게 한 게 결정적이었죠."

"그 바람에 중국 언론들은 남의 잔치판이 돼 버렸다고 비난이 대단해요."

노래방 살인사건은 중국 TV에까지 대대적으로 보도됐다. 건장한 남자가 부상을 입고 병원에 실려 갔는데, 그가 뒤늦게 나타난 괴한 여러 명과 함께 중국 공안 2명을 죽이고 달아났다고 했다. 노래방에서 교살용 철삿줄이 발견된 것으로 보아 화산학자 임영민, 남조선 방송국 PD의 살해범으로 추측된다고 방송기자는 말했다.

오수지는 이수근이 살해된 것과 임준의 부친이 홍콩재벌에게 납치되었다는 북한 공작원의 말에 충격을 받아 그에 관한 기사를 쓰고 있었다. 그녀는 마지막 기사 송고를 끝내고 보하이 시 공안국에 찾아가 새벽에 일어난 사건에 대해 증언하기로 결심했다.

황우반에게 전화를 걸었다.

"약속대로 오늘이 기자생활 마지막 날인가?"

"내가 실업자 되는 게 그렇게 좋아?"

"잊지 마. 내일 오전 9시 백두호텔에서 나랑 헬기를 타고 북한엘 갈 거야. 우리 지금 데이트하는 거야?"

"아니, 인터뷰하는 거야."

"대체 뭘 알고 싶으신가?"

"왜 백두개발이 3만 장이나 되는 여행권을 뿌렸지?"

"그건 저번 공동 인터뷰 때 얘기했지. 부친의 소망이었다고."

"당신 이종사촌이라는 김태일 그자를 만났어. 제 정신이 아닌 것 같아. 그자 말대로 백두산이 터진다면 당신이 초청한 3만 명이 죽는 거잖아. 그건 대참사야."

"현재로선 백두산이 터질 가능성은 거의 없지. 그자들의 데스 카니발은 환상 속에 존재하는 CG 영화야. 그자들은 스포츠맨이 아니라 스릴러 마니아일 뿐이야."

"그자들의 망상을 채워주기 위해 수백억 원을 써? 그걸 곧이 믿으라는 거야? 솔직히 말해 봐. 내게 뭔가 숨기는 게 있지?"

황우반은 잠시 숨을 죽이더니 목소리를 높였다.

"난 백두산을 현실과 가상의 세계가 혼재하는 최첨단 관광지로 만들고 있어. 동계스포츠의 메카이자 할리우드란 말이지. ISEA에서 도박까지 벌인다니 라스베이거스처럼 되지, 날마다 지진이 일어나 폼페이 분위기도 돋구지. 희열과 공포, 승부욕과 죽음이 교차하는 곳이 바로 내가 개발한 백두산이야. 수백억 원 정도는 홍보비일 뿐이야. 그걸로 앞으로 수십 배는 벌어들이니까."

그의 숨 가쁜 말투에는 광기가 느껴졌다. 섬뜩했다.

"황당하군. 당신 같은 현실주의자가 왜 갑자기 그렇게 변했을까? 내 직감이지만 당신도 뭔가 도박을 하는 것 같아."

"밑지는 장사는 안 해. 난 철저히 분석하고 투자하는 사업가야."

"사람 목숨 가지고 장난칠 생각 마. 당신은 이미 백두산이 위험하다는 걸 잘 알고 있어."

"오수지, 너 기자 맞아? 어제 장백산과학원장이 기자회견한 거 몰라? 백두산은 극히 안정된 모습을 보이고 있다고 관측자료를 공개했잖아. 지금 나하고 뭐하자는 거야? 도대체 이게 인터뷰야, 협박이야?"

"당신 말은 그대로 기사화될 거야."

"이봐, 당신 내 애인 맞아? 오수지 가면을 뒤집어쓴 외계인 아냐?"

"당신한테 너무 많이 실망했어. 지금으로선 약혼식도 미루고 싶어."

"어떻게 그런 말을 입에 담아? 그거 솔직한 심정이야?"

"그래."

"제기랄, 대단한 반전이군."

"어쨌든 지금 머릿속이 복잡해. 이만 끊을 게."

분명 뭔가가 있다. 오수지는 그걸 파헤치리라 마음먹었다.

오전 내내 임준은 백두산 동굴에 갇혀 있었다. 오늘 새벽에 오수지와 헤어지고 보하이 시 한 모텔에 투숙한 직후 낯선 사내 3명에게 납치되었다. 그들은 그의 눈과 입을 봉하고 차 트렁크에 실어 눈길을 달리다가 어디에선가 멈춰 섰다. 다시 스노모빌 뒤에 달린 썰매에 실려 한참을 달려간 뒤 산비탈을 올라가 어디론가 들어갔다.

눈가리개가 풀리자 임준은 그곳이 4일 전에 이수근과 머물던 동굴임을 알았다. 동굴 안에 지진계를 설치한 곳에 커다란 쇠말뚝이 박혀 있었는데, 그는 그곳에 손이 묶인 채 결박돼 있었다. 동굴 안의 화산가스는 저번보다 냄새가 더 지독했다. 산 전체가 열기에 타들어가는 느낌을 받았다. 몇 시간 동안 물 한 모금 먹지 못해 입이 타들어갔다.

임준은 점점 농도가 짙어지는 유황냄새에 머리가 깨질듯이 아팠다. 이대로 죽는가 싶었다. 동굴 속에 묶인 자신의 처지가 지금쯤 어딘가에서 감금된 채 구원을 기다릴 아버지의 모습을 떠올리게 했다.

그는 열흘 전 아버지가 들려준 청년시절을 다시 생각했다.

1978년 11월. 혜화동 로터리 뒷골목에 있는 오래된 벽돌건물의 2층에는 30평쯤 되는 술집이 있었다. 낡은 테이블이 열댓 개쯤 늘어서 있었고 늦은 오후부터 자정까지 젊은 대학생들로 가득 했다. 술집 주인은 무교동 출신의 주먹이었고 대학교 2학년인 임영민은 지배인이었다. 건물 꼭대기층에는 창고와 작은방이 있었는데, 그의 숙소였다.

그곳은 온전한 안락처가 아니었다. 잘 곳 없는 칫솔부대 대학생이나 경찰에 쫓기는 수배자들이 몰래 숨어 들어와 장기투숙을 하고 있었다.

어둠이 내린 거리는 찬바람이 불고 있었고 팝송이 흐르는 실내에는 술을 먹는 학생들로 북적였다. 담배연기가 가득했고 술 취한 목소리로 소란스러웠다.

영민은 레코드판을 갈아 끼우며 울적함을 달랬다. 그날 오후 학교 안에서 충격적인 모습을 보았기 때문이었다. 대학 교무처 옆에 있는 높은 굴뚝 꼭대기 위에서 한 학생이 유인물 수백 장을 뿌리며 소리치고 있었다. 박정희 독재 타도, 타도, 타도!

굴뚝 아래에는 수백 명의 학생들이 몰려와 그 광경을 올려다보다가 사복경찰들의 몽둥이질에 뿔뿔이 흩어졌다.

영민은 이공대 창문을 통해 굴뚝 위에서 외롭게 소리치는 학생을 안

타깝게 바라보았다. 그는 같은 과에 다니는 절친한 친구 황백호였다.

사복경찰 10여 명이 굴뚝 아래를 지키고 있었다. 경찰 한 명이 사다리를 타고 올라가 백호를 강제로 끌어내렸다. 백호는 경찰들에게 흠씬 두들겨 맞고 피투성이가 되었다. 그는 검정색 지프에 실려 경찰서로 끌려갔다. 그의 처참한 모습에 영민은 눈물을 흘렸다.

긴급조치가 발효되고 대학마다 경찰들이 상주하던 시절이었다. 운동권은 한겨울처럼 얼어붙었다. 운동권 서클에서 활동하던 백호는 전날 영민이 운영하는 술집에 와 1년 후배인 최인희와 밤늦도록 아무 말 없이 술만 마셨다. 둘은 잘 알려진 캠퍼스 커플이었다. 둘은 이미 여러 번 정부를 비난하는 유인물을 만들어 대학과 시내 곳곳에 뿌리고 다녔다.

영민은 체포된 백호가 긴급조치 위반죄로 투옥될 것이고 그것으로 지질학자가 되겠단 그의 꿈은 깨지고 말았다는 생각에 가슴이 아팠다.

밤 11시 반. 마지막 손님들이 통금을 피해 떠나가고 술집 문을 닫을 무렵 누군가가 뛰어 들어왔다. 얼굴을 못 알아볼 정도로 퉁퉁 부은 백호였다. 인희가 뒤따라왔다. 영민은 크게 놀랐다.

"어떻게 된 거야? 넌 체포됐었잖아."

"맞아, 간신히 빠져나왔지."

"어떻게? 초범이라 훈방된 건가?"

"아니야, 운이 좋았어."

그는 수갑이 채워진 채 경찰 지프에 실려 가다가 원남동 로터리에서 시위대와 만났다. 시위대가 경찰지프를 가로막고 에워싸더니 차 유리창을 박살냈다. 시위대의 기세에 눌려 경찰들은 옴짝달싹 못했다. 시위대는 경찰들을 두들겨 패고 백호의 수갑을 풀어 주었다. 백호는 시위대 속에 섞여 있다가 골목으로 달아나 친구 자취방에서 몇 시간을 숨어 있었고 밤늦게 영민을 만나러 달려온 것이다.
"당분간 여기서 네 신세 좀 져야겠어. 괜찮겠어?"
"당연하지."
"인희도 같이 쫓기는데, 함께 있어도 되지?"
"좋도록 해."

영민은 백호와 인희를 제 방에 쉬게 하고 자신은 술집 소파에서 잠을 잤다. 일주일이 지난 어느 날 밤 사복경찰들이 술집 건물 전체를 포위하고 수색하기 시작했다. 술집을 가득 채웠던 학생들은 몽둥이질을 당하고 기물들은 파괴되었다. 백호와 인희는 체포되었다. 영민도 종로경찰서로 끌려갔다.

황백호와 최인희는 긴급조치 위반죄로 투옥되었다. 영민 역시 범인은닉죄로 투옥됐다가 두 달 후 풀려나 군대로 끌려갔다. 최전방에 배치된 영민은 요주의 사병으로 특별 관리되며 혹독한 시련을 겪었다. 외부와의 연락도 철저히 통제됐다. 휴가는 물론 외박도 허용되지 않았다. 영민은 육체적 고통쯤은 얼마든지 견딜 수 있었다. 하지만 중고등학교에 다니는 어린 동생들이 어떻게 견뎌내고 있을지 허구한 날 걱정으로 잠을 설쳤다.

1981년 여름에야 집에 돌아온 영민은 여동생 때문에 통곡했다. 집안 가장인 오빠가 갑자기 군대에 끌려가자 여동생은 고교를 중퇴하고 무교동 룸살롱에 나가며 막내를 부양했다고 했다. 자신의 실수 때문에 여동생의 삶을 망가트린 것이다.

백호와 인희가 풀려난 것은 10·26 사태 이후였고 사면복권이 돼서야 대학에 다시 복학했다. 영민은 1982년 봄에야 교정에서 그들을 다시 만날 수 있었다.

대살육 음모

낮 12시 50분. 박주연은 백파 룸살롱 문을 열고 들어오는 강호길에게 말했다.

"지금 시내 상황은 어떤가?"

강호길이 씨익 웃으며 말했다.

"말도 마세요. 우리 흑색공작에 도시 전체가 광란상태입니다. 전쟁이라도 난 것처럼 밤새 외국인 관광객과 중국시민들의 엑서더스 행렬이 줄을 잇고 있습니다. 도시 외곽으로 나가는 도로가 하나뿐이라 도로 전체가 아수라장이에요. 한국인들도 절반가량 탈출한 듯합니다. 중국 당국과 중국방송들이 거짓정보라고 대대적으로 홍보하자 오후 들어선 점차 진정되는 것 같습니다. 도로가 너무 막히자 되돌아온 사람들도 많아요."

CCTV는 이번에 뿌려진 원전사고 사진과 후쿠시마 원전 사진을 맞비교했다. 중국 당국은 원자로 모양부터 다르다며 조작임을 홍보했고 사진이 한국인들이 많이 머무는 호텔에서 집중 살포된 걸로 미뤄 대회를 망치려는 한국 극우단체 소행일 가능성이 높다고 알렸다.

박주연이 박수를 쳤다.

"정말 수고했네. 큰일 해냈어. 한국인뿐만 아니라 다른 나라 사람들도 목숨 건지게 했으니까. 이러다가 백두산 안 터지면 실망하겠군."

"안 터지면 다행 아닙니까. 아직까지 남아 있는 한국인만도 1만 명이 넘을 것 같습니다. 대부분이 익스트림 스포츠에 광분한 작자들이지요."

"그 미치광이들을 어떻게 쫓아낼지 정말 답이 안 나오는군 그래."

"종말론자들보다 더 미친 자들이죠. 마약보다 중독성이 더 강한 모양입니다. 자기들은 최신식 장비로 무장했다고 큰소리만 치죠. 내 자식이 커서 저럴까 걱정입니다."

강호길은 죽음의 레이스에 베팅을 하기 위해 게임머니를 환전한 액수가 벌써 3억 달러를 돌파했다고 말했다. 박주연이 시니컬한 목소리로 말했다.

"백두산이 세계적인 불법도박장이 됐어. 라스베이거스가 백두산에 울고 가겠군. 종말론 광신도들은 어떻게 됐지?"

"주 목사가 수동동굴에 추종자들을 다 모이게 해 오늘부터 철야기도에 들어간답니다. 주 목사가 백두산에서 십자가 지고 순교했다면 성인의 반열에 올랐을 겁니다. 우리가 그 친구 창창한 앞길을 막은 셈이죠."

박주연이 말했다.

"어쨌든 한국인들 3분의 2는 철수시켰으니 그나마 다행일세. 우리 스파이들은 중요한 공작을 성공시켜도 공개적인 칭찬을 못 받아. 성공 그 자체로 만족하며 자축할 뿐이지. P대좌에게서 전쟁계획이 왔으니 오늘 내가 요원들에게 한턱 쏘지. 그건 그렇고 잡아온 놈에 대해선 알아봤나?"

"방금 한국 영사관에 간 정보관이 킬러가 소지했던 여권 당사자의 신원을 확인해왔습니다."

박주연은 휴대용 모니터로 강인한 인상의 한 청년 얼굴을 보았다. 한영일. 나이 35세. 제주도 거주. 밀감농장 운영. 1년짜리 비자를 갖고 중국에 입국해 선양과 보하이 시에서 석 달째 거주해왔다.

"위조여권이었습니다. 진짜 한영일은 얼굴이 이자와는 아주 다릅니다."

"그럼, 북한 공작원이 위조여권을 가지고 한국인 행세하는 건가?"

"그런 거죠."

"킬러의 진짜 신원을 빨리 확인해 봐. 심문을 강화해. 그자 PC에서 뭐 좀 나온 게 없어?"

"지금 파악하고 있습니다. 곧 보고 드리겠습니다."

박주연은 고개를 끄덕였다. 정보기관이라면 실제로 전산에 입력된 살아 있는 위조여권을 만들어 쓸 수 있다. 북한 공작원이 중국에 관광 갔던 제주도 사람의 여권을 훔쳐 사진을 붙여 사용한 것이리라.

린리치는 백두산 서쪽 소도시 쏭지앙쩐 외곽에 있는 개인별장에 머물고 있었다. 그는 지난 며칠간 조선족 화산학자 최향남과 많은 얘기를 나눴다. 중국 공안으로 위장한 린리치의 부하들이 그를 대낮에 집에서 납치해 별장으로 끌고 온 것이다.

최향남은 결론을 내렸다.

"지금 천지호 아래에 있는 마그마방에 큰 체적의 마그마가 들어왔소. 그래서 마그마방을 둘러싼 암석들이 가열되고 지표면의 온도가 급격히 증가하고 있소. 최근 한 달간 큰 지진이 백두산 일대에서 두 번이나 일어나 마그마방을 강력하게 자극했소. 지금도 군발성 지진이 하루 수백차례나 계속되고 있고, 백두산 곳곳에서 엄청난 화산가스가 분출하고 있소. 마그마가 터져나올 듯이 산체에 큰 압력을 가하고 있소."

린리치는 고개를 갸웃거리며 최향남을 바라보며 물었다.

"장백산과학원에서는 백두산이 안정화되었다고 발표했어요."

"지난주에 하루에 화산성 지진이 500여 회씩 일어나다가 금주 들어 100회 정도로 줄었다고 안정화된 겁니까? 마그마의 상승이 멈춘 것도 아니오."

최향남은 진지한 얼굴로 대꾸했다.

"분화 전에는 일시적인 안정화 현상이 생길 수가 있소."

린리치는 놀라워했다.

"안정된 모습이 오히려 분화의 전조란 말인가요? 백두산이 터지기 직전에 숨을 몰아쉰다는 건가요. 하긴, 의심스럽긴 했어요. 장백산과학원장 허자오췬은 백두산 개발에 참여한 중국인 장원 회장의 처남이에요. 그는 장원 회장의 재산보호를 위해 백두산 관측자료를 조작했을 가능성이 커요. 장원 회장이 자기회사 주식을 대거 매도하고 있다는 정보도 있고. 최 박사는 언제쯤 백두산이 터질 것 같아요?"

"머지않아 터질 것 같소."

"구체적으로 말해 봐요."

"일주일 안에 터질 가능성이 있소."

"일주일?"

"그렇소."

"백두산이 터지면 대지진이 뒤따를 가능성은?"

"아주 크지요."

"함경북도 나선특구는 어떻게 될 것 같소?"

"거긴 화산재만으로도 쑥대밭이 될 거요. 지진피해도 클 것이오."
그녀는 신음소리를 냈다.

홍콩재벌 궈자오칭은 북한의 나선특구의 공단과 항만개발에 40억 달러를 투자했고 황금평에 추가투자를 할 예정인데, 최향남 말대로 백두산이 터진다면 200㎞ 거리도 되지 않는 나진지구가 쑥대밭이 되는 것만으로도 궈자오칭의 투자회사 주식은 휴지조각이 될 것이었다.

린리치는 전화로 궈자오칭에게 그 사실을 즉각 보고하고 당장 투자회사의 주식을 대거 매도하라고 조언했다. 궈자오칭은 고급정보를 물어다준 그녀에게 3백만 달러의 상금을 주기로 약속했다.

린리치는 최향남이 백두산 분화가능성을 정확하게 파악해 줄 최고의 전문가라고 알았다. 그래서 백두산이 터질 때까지 그를 억류해야 했다. 그 폭발정보를 독점해 궈자오칭의 주식매각을 도와야 하기 때문이었다.

중국의 국가안전부장 천캉[陈康]은 백두호텔 특실 소파에 앉아 보고서들을 검토하고 있었다. 내일 오전에 헬기를 타고 북조선으로 들어가 삼지연 못가별장에서 김정은 최고사령관을 만나 비밀회담을 가질 예정이었다.

3년 전부터 남조선과 북한과의 충돌이 곳곳에서 이어졌다. 그해 9월에 북한군 2만 명이 서해 5도에 대한 상륙작전을 시작하자 남한의 서북도서 방위사령부는 즉각 반격했다. 미사일 수십 발을 발포, 북한의 해안포 기지를 무력화하는 동시에 해주일대의 군사기지를 초토화했으나 5개 섬에서는 치열한 교전이 벌어졌다. 백령도의 해병대는 절반의 사상자를 내며 끝까지 버텨냈다. 서해의 북한 함정 대다수를 파괴하고 공격군의 절반을 궤멸시켰으나 중과부적으로 연평도를 빼앗겼다. 북한은 섬을 즉각 요새화했다.

연평도를 빼앗기자 나머지 4개 섬의 방어가 위험해졌다. NLL은 크게 남하해 북조선 미사일이 서울을 코앞에 두게 되었다. 재작년에는 연평도에 배치된 방사포와 장사정포가 경기도 내 반도체 공장과 인천공항을 타격해 막대한 피해를 입혔다. 외국항공사들은 인천공항을 기피했고 외국자본이 빠지면서 주가는 폭락했다. 그나마 작년에 북한이 사과하면서 남북관계는 서서히 풀리기 시작했다.

북·중 양국 사이의 산적한 현안을 해결하기 위해서는 김정은의 결정이 필요했다.

지난 수년간 북한의 끊임없는 대남도발, 미국에 대한 핵시위 등은 모두 김정일 사후의 후계체제 강화를 위한 긴장 유발조치였다.

북조선 상황은 이미 위험수위를 넘어섰다. 최근 수년간 외부의 지원중단으로 아사자가 300만을 넘었고 50만이 넘는 탈북자가 동북 3성과 연해주 일대를 떠돌았다.

지난해 말부터 조중 국경지대에 20만 이상의 중국군을 배치하고 국경을 봉쇄한 것은 표면상 탈북자를 막기 위한 것이었으나 북조선의 급변사태에 신속하게 대응하기 위해서였다. 유사시 한미연합군이 휴전선을 넘는 시간보다 중국군이 월등히 앞설 수 있을 것이다.

천캉은 베이징에서 지침을 받았다.

북조선은 한미연합군을 막아줄 완충재 같은 존재이다. 북조선의 남조선에 대한 지속적인 도발을 지원하고 격려한다. 한미연합군이 북조선군의 볼모가 되는 한 미국의 중국위협은 사라진다. 작은 도발이 아닌 전면전을 막아 동북아를 안정시켜야 한다.

북조선의 핵개발은 중국의 안전이 위협받는 수준이 되면 개입해 제거한다. 영변의 불량한 핵시설은 중국의 안전에 위험하므로 폐기되어야 했고 그래서 내일 김정은을 만나 그를 압박하는 것이었다.

천캉은 홍콩재벌 귀자오칭을 통해 북조선 화산학자 이수근의 이야기를 들었다. 북조선 지진연구소는 보위부를 통해 백두산이 당장 터진다고 과장된 보고를 하는 모양이었다.

국가안전부 비밀요원인 북조선 인민무력부 간부가 암호메일로 보내온 전쟁설도 확인해야 한다. 백두산이 폭발되기 전에 남침전쟁을 일으킨다면 큰 문제였다. 중국과 이웃국가들의 지원으로도 재난을 극복할 수 있다는 것을 설득시켜야 했다. 그는 장백산 과학원에서 만든 보고서 1부를 김정은에게 전달할 예정이었다. 백두산의 분화여부가 북조선의 운명을 좌우하는 중대한 기로가 될 것이라고 생각했다.

오후 1시 20분. 탈진한 임준은 눈을 감고 땅바닥에 반쯤 드러누워 있었다. 동굴 안쪽에서 화산가스가 점점 심하게 솟구쳤고 그는 질식할 듯이 숨을 헐떡거렸다. 독가스에 취해 머리가 어지러웠다. 죽는 것은 시간문제라는 생각이 들었고 점점 의식을 잃어갔다. 화산가스가 살아 있는 유기체처럼 시커먼 모양으로 허공에서 소용돌이치더니 그의 콧구멍과 입을 통해 들어가 갈퀴로 그의 허파와 심장을 뜯어내고 있었다. 그는 미친 듯이 비명을 지르고 울부짖었다. 마침내 정신을 잃었다.

그때 누군가가 동굴에 들어와 임준에게로 다가왔다. 그는 주머니칼로 말뚝에 결박된 밧줄을 끊더니 넋이 나간 임준을 업고 동굴 밖으로 나가 산등성이를 내려갔다.

임준은 스노모빌에 태워져 백두산 기슭을 빠져나갔다. 다시 정신을 차린 것은 보하이 시 한 병원 침대였다. 오수지가 눈에 들어왔다. 갸름한 얼굴에 커다란 눈망울이 그를 내려다보고 있었다.

오후 1시 40분. 강호길은 한국 영사관에 간 정보관에게서 킬러의 인물사진으로는 신원이 확인되지 않는다는 전화를 받았다. 녀석은 북한 공작원이 틀림없다는 예감이 들었다.
그는 킬러의 PC를 뒤지는 차원식 정보관과 통화했다.
"뭐 좀 찾아냈나?"
"그자의 메일 대부분은 삭제됐고 몇 개만 남아 있습니다. 한 여자와 오고간 메일인데, 여자는 그를 '안창선'이라고 불렀습니다. 그자가 보낸 메일을 감식한 결과로는 그자는 북한인이 아니라 한국인으로 보입니다."
강호길은 눈을 휘둥그레 떴다.
"뭐라고? 한국인? 그럼, 한국인이 같은 한국인들을 교살했단 말야?"
"메일 하나를 읽어드리죠."
차원식은 들뜬 목소리로 이어 말했다.
"여자는 지난해 11월 말에 속초 바닷가에서 마지막 밀회를 감명 깊게 회상했습니다. '당신이 그렇게 미남이 될 줄은 몰랐다. 그 얼굴로 고향 소래포구에는 가봤느냐' 하고 물었습니다."
"놈이 성형수술을 했다는 건가? 성형한 얼굴로 위조여권을 만들었단 말인가? 그놈 고향이 소래라구?"
"여자는 바닷가에서 찍은 사진을 보냈습니다. 다섯 장입니다."
"그 사진들을 서울본부에 보내 신원을 파악해 봐."
"이미 조치했습니다."

"그자는 북한말이 완벽했어. 그 살인마가 화산정보를 팔아먹는 북한 보위부 고위층과 남침계획까지 알고 있었지. 일개 한국인이 그걸 어떻게 알겠는가?"

"이수근이 북한의 대남도발계획을 얘기하자마자 킬러가 노래방에 들이닥쳤다는 것으로 봐서는, 놈이 노래방 입구에서 그런 정보를 엿들었을 겁니다."

강호길은 고개를 끄덕였다. 연쇄살인범이 한국인이란 말인가. 왜 한국인이 북한 공작원 흉내를 내면서 살인을 한단 말인가. 놈은 프로페셔널이었다. 누구의 사주를 받고 사람을 죽인단 말인가.

양영우 소방방재청장은 대통령에게 백두산 특별대책을 보고했다. 대통령은 북한의 지진학자 이수근이 건네줬다는 북한지진연구소의 보고서를 훑어보았다.

방재청장의 목소리는 건조했다.

"그 보고서는 백두산이 폭발하면 규모 6.5 이상의 강진이 발생할 가능성이 크다고 되어 있습니다만…"

그는 자신의 노트북에 수록한 자료를 읽었다.

"화산폭발에 수반되는 지진은 보통 리히터 규모 5.0 이하라는 조사 결과가 있습니다. 이것은 전 세계 화산자료를 근거로 한 정확한 데이터입니다. 예외적으로 1815년에 일어난 탐보라 화산 분화 시에 규모 7.0, 1914년 일본 사쿠라지마 화산 폭발 시에 7.1, 1975년 하와이 칼라파나 화산폭발이 최고기록인 7.2를 기록했으나 이것들은 극히 예외적인 사례일 뿐입니다."

김원중 국정원장은 물러서지 않았다.

"이미 천년 전에 백두산은 전 지구적인 재앙을 초래할 정도로 초대형 화산폭발을 일으켰죠. 다시 터진다면 일반 화산의 규모를 훨씬 능가할 것이므로 북한 보고서는 믿을 만합니다."

통일부 장관 권혁수가 코웃음을 쳤다.

"아닙니다. 각하. 이 황당한 보고서는 북한 보위부가 우리를 혼란시키려는 흑색공작일 수도 있어요."

김원중이 끼어들었다.

"이 보고서를 가지고 한국에 망명하려던 이수근은 간밤에 북한 공작원한테 교살당했습니다."

"그럼 더욱더 그 정보의 신뢰도가 떨어지겠군요."

"그가 죽기 전에 동석한 한국인들에게 김정은이 백두산이 폭발하기 전에 우리를 상대로 전쟁도발을 결정했다고 말했죠. 요즘 북한군의 대이동을 보면 근거 있는 말입니다."

한때는 대결로 치닫기만 했던 남북관계는 최근 화해분위기를 보이고 있었다. 개성공단이 확대되고 금강산관광사업이 재개됐다. 이산가족 상봉규모도 몇 배나 늘어났다. 압록강 황금평 개발사업에 남한의 참여도 확정됐다.

권혁수가 반박했다.

"이번 주부터 백두산은 급속히 안정된 모습을 찾고 있어요. 백두산이 안 터지면 그들이 왜 전쟁을 벌이겠습니까? 이 추운 겨울에 식량도 없는 군대가 어떻게 도발하겠습니까? 그건 우리를 혼란시키려는 거짓 정봅니다."

김원중은 이수근의 동생 핵물리학자 이영근이 작성한 영변 핵시설에 대한 자료 사본을 펼쳐보였다.

"이것이 저희가 오늘 중국에서 입수한 극비자료입니다. 이수근의 동생인 북한 핵물리학자 이영근이 직접 작성한 영변 핵시설에 대한 설명서입니다. 그는 영변 핵시설이 내진설계가 되지 않은 부실덩어리라고 증언하고 있습니다. 저희 내부에서도 검토한 하나의 시나리오를 말씀드리죠. 백두산이 터지고 대지진이 북조선을 덮치면 영변에 있는 핵시설 단지가 붕괴돼 북한 대부분과 일본, 남한 일부까지 방사능으로 오염될 가능성이 있습니다. 2008년 2월에 미국 스탠퍼드대학 교수 지그프리드 해커 박사는 영변 핵시설을 방문하고 돌아왔습니다. 그는 영변핵시설이 방사능에 오염된 다 허물어진 시멘트 고물 집합소라고 말했죠. 내진설계조차 안 된 엉터리 시설입니다."

해커 박사는 모든 기계들은 녹이 슬고 건물 유리창도 거의 깨진데다 물과 전기도 하루에 서너 시간밖에 공급되지 않는다고 했다. 방사선 보호복도 입지 않은 사람들이 일을 하는데, 미국 같으면 시설을 강제로 폐쇄할 정도로 오염도가 심각하다고 발표했다. 그의 보고를 근거로 유엔 안보리 산하 대북제재위원회가 발간한 〈전문가 패널 최종 보고서〉는 북한의 우라늄농축 프로그램을 군사적 목적으로 규정하고 안보리는 즉각 중단하도록 권고한 바 있었다.

"세계최대의 군사정보전문기업인 영국의 제인스 인포메이션 그룹(Jane's Information Group)도 영변에서 핵사고가 발생하면 12만 명이 직접 피해를 입고 1,200만 명 이상이 방사능 피해를 입을 것이라고 경고했죠. 결국 대지진으로 영변까지 무너지면 북한 전역은 사람이 못 사는 생지옥이 되고 맙니다. 북한지도부는 이런 상황을 예상하고 전쟁도발을 결정했을 겁니다."

입을 다물고 있던 외교안보수석 백선규는 벽에 붙은 한반도 전도에 줄자를 대보았다. 100만분의 1 지도는 백두산에서 영변까지의 거리를 300여 km로 나타냈다. 그의 목소리는 냉랭했다.

"국정원장님, 300㎞는 아주 먼 거리입니다."
"압니다."
"양 청장님, 백두산 폭발에 대해서 각하께 말해 보시오."
소방방재청장은 천년 전 백두산 화산폭발과 지금 다시 터질 경우의 가상시나리오에 대해 설명했다.
"백두산이 터지면 마그마와 천지물이 만나 초대형 폭발이 일어나는데, 대지진이 일어날 가능성이 있긴 합니다."
대통령이 물었다.
"백두산 폭발에 반드시 대지진이 동반합니까?"
"그렇지는 않습니다. 운이 좋으면 화산분출이 천지가 아닌 다른 사면에서 일어나 용암이 조용하게 흘러나와 여러 골짜기를 따라 흘러갈 수도 있죠. 천지를 통해 격렬한 폭발이 일어난다고 해도 대지진을 동반하지 않을 수 있죠."
김원중이 반박했다.
"양 청장, 그걸 보고라고 하는 거요? 우리 소방방재청은 백두산의 화산성 지진도 관측 못하는 소경 신세 아니오? 북한 지진연구소에서는 숱한 관측을 통해 예상 분출경로를 파악한 결과, 마그마가 상승하는 장소는 천지가 확실하고 천지와 마그마가 만나면 폭발적 분화는 필연적이라고 분석했습니다. 왜 이들의 연구결과를 무시해야 합니까? 재앙을 막자는데 왜 편견이 개입됩니까? 결코 강 건너 불구경이 아닙니다. 지금 비상이란 말입니다."
조용히 듣고만 있던 대통령이 물었다.
"지진의 규모와 진도의 차이는 뭡니까?"
양영우 방재청장은 '규모'와 '진도'(震度)에 대해 설명했다.
"매그니튜드(magnitude), 즉 '규모'는 미국의 지진학자 리히터가 지진이 일어났을 때 나오는 에너지의 크기를 수치화한 것으로 지진의 절대적 강도를 나타냅니다. '진도'는 사람이 느끼는 진동이나 건물의 피해를 입은 정도를 수치화한 것으로 지진발생지점으로부터의 거리나 관측지점의 지질특성에 따라 다릅니다. …"

김원중이 이어 말했다.

"영변의 우라늄 농축시설은 핵폭탄을 제조할 수 있는 고농축우라늄을 생산합니다. 만약 우라늄 농축시설이 지진으로 무너지면 엄청난 방사능이 유출될 겁니다. 영변에 대지진의 충격이 전해진다면 대량의 방사능이 유출돼 북한 상반부는 방사능으로 오염될 겁니다. 방사능 낙진이 바람을 타고 일본과 한국까지 큰 피해를 줄 가능성이 큽니다."

권혁수가 반박했다.

"각하, 지금껏 영변 핵시설이 내진설계조차 되지 않은 불량시설이란 이야기는 처음 들었습니다. 북한이 가동중인 흑연원자로나 새로 지은 가압형 원자로는 전부 실험실 규몹니다. 남한의 핵 발전시설과는 비교할 수 없이 작고, 설령 대지진으로 그 작은 시설이 붕괴해 봤자 방사능이 얼마나 방출되겠습니까. 영변 일부지역을 오염시킬 뿐입니다. 차라리 붕괴한다면 골칫거리가 하나 사라지는 셈입니다. 더욱이 북한 보고서는 백두산이 터지고 대지진이 일어난다는 이중의 가정법을 동원하고 있습니다. 백두산이 터지기도 힘든데, 대지진이 동반한다는 건 더 힘든 일이죠. 대지진이 300km 떨어진 시설을 붕괴시킨다는 것은 신빙성 낮은 추론입니다."

대통령은 오묘한 표정을 지었다. 순진해 보이는 얼굴, 느리면서도 나긋나긋한 말투는 트레이드 마크였다. 대통령은 사안이 심각한 국무회의 석상에서도 주제에서 한참 벗어난 말을 장황하게 늘어놓아 많은 국무의원들을 졸게 만들었다. 그는 '수면제'라는 별명으로 불렸는데,

들어주기 어려운 청탁을 받을 때는 거절인지 아닌지 모를 사유를 몇십 분이고 줄기차게 늘어놓아 청탁자의 두 손을 들게 하는 재주가 있었다.

오늘따라 대통령은 발언이 길지 않았다.

"영변보다 백두산에 가까운 비밀 핵시설도 있겠군요."

김원중이 대답했다.

"있을 가능성이 큽니다. 그 비밀 핵시설도 무너지면 재앙은 더 커질 겁니다. 각하. 두고 볼 문제가 아닙니다. 지금 당장 북한당국과 협의를 서두르셔야 합니다."

통일부 장관이 말했다.

"아닙니다, 각하. 금주 들어 백두산의 화산성 지진이 급감하고 있습니다. 괜히 긁어 부스럼이 될 수 있습니다."

대통령이 굳은 얼굴로 말했다.

"화산성 지진이 멈춘 것은 아니잖습니까? 유비무환이라 하잖습니까? 재난은 미리 대비해야 합니다. 영변에서 나왔다는 북한 과학자가 직접 작성한 자료는 신뢰가 갑니다. 통일부 장관은 북한의 핫라인을 열어 협의하세요. 영변 핵시설의 가동을 중단하면 대북지원을 하겠다고 말이에요. 대남도발을 강행하면 우리도 강력한 맞대응을 하겠다고 전해요."

"각하, 저들은 영변을 악용해 돈을 뜯어내려고 할 겁니다."

"현금지원을 해서라도 핵사고나 전쟁을 예방할 수 있다면 좋은 겁니다. 권 장관, 당장 협의하세요."

대통령의 목소리가 다소 떨렸다. 그의 보좌진은 그 목소리가 떨릴 때는 반박해서는 안 된다는 점을 잘 알았다. 외모와 말투가 부드러운 대통령도 한번 고집을 부리면 세상이 무너져도 물러날 줄 몰랐다.

그의 목소리가 떨리기 전에 이성적인 설득을 하지 못하면 해괴망측한 고집이 나라 일을 결딴낼 수도 있다는 걸 측근들은 잘 알았다. 통일부 장관과 외교안보수석으로부터 남북정상회담으로 선거판을 반전시키자는 건의를 받았을 때도 대통령은 사흘간 장고를 하더니 유난히 떨리는 목소리로 말했다.

"정상회담과 선거는 별개의 사안입니다. 단임 대통령에겐 시간이 부족합니다. 정상회담으로 남북화해가 이뤄지고 평화통일의 발판을 마련한다면 얼마나 좋은 일입니까. 야당의 비판은 무시해도 됩니다. …"

오수지는 병원 침대 곁에서 한 시간 동안 임준을 간호했다. 그녀는 눈을 감은 임준이 헛소리를 하는 것을 두 번이나 들었다.

"황우반, 넌 백두산이 폭발한다는 걸 진작부터 알았어. 많은 한국인들을 일부러 죽이려 하고 있어. 백두개발 회사를 망하게 할 작정이지?"

임준은 마치 황우반과 이야기를 나누듯이 지껄였다. 황우반이 백두산 폭발을 미리 알고 한국인들을 죽이려 한다는 말을 이전처럼 되뇌고 있었다. 그가 왜 자신이 운영하는 회사를 망하게 한다는 건가. 상식적으로 이해하기 어려웠다.

임준이 차츰 의식을 회복하기 시작했다.

박주연이 병실 문을 열고 들어왔다.

"큰일 날 뻔했소. 다 황우반 짓이오. 오늘 아침에 그의 부하들이 당신을 납치해 백두산 동굴에 감금했다고 황 회장에게 보고하더군요."

선양 거점의 공작관들이 백두호텔의 황우반 집무실에 도청기를 설치했던 것이었다. 그의 말이 이어졌다.

"황우반은 임영민 박사에 대한 적개심이 대단하더군요. 백두산 폭발설 때문에 사업에 큰 타격을 받았다고 생각하는 것 같아요. 그의 아버지 황백호도 임영민을 멀리하라는 유언까지 남겼다더군요. 그렇다고 임 박사 아들인 당신에게 이렇게까지 하는 건 납득이 되지 않아요. 무슨 사연이 있나요?"

창백한 표정의 임준이 입을 열었다.

"아버지와 죽은 황백호 회장은 같은 대학 같은 지질학과 동창이에요. 두 분 모두 목숨을 걸 만큼 백두산을 좋아했지만 길이 전혀 달랐지요."

"거 참, 흥미롭군요. 동창끼리 무슨 사연이 있어 2대에 걸쳐 원수처럼 구는 건지."

황백호는 구소련에서 개혁개방정책이 진행될 때 러시아 전역을 돌아다니며 광물탐사를 했다. 그에게 뜻밖의 기회가 찾아왔다. 헐값에 매각되는 국영광산회사를 사들인 것이다. 이 회사에 대한 강력한 구조조정을 벌여 국제시장에 상장시켰다. 회사 가치는 급상승했고 황백호는 수십억 달러를 단숨에 벌었다. '황백호 신화'를 만든 것이다.

오수지가 말했다.

"이건 명백한 납치와 살인기도 범죄야. 미안해. 황우반이 이런 작자인 줄은 까맣게 몰랐어."

박주연이 말했다.

"오수지 기자와 우리 공작원 하나가 스노모빌을 타고 올라가 당신을 구해온 겁니다."

임준이 말했다.

"감사합니다. 정말 죽는 줄 알았는데. 오 기자, 고마워. 참, 이수근 씨는 어떻게 됐나요?"

박주연이 말했다.

"그분은 그날 영영 불귀의 객이 되었소."
"그래요? 안타깝군요. 그럼, 괴한은요?"
"그자 신원을 파악중이오."
임준은 눈물을 흘렸다.
"총에 맞고도 살아나신 분이 그렇게 허무하게 가시다니."
"자, 그럼, 나중에 또 봅시다."
박주연이 병실 밖으로 나갔다.

오수지는 임준에게 별러왔던 말을 꺼냈다.
"아까 네가 병원에 누워 있을 때 잠꼬대하는 걸 들었어. 황우반 회장이 백두산 폭발을 미리 알았고 수많은 한국인들을 일부러 죽이려 하고 자신의 회사를 망하게 하려 한다고 중얼거리던데, 무슨 뜻이야?"
임준은 당혹스런 표정을 짓더니 입을 다물었다. 오수지가 다시 다그쳤다.
"난 알아야 할 자격이 있어. 내 인생이 걸린 문제야. 솔직히 말해줘."
임준은 고개를 끄덕이더니 무겁게 입을 열었다.
"황우반은 외아들이지만 부친으로부터 재산을 다 물려받지 못했어. 많은 지분이 작은아버지와 배다른 형제에게도 돌아갔어."
"배다른 형제?"
오수지는 처음 듣는 소리였다.
"그래."
"그건 누구한테 들은 거야?"
"중국에 와서 아버지한테 들었어. 동창생들이 많으니까, 아셨던 거야."
"백두개발 회장이 황우반인데, 왜 자기 회사가 망하길 바라는 걸까?"

"황우반은 사춘기 때부터 제 아비를 좋아하지 않았대. 부자 사이가 좋지 않았대. 황우반이 미국에 오래 있다가 아버지가 위독해 백두산 개발을 맡은 것도 작년 여름이야. 아버지가 돌아가신 후 그룹 전체의 지분 중 숙부와 이복형제 몫이 더 많다는 사실을 알고 앙심을 품었어. 그는 백두산이 폭발하리라는 걸 미리 알고 벌써부터 백두개발의 제 지분을 비밀리에 매각해왔어."

"내가 터진다고 그렇게 말을 해줘도 들은 척도 안했는데."

"매각사실을 숨기려고 그랬겠지. 자기 지분은 다 팔았으니까."

오수지가 화가 치민 표정으로 말했다.

"세상에, 그런 인간이었어? 나도 참 한심하지, 전혀 낌새를 못 차렸으니. 근데, 왜 한국인들이 죽길 바라는 거지?"

"제 아비 유언대로 많은 돈을 들여 여행권을 발행해 한국인 3만 명을 불러들였지. 그 중 1만 2천 명에게 백두개발의 공금으로 그룹 내 보험회사의 생명보험을 다 들어줬지. 그들이 죽으면 엄청난 보험금 때문에 그룹 전체의 지주회사인 다산생명이 파산하고 그룹전체는 백두산 개발로 많은 사람을 죽게 했다는 오명을 뒤집어서 사업하기가 더 이상 힘들 테니까. 지주회사의 최대주주인 숙부와 이복형제가 망할 거고."

"그렇게 되면 황우반도 엄청난 손해를 보는 거 아닌가? 백두산은 이젠 터질 가능성이 없다는데, 그의 계략은 실패로 끝나겠군. 증오가 얼마나 쌓였기에 같이 죽자는 건지. 그의 증오심이 너무 비정상적인데?"

"재벌가의 비밀은 알 수 없는 일로 가득한 거 아닌가."

"근데, 황우반이 왜 널 죽이려 한 거야?"

임준은 불편한 표정을 지었다.

"그자가 납치한 이수근 씨를 내가 빼냈고 국정원을 도와 한국인들을 도피시키는 등 사사건건 자기 일을 훼방 놓는다고 눈엣가시처럼 생각했겠지."

"다산그룹 내 고위층을 네가 만났다며?"

"아버지 고등학교 동창이야. 내가 어릴 때부터 알던 분이셔."

오수지는 고개를 저었다.

임준의 말은 어딘가 사리에 맞지 않았다. 오수지의 짐작으로는 황우반은 증오심 따위로 자폭할 인간이 아니었다. 그가 큰 재산을 물려준 그의 부친을 왜 그리 싫어했을까. 그룹을 부도내기 위해 1만 명의 죽음을 원했을까. 그가 임준은 왜 죽이려 했던 걸까. 고등학교와 대학 같은 과 동창생이라는 임영민과 황백호는 어떤 관계일까. 임준은 황우반의 속사정을 어떻게 그리 잘 알지? 모든 것이 이상했다.

오수지가 임준에게 말했다.

"참, 오후 4시 반부터 보하이 시 메인스타디움에서 아시안게임 폐막식이 있는데, 난 경기장에 입장할 수 있는 출입카드를 빼앗겼어. 그래서 TV라도 보면서 기사를 쓰고 싶은데 같이 볼래?"

"황 회장이 VIP 좌석 표를 구해 놨을 텐데."

"지금 그 사람 얼굴 보고 싶지 않아."

"어디서 보는 게 좋을까?"

"어제 밤에 갔던 곳, 어때?"

"좋아."

오후 3시. 회색 승합차 한 대가 백두호텔이 바라보이는 정수장 담장 옆에 서 있었다. 황우반의 집무실을 도청하던 정보관 차원식이 박주연에게 휴대용 모니터를 건네며 말했다.

"황우반은 도청 카메라가 설치된 백두호텔 집무실은 자주 쓰지 않는데, 지금 데스 카니발 책임자에게 전화를 걸고 있습니다."

박주연이 모니터를 받아 내려다보았다. 검정색 수트를 입은 황우반은 소파에 앉아 시가를 피우며 스마트폰을 쓰고 있었다.

황우반 장백산관측소의 화산학자 말로는 백두산 폭발은 여전히 유효하대. 수일 안에 터질 수 있다는군. 이제 슬슬 우리 계획을 실행할 때가 왔어. 대회, 차질 없이 진행하도록 해. 너도 널 끔찍이 아꼈던 이모의 원수를 갚아야지.

김태일 그래야죠. 죽은 황백호 회장, 형님과 피 한 방울 안 섞인 가짜 아버지, 그 인간을 제가 어떻게 잊겠어요. 강남재벌의 유일한 상속자였던 형님 어머님을 이용해 처가의 돈을 가로챈 파렴치범입니다. 죽은 게 분하기는 하지만 그와 피를 나눈 인간들에게라도 복수해야죠.

황우반 고맙다. 이번 일만 끝나면 평생 쓰고도 남을 돈을 줄 테니 잘해봐. 자네 회원들 확실하게 죽여야 해!

김태일 형님은 죽음의 카니발을 벌이는 우리 회원들이 처절한 생존본능이 있다는 걸 알아야 합니다. 우리들은 모험주의자입니다. 죽더라도 환호와 스릴 속에 죽길 바라죠.

황우반 난 너희들을 한 사람도 살리고 싶지 않아. 너만 빼고.

김태일 그렇게 되려면 조건이 필요해요.

황우반 뭔데?

김태일 화산이 터진 즉시, 이 도시의 유일한 도로인 고속도로를 끊어버리세요. 대피로를 차단해야 확실하게 죽잖아요. 사람들이 뿔뿔이 달아나면 안 되니까요.

황우반 좋은 생각이군. 우리 회사는 발파작업을 많이 하니까, 폭탄전문가가 많아. 당장 준비하지.

김태일 우리 회원 1만 2천이 다 죽으면 보험금이 얼마죠?

황우반 1인당 5억 원이니까 6조 원이야. 지주회사인 다산생명은 망하지.
김태일 형님은 안 망해요?
황우반 난 백두개발 지분을 다 처분했어. 다시 전화하지.

"이종사촌인 김태일의 이모라면 황우반의 어머니가 아닌가?"
박주연이 강호길에게 물었다. 강호길은 서울본부에서 온 파일을 뒤적였다.
"황우반의 모친은 그가 어릴 때 사망했습니다."
"원수를 갚다니 무슨 소린가?"
"황우반의 친가와 외가 사이에 분쟁이 있었던 것 같아요. 황백호가 러시아 광산회사를 사들일 때 처갓집 돈을 동원했고, 그것이 런던시장에 상장돼 대박을 쳤는데, 아마 그 문젤 겁니다."
"황우반이 황백호의 아들이 아니라니, 갈수록 흥미진진하군."
"어지간히 복잡한 콩가루 집안입니다. 그래서 다산그룹의 경영권이 황백호의 동생한테 간 모양이죠. 황우반은 그룹 내에서 작은아버지를 비롯한 대주주들과 치열한 재산싸움을 벌이고 있죠."
박주연이 고개를 끄덕였다.
"생명보험금으로 6조 원을 내놓게 해 그룹전체를 날리겠다는 것 아냐. 무슨 원한이 깊기에 사람 1만 명까지 죽여야 하지? 제 아비가 오랜 세월 공들여 키워낸 재벌그룹을 못난 자식 한 놈이 파산시키려고 해. 제 아비와 피가 달라도 그렇지, 미쳐도 한참 미쳤어."
"이 미친놈들이 당장 도로를 폭파시킨다는데 즉시 감시를 붙이겠습니다."
강호길이 걸려온 전화를 한참 받더니 박주연에게 말했다.
"방금 서울서 킬러 애인의 신원을 알려왔습니다."

이민숙. 나이 26세. 경기도 안산시 거주. 직업 미용사.

"여자에게 전화를 걸어 안창선이라는 애인에 대해 물었는데, 2년간 사귀었답니다. 그가 중국에 가기 전에 보안회사에 근무했답니다."

"보안회사 이름은 알아냈나?"

"네. 그 회사에서 그의 인적사항을 알아냈습니다."

안창선. 나이 36세. 명문사립대를 졸업하고 장교시험을 통과해 특수부대에서 8년을 근무하다가 부하가 인명사고를 내는 바람에 대위로 불명예제대. 제대 후 서울에 있는 보안회사에서 부장으로 2년 근무하고 퇴직. 석 달 전에 중국에 장기비자로 입국.

박주연은 눈을 흡뜨며 어이없는 웃음을 흘렸다.

"정말 기가 차군. 한국군 예비역장교가 이런 더러운 짓을 벌이다니. 이자 인적사항이 드러났으니 당장 그놈 배후를 밝혀내게. 모든 걸 털어놓게 해."

강호길은 고개를 끄덕이더니 화제를 돌렸다.

"남북정상회담으로 전국이 난리판입니다. 서울의 정치평론가들은 이번 총선판세가 뒤바뀔 것 같다고 분석합니다. 한 지상파 방송국에서 긴급여론조사를 실시했는데, 여당 지지율이 30%에서 53%까지 급등하고 제1야당은 55%에서 37%로 급락했답니다."

박주연은 입을 다문 채 궁리했다. 며칠 전 청와대 외교안보수석인 백선규가 북한의 2인자 장성택과 비밀회동을 했다. 총선 완패 가능성이 큰 여당을 구원하기 위해 백선규의 보스인 권혁수 통일부 장관이 북한과 짜고 정치공작을 벌였을 것이다. 북한의 대남도발이나 남북정상회담이 있으면 여당으로 표가 쏠리는 것은 오랜 전통이었다.

임준은 오수지와 스키점프장으로 걸어가면서 아버지의 젊은 시절을 다시 떠올렸다. 1987년 봄, 대학원을 마치고 일본유학을 준비하던 임영민은 광업공사에 다니는 황백호와 저녁 술자리를 가졌다.

지난겨울 영민은 백호가 다니는 회사의 계약직 연구원으로 들어가 러시아 각 지역을 돌아다니며 광산회사들을 둘러보았다. 시베리아의 겨울은 엄청나게 추웠고 눈이 자주 와 무한궤도 차량이나 스노모빌을 타고 다녀야 했다.

수완이 뛰어난 백호는 초고속으로 과장에 진급했다.

"축하해. 이러다간 얼마 안 있어 차장 다는 것 아냐?"

백호는 뜻밖의 말을 꺼냈다. 표정이 어두웠다.

"나, 회사 그만두려고 해."

영민이 화들짝 놀라 되물었다.

"잘나가는 친구가 무슨 소리야?"

"문제가 생겼어. 어찌해야 할지 혼란스러워."

고르바초프가 등장하고 페레스트로이카(개혁)와 글라스노스트(개방) 정책이 한창 펼쳐질 때, 그는 소련의 국영 광산회사가 헐값에 나온 것과 그것을 강남 부동산재벌에게 연결한 경위를 상세하게 설명했다.

"우리 팀은 헐값으로 나온 대형 광산회사들을 조사해 본사 경영진에 보고해왔어. 거기서 사귄 고려인 3세 통역자 가운데 모스크바에서 광물학을 전공한 친구가 있어. 그가 술자리에서 귀띔을 하더군. 구리와 철광석을 생산하는 국영 광산회사가 헐값에 민간에 매각된다는 거야. 요는 공산당 실세에게 매각대금의 절반을 뇌물로 줘야 한다는 거였지. 지금 내가 다니는 국영기업체로선 다룰 수가 없는 물건이야. 고려인 3세는 인생역전을 할 수 있는 기회라며 어떻게든 물주를 구해 보라는 거야."

얼마 후 황백호는 회사에 휴가계를 냈다. 그리곤 즉시 자료를 가지고 서울로 달려갔다. 모교 은사의 소개로 강남의 부동산재벌인 김광진을 만났다. 둘은 러시아에 몇 차례 들락거리며 광산회사를 실사했다. 투자자는 4천만 달러에 대형 광산회사를 거저 줍다시피했다. 계약이 성사된 날 김광진은 황백호에게 물었다.

"자네는 어떤 보상을 원하는가?"

백호는 김광진의 얼굴을 똑바로 쳐다보며 또박또박 말했다.

"현재 이 광산회사는 적자투성이죠. 저에게 경영을 맡겨주십시오. 회사를 대대적으로 구조조정해서 5년 안에 흑자로 만들고 8년 안에 런던 주식시장에 상장시킬 겁니다. 그럴 경우 지분의 절반을 제게 주십시오."

"자네, 배짱 한번 대단하군."

60대 중반인 김광진은 껄껄 웃더니 이어 말했다.

"내게도 조건이 있네. 난 자네가 맘에 쏙 들어. 내겐 과년한 외동딸이 있네. 내 사위가 돼 주게나. 그럼 절반이 아니라 내가 죽으면 몽땅 자네 것 아닌가. 그게 싫으면 투자금의 2%를 일시불로 받을 수 있네. 어때 구미가 당기지 않는가?"

황우반은 계산을 했다. 일시불로 80만 달러를 받고 끝낼 것인지, 1년에 수억 달러의 이익을 공유할 것인지. 답은 금방 나왔다. 그는 지분의 절반을 차지하기 위해 얼굴도 본 적이 없는 여자와 결혼하겠다고 그 영감 앞에서 약속했다. 인생역전을 위해 정략결혼을 감수해 데릴사위가 된 것이다.

황우반은 친구 임영민 앞에서 눈물을 흘렸다.

"난 어릴 때부터 가난이 싫었어. 지질학을 택한 것도 땅속에서 보물을 찾기 위해서였지. 이런 기회를 놓칠 순 없었어. 그래서 난 9년간이

나 사귄 사랑하는 여자를 버렸어. 최인희는 아름답고 현명하고 속이 깊은 여자야. 그 젊은 날 학생운동하면서 함께 온갖 고초를 겪은 인희를 내가 배신한 거야. 영민아, 내가 어떻게 했으면 좋겠냐? 너도 내가 돈에 환장한 한심스런 인간으로 보이냐?"

임영민은 침착한 어조로 입을 열었다.

"난 널 이해해. 아마 누구라도 그런 기회를 뿌리치긴 어려울 거야. 너는 큰 부자가 될 거야. 하지만 그것 때문에 평생 괴로워 할 거야. 지금이라도 그럴 각오가 없다면 80만 달러만 받고 그 여자와 헤어지지 마."

황백호는 눈을 감고 한참 있다가 고개를 끄덕였다.

"결혼식 날을 받아놓고 인희와 결별하는 것은 엄청난 고통이었지. 인희는 지금 큰 상처를 받았어. 그런 여자를 그냥 버릴 순 없어."

"그 여자에게 솔직하게 다 얘기해. 그게 제일 나아."

"그렇게 했어. 사실 네게 부탁이 있어."

"뭔데?"

"이런 말하는 거 정말 괴롭지만, 그 여잘 네가 거두어 줄 수 있나? 그렇게 좋은 여자를 나의 절친한 친구인 너에게 맡겨 행복을 찾아주고 싶어. 너도 인희를 속으로 좋아했잖아."

오랜 침묵. 임영민은 단호한 어조로 말했다.

"안 돼. 그 여잔 네 인생의 인물이야. 네 심정은 이해하지만 그렇게 할 순 없어."

황백호는 다시 물었다.

"그게 싫다면 나랑 러시아에 가서 그 광산을 같이 운영해 볼래?"

임영민은 대꾸했다.

"난 화산학자가 될 거야. 너 혼자서도 충분히 성공시킬 수 있는 일이야. 넌 꼭 해낼 거야."

2월 4일 밤 백두산 기슭 술집에서 아버지는 임준에게 말했다.

"그날 밤 내 오랜 친구 하나가 내게서 영원히 떠나감을 알았다. 그는 그렇게 떠나갔고 오랫동안 한국에 돌아오지 않았지. 최인희는 나랑 같은 과 대학원생이었어. 난 그녀의 아픔을 보듬어 주기 위해 노력했단다. 그러다가 우리는 서로의 마음을 허락하게 됐어. 우리의 결혼은 황백호와는 관계없어. 우리 스스로 선택한 것이었어. 네가 그 사랑의 결실이지."

그날 밤 임준은 아버지의 눈가에 맺힌 눈물을 보았다. 아버지와 어머니 사이는 겨울밤처럼 냉랭할 때가 많았다. 어머니는 과묵한 여인이었다. 성품이 부드러운 아버지는 어머니의 강직한 성격 때문에 힘들어할 때가 많았다.

그 마지막날 밤 아버지는 아들에게도 큰 비밀이 있다는 걸 모르고 있었다. 아버지는 아들을 위해 연극을 하고 있었다. 임준은 작년 말에 그 비밀의 내막을 알고 큰 충격을 받았다.

(2권으로 계속)

용어해설

경사계(*clinometer*) 어느 기준면에 대한 지반, 지층 등의 경사를 측정하는 장치 혹은 그러한 계기의 총칭.

마그마(*magma*) 지표면 아래에서 암석이 고온에서 용융된 것. 지표로 분출되면 용암이라고 하며 마그마가 고화되면 화성암이 형성된다. 마그마는 보통 규산염의 용융체에 휘발성 성분이 섞여 있는데 탄산염, 유황 등의 용융체도 있다고 알려져 있다.

부석(浮石, *pumice*) 다공질의 화산분출물로서 물에 뜰 정도로 비중이 작으며 속돌, 경석이라고도 한다. 마그마가 대기 중에 방출될 때 휘발성 성분이 빠져나가면서 기공이 생기며 이 다공질 구조 때문에 부석은 매우 가볍고 방열 및 방음특성을 가진다.

분연주(*volcanic column*) 화산폭발에 의해 만들어지는 화산쇄설물과 화산가스의 기둥.

수증기 마그마 폭발(*phreatomagmatic eruption*) 물이 고온의 마그마와 만나 대량의 수증기가 발생하면서 그 압력 증가에 의해 일어나는 화산활동. 마그마가 지하수나 바닷물 등과 접촉할 때 발생한다.

신축계(*extensometer*) 지표면의 늘어나고 줄어드는 정도를 측정하는 장치.

쓰나미(津波, *tsunami*) 해저의 급격한 지각변동으로 발생하는 파장이 긴 해일로서 일본어로 '지진 해일'이란 뜻이다. 수심이 깊은 바다에서는 파고가 높지 않지만 육지 쪽으로 전파되면서 파장이 짧아지고 에너지가 축

적되면서 파고가 높아져 큰 피해를 일으킬 수 있다. 대개 진도 7 이상의 지진과 함께 일어나고 해일의 주기는 수 분에서 수십 분, 파장은 수백 km에 달한다.

암설(岩屑, debris) 산체의 붕괴, 풍화, 침식 등 각종 외적 작용에 의해 만들어지는 암석파편. 이 암석파편이나 토양, 진흙 등이 이동하는 현상을 암설류라고 한다. 암설은 중력, 바람, 유수 등에 의해 이동하며 여러 지형을 형성한다.

용암(熔岩, lava) 지하에 녹아 있던 마그마가 화구에서 분출되어 용융상태에 있는 것, 또는 그것이 고화되어 만들어진 암석. 고화되기 전까지 이동하며 흐를 수 있으며 일반적으로 온도가 높고 휘발성 기체가 많으며 이산화규소의 양이 적을수록 유동성이 좋다.

칼데라(caldera) 화산활동에 의해 형성된 지름 3km 이상인 화구 모양의 와지. 다량의 용암과 화산쇄설물의 방출로 지반이 함몰되면서 형성되는 경우가 많고, 이 구덩이에 물이 고여 만들어진 호수 중 지름이 3km 이상인 것을 '칼데라호'라 한다.

테프라(tephra) 파편의 크기나 구성성분 등에 상관없이 화산폭발로 만들어진 쇄설물질의 총칭. 화산재, 부석 등을 포함한다. 이 테프라 쇄설물의 퇴적층은 화산의 분출과 폭발시기를 추정하는 데 유용해 중요한 시간 기준층이 된다.

화산유리(volcanic glass) 마그마가 급격하게 냉각되면서 만들어진 유리질 화산암. 규장질의 용암이 분출되어 급속하게 식으면 결정형성이 이루어지지 않아 비결정질 유리가 된다. 시멘트 첨가제나 가벼운 골재, 보온재 등으로 쓴다.

화산 이류(火山泥流, volcanic mudflow) 화산쇄설물이 사면에 쌓여 있다가 물과 혼합해 하천, 계곡 등으로 흘러내리는 현상. 일반적으로 토석류, 라하르라고도 하며 규모가 클 경우 심각한 재해를 일으킨다.

화산성 지진(volcanic tremor) 화산체 또는 그 주변에서 마그마가 이동하면서 주위 암석이 파괴되어 발생하는 지진. 조산운동이나 단층 등에 의해 일어나는 지진과는 다르며 보통 진원이 얕고 진폭이 작으며 장시간 지속되는 특징이 있다.

화산쇄설물(火山碎屑物, pyroclastic material = 화성쇄설물) 화산 분화로 마그마가 직접 분출되거나 기존의 화산체와 기반암이 부서짐으로써 방출되는 크고 작은 암석. 화산쇄설물의 크기에 따라 화산진, 화산재, 화산력, 화산암괴 등으로 분류된다. 다공질인 화산쇄설물 중 이산화규소가 많아 밝은 색을 띠는 것을 경석 또는 부석이라 하고, 이산화규소가 적어 어두운 색을 띠는 것을 스코리아(scoria)라고 한다.

화산재(volcanic ash) 화산쇄설물 중 크기가 0.25~4mm 정도인 것. 용암 또는 화구 근처의 암석이 분쇄되면서 만들어진다. 화산유리, 용암편, 광물 입자 등으로 이루어져 있으며 다량의 화산재가 상공으로 올라가 햇빛을 가리면 이상기후가 발생하기도 한다.

화쇄류(火碎流, pyroclastic flow) 화산쇄설물과 고온의 가스가 혼합되어 화산의 사면을 고속으로 흘러내리는 현상 또는 그 분출물. 최고 시속 150km를 넘는 경우도 있으며 가장 위험한 분화현상 중 하나이다.

부록

지진의 진도와 규모*

표 1 | 수정 메르칼리 진도 계급 (MM Scale)

진도	상황
1	미세한 진동. 특수한 조건에서 극히 소수 느낌
2	실내에서 극히 소수 느낌
3	실내에서 소수 느낌. 매달린 물체가 약하게 움직임
4	실내에서 다수 느낌. 실외에서는 감지히지 못함
5	건물 전체가 흔들림. 물체의 파손, 뒤집힘, 추락. 가벼운 물체의 위치 이동
6	똑바로 걷기 어려움. 약한 건물의 회벽이 떨어지거나 금이 감. 무거운 물체의 이동 또는 뒤집힘
7	서 있기 곤란함. 운전중에도 지진을 느낌. 회벽이 무너지고 느슨한 적재물과 담장이 무너짐
8	차량 운전 곤란. 일부 건물 붕괴. 사면이나 지표의 균열. 탑, 굴뚝 붕괴
9	견고한 건물의 피해가 심하거나 붕괴. 지표의 균열이 발생하고 지하 파이프관 파손
10	대다수 견고한 건물과 구조물 파괴. 지표 균열, 대규모 사태, 아스팔트 균열
11	철로가 심하게 휨. 구조물 거의 파괴. 지하 파이프관 작동 불가
12	지면이 파도 형태로 움직임. 물체가 공중으로 튀어 오름

표 2 | 일본 기상청 계급(JMA Scale)

구분 (M)	영향
0 ~ 1.9	지진계에 의해서만 탐지가 가능하며 대부분의 사람이 진동을 느끼지 못함
2 ~ 2.9	대부분의 사람이 느끼며 창문이나 전등과 같은 매달린 물체가 흔들림
3 ~ 3.9	대형트럭이 지나갈 때의 진동과 비슷함. 일부 사람은 놀라 건물 밖으로 나옴
4 ~ 4.9	집이 크게 흔들리고 창문이 파손됨. 작고 불안정한 위치의 물체들이 떨어짐
5 ~ 5.9	서 있기 곤란해지고 가구들이 움직이며 내벽의 내장재 따위가 떨어짐
6 ~ 6.9	제대로 지어진 구조물에도 피해가 발생하며 빈약한 건조물은 큰 피해를 입음
7 ~ 7.9	지표면에 균열이 발생하며 건물 기초가 파괴됨. 돌담, 축대 등이 파손됨
8 ~ 8.9	교량과 같은 대형 구조물도 대부분 파괴됨. 산사태가 발생할 수 있음
9 이상	건물들의 전면적 파괴. 철로가 휘고 지면에 단층현상이 발생함

표 3 | 진도 계급

진도	상황
0	사람이 느낄 수 없음.
1	조용한 실내에서 흔들림을 어렴풋이 느끼는 사람이 있음.
2	조용한 실내에서 대부분의 사람들이 흔들림을 느낌.
3	실내에 있는 사람의 대부분이 흔들림을 느낌.
4	대부분의 사람이 놀람. 전등 등 달려 있는 물건들이 크게 흔들림. 잘못 둔 물건이 쓰러지는 경우가 있음.
5약	대부분의 사람이 공포를 느끼고, 물건을 잡으려 함. 선반에 있는 식기류와 책이 떨어지는 경우가 있음. 고정되어 있지 않은 가구가 이동하는 경우가 있고, 불안정한 것은 쓰러지는 경우가 있음.
5강	물건을 잡지 않으면 걷기 어려움. 선반에 있는 식기류와 책 중 떨어지는 것이 많아짐. 고정되어 있지 않은 가구가 쓰러지는 경우가 있음. 보강(補强)되어 있지 않은 콘크리트벽이 무너지는 경우가 있음.
6약	서 있는 것이 어려워짐. 고정되어 있지 않은 가구의 대부분이 이동하고, 쓰러지는 것도 있음. 문이 안 열리는 경우가 있음. 벽의 타일과 창문 유리가 파손, 낙하라는 경우가 있음. 내진성이 낮은 목조건물은 기와가 떨어지기도 하고, 건물이 기울어지기도 함.
6강	엎드리지 않으면 움직일 수가 없음. 튀어 오르는 경우가 있음. 고정되어 있지 않은 가구는 대부분이 움직이고, 떨어지는 것이 많아짐. 내진성이 낮은 목조건물은 기울어지기도 하고 쓰러지는 경우가 많아짐. 땅의 갈라짐이 일어나기도 하고, 산의 붕괴가 발생하는 경우가 있음.
7	내진성이 낮은 목조건물은 기울어지거나 쓰러지는 경우가 보다 많아짐. 내진성이 높은 목조건물이라도 기울어지는 경우가 있음. 내진성이 낮은 철근 콘크리트제 건물이 쓰러지는 경우가 많아짐.

* 작성자: 부산대 윤성효 교수.

백두산 일대 지도

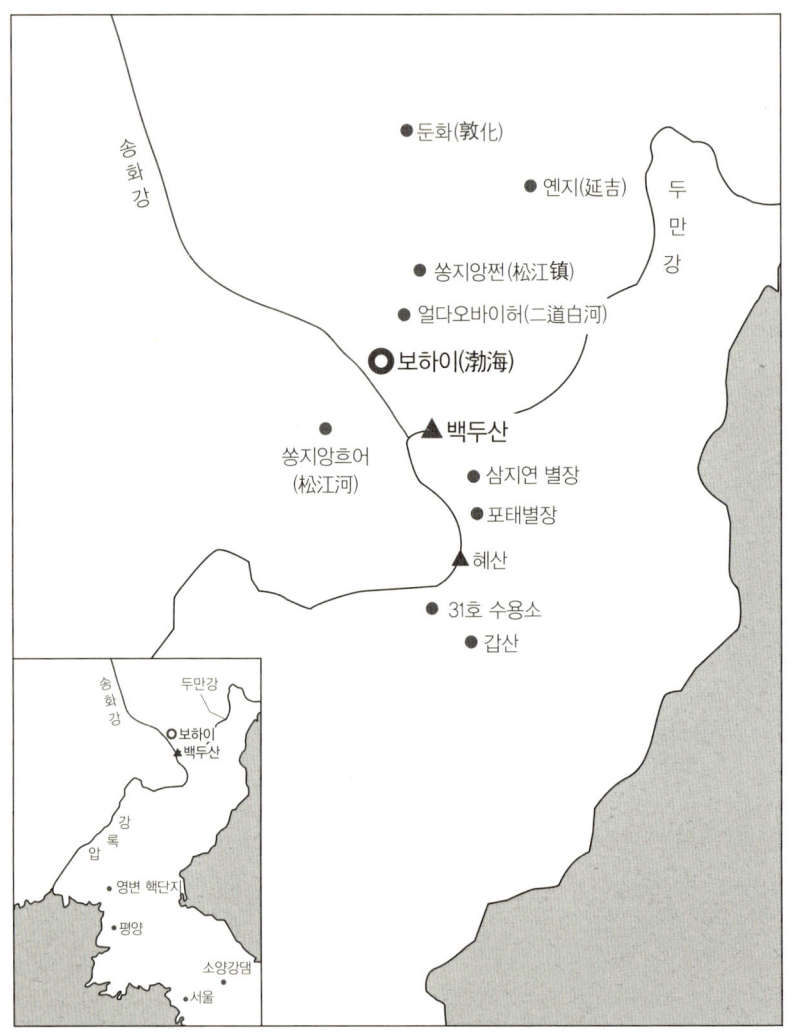